献给我的父亲和母亲

by 盈风

有爱的青春陪伴者

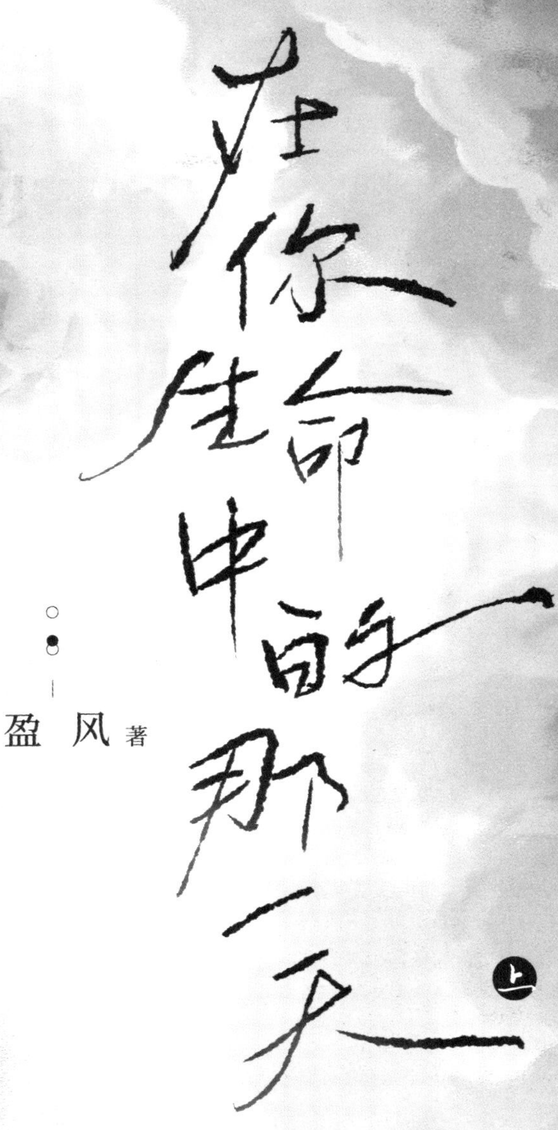

盈风 著

浙江工商大學出版社
ZHEJIANG GONGSHANG UNIVERSITY PRESS
·杭州·

图书在版编目（CIP）数据

在你生命中的那一天：上、下册 / 盈风著. — 杭州：浙江工商大学出版社, 2022.5
ISBN 978-7-5178-4781-6

Ⅰ. ①在… Ⅱ. ①盈… Ⅲ. ①长篇小说－中国－当代 Ⅳ. ①I247.5

中国版本图书馆CIP数据核字(2021)第280281号

在你生命中的那一天（上、下册）

ZAI NI SHENGMING ZHONG DE NA YI TIAN（SHANG、XIA CE）

盈 风 著

出 品 人 林连连 鲍观明
策划编辑 郑 建
责任编辑 徐 凌
责任校对 黄拉拉
策 划 王睿婧
特约编辑 雪 人 廖唯佳
装帧设计 刘 艳
内页设计 孙欣瑞
责任印制 包建辉
营销支持 得满文化
出版发行 浙江工商大学出版社
（杭州市教工路198号 邮政编码310012）
（E-mail：zjgsupress@163.com）
（网址：http://www.zjgsupress.com）
电话：0571-88904980，88831806（传真）
排 版 长沙大鱼文化传媒有限公司
印 刷 长沙鸿发印务实业有限公司（长沙黄花工业园三号 邮编410137）
开 本 880mm×1230mm 1/32
印 张 16
字 数 508千
版 印 次 2022年5月第1版 2022年5月第1次印刷
书 号 ISBN 978-7-5178-4781-6
定 价 62.80元（全2册）

目录

▶ 目录

序　章

未来，也许就此改变

2017年8月15日，17∶38。

距离日落尚有一小时，阳光已失去了毒辣的热力，灼人的热浪暂时消退了，潮水般的人群涌出冷气十足的商务楼，向四面八方散开，大街上重新变得熙熙攘攘。而从楼上俯瞰，呈现在眼前的却是一个又一个旋涡，某种神秘的力量将素不相识的人卷入同一涡流，不同的人生至少在这一秒产生了交集。

未来，也许就此改变。

开设在购物中心六楼的健身房，临窗的位置摆放着一整排跑步机。一个外形俊朗的男人正在其中一台机器上挥汗如雨，他每个星期都会来几次，每次都用同一台跑步机。

是的，这个位置的视野最佳。从这里往下看，仿佛上帝从云端窥探他的子民。

他俯视底下的芸芸众生，嘴角勾起戏谑的浅笑，揣度他人的生活是他的一项恶趣味，用以“谋杀”无聊的时间，譬如此刻。

一道金色的光芒通过对面建筑物玻璃幕墙的几重反光，猛然射向他的眼睛，他下意识地抬手遮挡光线的骚扰，忽然脚底一滑，变故发生得猝不及防。

他摔在了履带上，沉重的闷响惊动了所有人。高速推进的履带飞快地把他甩了出去，他的手腕重重地撞击在地面上。

戴在左腕上的手表发出清脆的爆裂声，他忍住剧痛抬起手看了一眼，时针和秒针停止了走动。

17∶38∶43，这一刻没有任何意义。

17 : 38，距离购物中心几条街外的商务楼底层，两名工人正在等电梯，年轻的那个看了身边年长的一眼，问道：“冷师傅，下个月您就该退休了吧？”

被称为“冷师傅”的男人憨厚地笑了笑：“是啊，总算可以休息了。”他的面相显老，满脸皆是皱纹，看起来至少有六十五岁。

“回家带孙子吗？”年轻人有一搭没一搭地继续闲聊。

冷师傅苦笑：“我家那个少爷，脾气大，主意也大，到现在还不肯结婚。”他的表情颇有些恨铁不成钢的意味。可见他平时没少因为这事和那个“主意很大”的儿子发生争执。

“叮——”

电梯终于到达了一楼。

电梯门刚打开，下班的男男女女便迫不及待地往外冲。两百米外的地铁是他们必须拼尽全力赶往的另一个“战场”，早到一分钟也许就能抢占有利位置，以便找到人群中的缝隙挤进满满当当的车厢。

“这些孩子，真辛苦。”早已退至一旁的冷师傅摇头叹息，手指按住向上的按钮以防电梯门关闭时夹伤来不及出来的人。待电梯里的人都走出去了，他才跟着同事一起走进轿厢，按下最高一层的按钮。

“冷师傅，我们的工作那才叫辛苦！风吹日晒的，工资就这么一点。这些人天天吹着空调，比我们不知轻松了多少倍。”年轻人提了提手里的工具箱，“您可好了，下个月就能回家享清福喽。”

电梯很快将他们送上十楼。

冷师傅按住电梯门让他先出去，笑道：“我是闲不下来的命，真让我天天在家无事可干，不出半年我保准生病。”

“冷师傅，做人要想开点，活得那么累干什么？”

两人一边聊着一边走上天台，他们的任务是拆除紧贴在外墙上的广告牌。因为大楼物业要求他们不能影响各公司的正常办公，所以他们不得不在五点半之后进行高空作业。所幸夏季日照时间长，抓紧一点应该能将固定这块广告牌的支架切割完。

他们系上了安全绳索，互相检查完毕后才开始作业。

冷师傅脚踩支架爬到高处，拿着火焊枪切割最上方的一根支架。

这活儿他做得很顺手，没一会儿就把几根支架都切割完毕了。他的脚向下探去，踩住了下一排的支架。

变故就在这一刻突然发生了。

他踩住的那根铁架锈迹斑斑，显然无法承受一个成年男人的重量。他只觉得脚下一空，整个人就向广告牌外侧翻出去。

见状，年轻的搭档发出了凄厉的惨叫，原本用来固定安全绳锁扣的栏杆像被一把锋利无比的刀砍过，从中间断开了。那条维系生命的安全绳在他面前飞过，他本能地伸手想抓住它，结果扑空了。

他冲到天台边，向着下方嘶声吼叫："冷师傅！冷师傅——"

而他口中的那个人如同一只折断翅膀的鸟儿，从空中笔直坠落。

Chapter 01

你不想知道我们为什么会见面吗

1

这是入夏以来最热的一天，然而冷岳阳却如坠冰窟。

他面前的病床上躺着一个人，白色的罩布将那人从头盖到了脚，这是死亡——常识给了他一个明确的讯号。

冷岳阳伸出手，但是在接近白布的一瞬间停下了。

有一个声音在嘶吼着让他走出去，不要回头，走得越远越好……仿佛如此一来，眼前的一切就能够一笔抹去，他可以当作什么都没发生。

他转过头茫然四顾，不是错觉，自己明明听到有人在呼唤他“阳阳”。那是他熟悉的声音，听了二十多年了。

“爸，老爸。”他试探着叫了两声，嗓音干涩、紧张，与他平时的声音相差巨大。他盼望着什么人忽然闯进急救室，笑哈哈地告诉他：“这只是一个玩笑。”

可回答他的，只有安静。

这样的安静如一记重拳落下，结结实实地砸在他胸口，令他气血翻涌，停在半空的手猛地向下探去，捏住了白布的一角。

冷岳阳掀开了白布，父亲的脸出现在眼前。

从接到电话开始顽强燃烧的希望之火此刻彻底熄灭了。

奇迹没有发生，他的父亲，死了。

冷子荣是在傍晚的高空作业中出了意外，他从十楼坠落，导致全身骨折及多处脏器破损。虽然救护车第一时间赶到现场将他送往了最近的滨江医院抢救，但终因他伤势太过严重，仍然在 18 ： 15 停止了心跳。

冷岳阳接到父亲单位领导打来的电话时，起先以为对方是诈骗团伙，一言不发地挂断了电话，没想到对方竟然毫不气馁，再次拨来电话，于是他将信将疑地接听了。

“小冷，我真是冷师傅的班组长，不是骗子！你冷静点听我说，冷师傅从楼上掉了下来，现在在医院抢救，你赶紧去医院。”那边的人唯恐电话再遭挂断，急急忙忙一口气说完。

冷岳阳愣了几秒钟，他刚才从跑步机上摔下来磕到了后脑勺，一时间以为这是脑震荡后遗症，出现了幻听。本能驱使他拒绝接受，他开口问道：“你……什么意思？”

“你马上去滨江医院，冷师傅情况很不好，我也正往医院赶。”

电话那头传来的每个字都像钉子，一下又一下地扎进冷岳阳的心脏。他来不及换衣服，穿着运动背心和短裤就冲出了健身房。

此时正是下班高峰，地面和高架堵得就像停车场，车辆密密麻麻的。

冷岳阳果断放弃打车的念头，扫开一辆共享单车，风驰电掣地往医院方向赶去。

老爸，加油！你一定会没事的，挺住！

他不断加速，终于在 18 ： 20 到达了医院。

冷子荣已经走了，父亲没有等到他见最后一面，似乎毫不眷恋地对这个世界放了手。

他流不出眼泪，心头像是被一块巨石压着，堵住了情绪的出口。意外来得猝不及防，他的潜意识不愿接受这一现实，拒绝承认既定的结果。

明明就在昨天早上，父亲还给他发过消息，告诉他“玉米煮好了，有空过来拿回去”。他当时正在开选题策划会议，匆匆扫了一眼手机屏幕就把手机搁在了一旁，后来忘了回复，直到今日。

如果他能早点知道这是父亲发给自己的最后一条消息，他一定会好好地及时回复。

不，他会放下一切回到家，陪父亲好好吃一顿饭。

可是再也没有机会了，冰冷的现实投射在眼前这张毫无生气的脸上，他骗不了自己。

从内心深处涌起的巨大悲恸击穿了外壳，他的声音像是身负重伤的人发出的喘息，然而就在这垂死挣扎的时刻，他仍然哭不出来。

“爸，为什么，为什么会这样？”冷岳阳无力地跪坐在病床前，靠着床沿喃喃自语。

瓷砖铺就的地面，他身前那一块，赫然出现了几道指甲的刻印。

冷岳阳今年二十七岁，父母在他六岁那年分道扬镳，他从此再没见过自己的母亲。

不完整的家庭给他的童年蒙上了一层阴影。他当时和父亲住在弄堂里，邻里之间几乎没有秘密，小伙伴们都知道他的母亲沈翠茹“跟别的男人跑了”。受到羞辱的小男孩将委屈都化为了对冷子荣“无能”的怪罪——要不是父亲比不过其他男人，母亲又怎会离开家、离开自己呢？

这份“看不起”刻骨铭心，深深影响了冷岳阳此后的人生。

冷岳阳的叛逆期来得比同龄人要早。有一阵冷子荣几乎每天都会接到老师告状的电话，皆因冷岳阳又在学校惹是生非。冷子荣对此束手无策，他从父亲那里继承的教育手段明显已经落后于时代，只能笨拙地重新学习为父之道，于是他经常以玩笑的口吻对冷岳阳说：“爸爸也是第一次当爸爸，有很多事情处理得不是很好，你要多多包涵。”

直到很久之后，冷岳阳才懂得体谅。

他考进了一所寄宿制高中，周围再也没人有兴趣了解他的家庭情况，大家更关注成绩和排名，而他的中考分数刚过录取线，在强手如林的高中只能排在末流，所以他一开始过得并不如意。但在每一个周末回家度过的那两天里，他竟然找回了久违的轻松感，剑拔弩张的父子关系因为难得的碰面也趋于缓和，他甚至还会主动对父亲诉说学习上的烦恼。

冷子荣在学业方面帮不了他，但在生活经验方面完全弥补了这些不足。这使得冷岳阳在少年时代就明白了“努力不一定能成功”的道理。有一句话常被冷子荣挂在嘴边，他总说：“你要学会接受现实，第一名永远只有一个。”

冷岳阳第一次听到这话时嗤之以鼻，父亲的劝解听上去就像一个失败者的自我安慰。可等他发现无论自己怎么努力都考不到第一名之后，他学会用父亲的这句话与自己达成和解。生活总是如此，有时候必须认输。

8 月 15 日傍晚，冷岳阳感受到了“活着”的残酷——

面对强大而不可预测的未来，他是战败的一方。

他的心中满是愤怒，尤其在听完父亲的搭档小王叙述意外是如何发生的之后，恨意与怒气皆升至最高点。据小王所述，固定锁扣前他们明明已经检查过铁杆，确认安全无虞才继续下一步操作的，流程上并无疏漏。所以冷子荣踩空翻出去时，他正蹲在底下整理切割下来的支架。本以为有安全绳的保护不会出问题，待他发现固定锁扣的铁杆断裂后，再想扑救已经来不及了。

冷岳阳面无表情地听完小王的陈述，明知不应该这么想，可他在内心某个阴暗的角落还是忍不住怨恨上天：为什么掉下来的那个人偏偏是我爸？

阴郁浮现在他俊美的脸上，好几种激烈的情绪在体内横冲直撞，令他无所适从。

他低头护送父亲的遗体进入太平间，刻意与冷子荣的同事们保持距离，他怕自己无法控制情绪进而迁怒到小王身上。冷子荣一辈子光明磊落，从没做过损人利己的事情，他不能让父亲因为他的缘故受人非议。

冷岳阳的沉默克制在旁人看来未免有些怪异，在场诸人自始至终不曾听到他号啕大哭，也没见他掉过一滴眼泪，想当然地以为父子俩关系不睦。中国人信奉“死者为大”，一旦人死了，过往恩怨也就随之放下，何况他俩还是父子，就算平常互相看不顺眼，到了这时候也该哭一哭尽尽为人子的本分，哪有像他这样无动于衷的？

众人愤愤不平，小王首先按捺不住了。他猛地朝前跨了一大步扣住冷岳阳的肩膀，大声质问道：“你小子到底有没有感情？冷师傅都走了，你怎么不哭？”

被小王抓住的冷岳阳转过头，冰冷的目光吓得小王一个哆嗦，不由自主地松开了手。随即，冷岳阳淡漠的声音传入小王的耳中，只听冷岳阳说道：“你没能救下他，我不怪你。”

冷岳阳十分擅长抓住别人的弱点，打击准确率往往能超过百分之九十。果然，如他设想的那样，小王心虚地把手缩了回去，一脸被揭了伤疤似的难堪。

班组长何启明赶紧上来打圆场，先是客套地说了一句“节哀顺变”，接着道：“小冷，公司领导明天会过来吊唁上香。”

想了想，许是担心冷岳阳到时候闹起来领导面子挂不住，他又补充道："冷师傅这事肯定算工伤，公司给每个人都买过意外险，赔偿方面会照章办事，你放心。"

我不在乎！冷岳阳差点冲口而出，临到嘴边又咽了回去。他扫了一眼这个打电话通知自己噩耗的男人，竭力以淡然的语气回复道："我爸以前说过不设灵堂。请转告贵司领导，心意已收到，不必上门来慰问。至于赔偿，"他的嘴角一扯，嘲讽和不屑溢于言表，"再多的钱也换不回我爸！"

他的话听起来桀骜不驯，倒是流露出了一点哀痛的意思。

何启明不知说什么才好，遂伸出手拍了拍冷岳阳的肩膀，宽慰他注意身体，又说了一遍"节哀顺变"。

冷岳阳讨厌别人说这四个字，所以他讨厌今晚站在面前的所有人。

8 月 15 日晚上 10 点，冷岳阳大汗淋漓地从噩梦中惊醒。他坐起身，发现自己竟然睡在沙发前的地板上，湿透的 T 恤包裹着身体，难怪……他在梦里感到透不过气来。

"老爸，开一下灯。"像往常一样，他在家习惯做"伸手党"，凡事总是先开口叫冷子荣。

可是灯光没有亮起，也没有人回应他。

云散去，刺眼的白月光照进了房间，他猛然意识到，原来噩梦是真的，那个应该在这里的人，再也回不来了。

刚刚过去的几小时犹如一场噩梦，冷岳阳无数次希望自己真的在梦里，那么无论遇到多可怕的情节，像现在这样醒过来就好了。

他确实醒来了，然而梦里满身鲜血死去的父亲没有活过来。

冷岳阳站了起来，肚子发出了抗议的叫声，没开空调的房间显得又闷又热，似乎连思维都凝滞了。他好半天才反应过来，原来从下午到现在，自己什么都没吃。

奇怪，他本来以为悲伤会影响食欲，万万没料到仍然会有饥饿感。

他走到冰箱前打开冷藏柜，里面有半个西瓜，小半条吃剩的鱼，一满碗油爆虾，几根新鲜的茄子、黄瓜。看到这些，他能想象父亲下班回家后的情形：切一根黄瓜凉拌，炒一个油焖茄子，然后在天井里支起躺椅和矮桌，呷一口黄酒度过一天里最闲适的时光……

冰箱里的食物透露出主人很快就会回家的讯息，冷子荣从来没做过出

《在你生命中的那一天》随书附赠

以后但凡遇到海，皆是重逢。

远门的打算，更不会做出一去不复返的事情。可偏偏今天，他回不来了，并且永远都回不来了。

心脏蓦地痛起来，冷岳阳一边关上冷藏柜门，一边抬手按住胸口缓解痛楚。这个过程重复了好几遍，乃至于他已能精确地说出会持续多少秒。

九秒，痛苦逐渐减轻，他深深吸了口气。

“玉米煮好了，有空过来拿回去。”一行文字在他脑海里浮浮沉沉，那是父亲发给他的最后一句话。

冷岳阳打开了冰箱冷冻室的柜门，父亲为他准备的玉米装在袋子里，放在了最显眼的地方。他从小就喜欢啃玉米，所以每到玉米上市时节，冷子荣总会煮一大锅让他吃个够。即使他搬出去独立生活了，父亲的这个习惯也还是一如既往。

上周末他原本说好要回家吃饭，结果临时接到一个去外地的采访任务，又一次爽约，想不到父亲依然煮了玉米，还做了他爱吃的油爆虾。

那平常的一句话背后，其实是父亲放不下的牵挂。

冷岳阳总以为冷子荣身体健康，岁数也不大，父子俩将来有的是时间相聚。“回家看望父亲”这件事在他的行程表里永远处于低优先级，就连健身都排在它前面。

父母是人们习以为然但时常被忽略的存在，看望父母这事总是轻易为生活中的其他事情让位。然而，人与人相处的时间是有限的，等到失去之后，再多的后悔也挽回不了本该互相陪伴的时光。

“爸，对不起。”伤感的声音回荡在室内，心脏仿佛遭受到比之前更猛烈的重击，一滴泪滑过他的脸颊，悄无声息地跌落在黑暗之中。

冷岳阳察觉到眼角的湿润，他有些诧异地抬手摸向眼睛，他有好多年没哭过了，差点以为自己已经永久丢失了哭泣这项技能。

眼泪争先恐后奔流而下，冷岳阳下意识地闭了闭眼。当他再度睁开眼睛时，眼前的景象发生了翻天覆地的变化。

冷岳阳本来正站在厨房里，面对着冷冻柜里父亲留给自己的一袋玉米。可是现在，他俨然身处一间浴室之中，耳畔是哗哗的流水声，隐约夹杂着女人哭泣的声音。

是幻觉还是做梦？冷岳阳在胳膊上用力掐了一把，痛感袭来，证明他的头脑还很清醒。

恐惧从指尖向全身蔓延，到最后连灵魂都忍不住颤抖起来，他只不过眨了眨眼睛，难道就发生了时空转换？这也太离奇了吧！

“未知”已足够可怕，更令他不知所措的是眼下进退不得的情况，他背后的淋浴房里有个女人正在洗澡，浴室外面究竟有没有人不得而知，他不敢冒险走出去。

赶紧走！这个念头在脑海里一闪，冷岳阳立刻闭上眼睛重复方才的做法，一边往前走了两步，一边在心里不住祈祷：天灵灵地灵灵，一定要回家啊！

祈祷无效，不用睁眼他就知道自己没能回去，身后传来的哭声便是实证。

冷岳阳稍稍偏了偏头，用眼角余光偷觑淋浴房。还好还好，淋浴房的移门用的是磨砂玻璃，加上氤氲的水汽，从外面只能大致瞧见一个人的轮廓；还好还好，她不会被他看光光，这也不算他偷窥。

既然走不了，冷岳阳不得不命令自己保持冷静，思考对策。奈何淋浴房里的女人越哭越大声，渐渐盖过了流水的声音，让他无法集中精神。不仅如此，她的哭声居然勾起了他的伤感情绪，令他又有了流泪的冲动。

不，不行！理智发出了拒绝的指令，阻止了他刚才冒出来的拍开门与女人抱头痛哭的想法。

“喂，你是谁？为什么哭？”他大声问道。

他的声音在密闭的浴室里产生了回声，一下子填满了四面八方。女人的哭声停止了，紧接着，水声也停止了，一个清亮的女声发出了尖叫：“有小偷！江睦远，救命啊！”

冷岳阳慌乱了，恨不得自抽一巴掌，怎么就没管住嘴呢！

他转过身面对淋浴房，为自己辩解：“抱……抱歉，我真的不是故意吓唬你。其实，其实我也不知道发生了什么。”

对方显然没听进他的话，继续放声呼救：“江睦远，救命啊，救命！”

“嘭嘭嘭——”

浴室的门被拍得震天响，名叫“江睦远”的男人在外面大喊：“小南，你不要怕，我来了！”

完了，逃不掉了！冷岳阳绝望地闭上双眼，这日子真是没法过了！先是爸爸出了意外，现在自己也要被抓去蹲监狱，开什么玩笑！

可下一秒，声音忽然从耳边消失了，所有的声音。

冷岳阳睁开眼，哪里还是陌生人的浴室？他正站在冰箱前，面对父亲留下的一袋玉米。

他咬了咬牙，抱着破釜沉舟的心态用力关上冰箱门，一秒过后再猛地拉开。

一切正常，他依然在原地。

“肯定是幻觉。”冷岳阳对自己说。

可是，那个叫作“小南”的女人哭得如此情真意切，他的幻觉里为何有她？

冷岳阳想到了另一种可能：在某一个平行世界里，无论是小南还是江睦远，他们都真实地存在着。

俊美的男人在燠热的夏夜硬生生地打了个寒战，他脸色铁青，眼神如刀，脑海里冒出的想法过于荒诞，他必须阻止。

他竟然想把平行世界里的冷子荣带回来，太疯狂了！

冷岳阳无力地倚靠着冰箱门，心脏的阵阵钝痛仿佛在对他说：“你所在的世界里，爸爸已经不存在了。”

2

城市另一头，惊魂未定的女人打开一条门缝，战战兢兢地询问守在浴室外面的男子：“江睦远，你真的没看到有人出来？”

“我发誓。”江睦远一脸真诚状。

他没骗林巧南，当时一听到她的呼救声，他就即刻冲向了浴室，并没有看到任何可疑人物。她家又不大，两室一厅的格局，就算想躲起来也找不到合适的藏身之处。

林巧南拉开门走出来，清秀的面庞上写满了困惑。她确实听到了一个男人的说话声，但在她连喊了几声“救命”之后，他就像凭空消失了一般。她原本以为他大概逃出了浴室，不过江睦远一口咬定没有人出来，她不禁对自己的感知产生了怀疑。

江睦远朝浴室内望了一眼，窗子是开着的。

“你有没有看到他的样子？”他问。假设有人身手敏捷，沿着外墙的水管爬上来进入浴室也不是没可能。只是那个人在被发现后立刻逃之夭夭，这速度未免太惊人了。

林巧南表情坚决，简短地回答了两个字：“没有。”

想想也是，倘若她看到了闯入者的面目，那岂不是也被对方看光光了吗！江睦远先是自我安慰，接着意识到事件的重点根本不在于此。他皱起眉头担忧地看着林巧南，迟疑地说：“小南，会不会是你的幻觉？有些人在悲伤过度的情况下，也可能会把头脑里储存的记忆当作现在进行时，包括声音。”

他说得煞有介事，林巧南不由自主地点了点头。方才被水流冲走的悲伤因为江睦远的提醒重新在心底集结，她的眼眶一热。

不行，不可以在江睦远面前哭！理智及时阻止了林巧南展现脆弱的一面，面对交往仅半年的江睦远，她还做不到完全依赖，即使今天发生的事情足以证明他是个可靠的男人。

她勉强打起精神：“很晚了，你回去吧。我一个人没关系的。”

“不行。”江睦远毫不犹豫地一口否决，表情十分严肃，“今晚我必须留下来陪你，我睡客厅，你尽管放心。”他不想给她留下乘人之危的印象，先澄清自己绝无非分之想，“明天还要处理很多事务，我留下来比较方便。”

他说得颇有道理，林巧南不由得点了点头。

“那……麻烦你了，谢谢。”她客气地道了谢。

两人虽美其名曰“男女朋友”关系，然则平时各忙各的，交往半年了也还只进展到牵手阶段。她从不认为江睦远有义务承担自己人生中的苦楚和磨难，即便夫妻都有可能“大难临头各自飞”，何况他们的感情并未深厚到能“共苦”的程度。眼下他仍愿意守护在她身边，让林巧南感到意外又有点感动。

“我们之间用不着客气。”他差点像平时那样朝她展露笑容，幸好马上想起这样做不合时宜，迷人的微笑尚未成形便消失于嘴角。

“小南，这是我应该做的。”他咬咬牙下定决心，毅然伸出手将她揽入怀抱，下巴贴着她的头发呢喃道，“我会一直陪着你，小南，你不用担心。”

她心中酸痛，没力气拒绝江睦远的拥抱，可是，理智冷冷地提出了警告：你会给他带来不幸！

在林巧南二十七年的人生里，这已经是她第五次面对死亡了。

第一次，林巧南六岁，眼睁睁看着孪生兄长沉入湖底。在那之前她从不知道，原来人死去之后，身体会变得像冰块一样冷，而且再也不会回应任何人的呼唤。

第二次，林巧南十岁，跟着父母到医院见了外公最后一面。小时候她骑在外公的肩膀上一起去外滩看灯，那时候她以为亲爱的外公是除父亲之外世上最强壮的人。可躺在病床上的老人形销骨立，完全不是她熟悉的模样了。

林巧南想起上一次母亲带她去看望外公外婆，临走时外公执意要送她们母女俩到终点站，外公站在寒风里等她们的公交车开走，双手拢在袖中，像是看着她们，又好像什么都没看。不知为何，她对这一幕印象特别深刻，直到成年后她才明白那一刻外公给她的感受可以定义为“告别”。当一个人开始受病痛折磨，他一定会对生死有所预感，他不说，不代表一无所知。

她的母亲李裕芬先哭了起来，和当日见到儿子林健辉的尸体时一样撕心裂肺。林巧南明白自己将要失去外公了，就像六岁时失去哥哥一样，于是她也哭了。

第三次，林巧南十五岁，在医院里陪着父亲林振华熬了几个通宵照顾李裕芬。母亲停止呼吸的瞬间，林巧南正好在打瞌睡，她来不及最后对母亲说一声“对不起”就永远丧失了机会，林振华也没解释为什么不及时叫醒她。多年来习惯性的顺从使得林巧南保持了沉默，她什么都不问，只是低头抽泣，连哭声都是轻轻的。

妈妈，她不肯原谅我！这是林巧南唯一能想到的理由，否则林振华不会剥夺她和李裕芬道别的机会，他明明知道失去这个机会，对她来说是多大的遗憾。

如果当年活下来的人是哥哥就好了。

林巧南一直有回到过去和林健辉交换生死的念头，与其让她成为一名被嫌弃的“幸存者”，她宁愿带着父母的爱、不舍和怀念离开世界。

可林健辉救了她，而搭上了自己的一条命。她欠了哥哥的，这辈子必须替他活下去。

第四次，林巧南二十二岁，疼爱她的外婆走了。那天她和室友在鼓浪屿，准备找个地方消磨掉返程航班前的最后几小时。接到林振华的电话后，她站在龙头路中心位置放声大哭。

两天前她为了赶早班飞机借宿在外婆家，像她小时候那样，祖孙俩挤在一张床上亲亲热热地聊天。她兴奋地告诉外婆自己已经被一家大公司录用了，等以后赚到钱就去买一套大房子，把外婆接过来一起住。外婆笑着夸她是个孝顺孩子，接着劝她把钱存起来将来做嫁妆。她连忙即兴发挥编造了好几个追求者安慰外婆放宽心，果然哄得老人家眉开眼笑。

第二天她很早就出发了，走到楼下时抬起头仰望四楼，外婆正站在窗口目送她离开。她挥着手道别，外婆也冲她挥了挥手。她转身离去，压根儿没想到这会是此生两人的最后一面。

林巧南买了鼓浪屿最出名的馅饼一路哭着飞回了上海。她答应过外婆会带好吃的回来，她没有食言，但迎接她的只有灵堂里的黑白色遗像。

外婆死于心肌梗塞，在买菜的时候突然倒下，就再没醒来。那天正是林巧南回上海的日子，出发前一晚聊天时她说过廉价航空不提供飞机餐，她要到外婆家吃完饭再回去。

林巧南在外婆的遗像前跪了很久，眼神木然，灵魂仿佛都被抽空了。她生命中所有美好的感情注定都无法长久，命运总是一次又一次提醒她，人生的必然结局是失去。

她垂下头，这样的生离死别的剧情已经上演了四次，她不想再经历第五次了。

可在 2017 年 8 月 15 日，离林巧南的二十七岁生日才过去半年不到，噩梦再度成为现实。

和前面四次一样，死神不会仁慈地提前给你发通知书，有时候甚至吝啬得连说一声“再见”的时间都不愿意给。

上午八点，林巧南将林振华送上了手术推床，一直送到直达手术室的电梯口。

“爸，一会儿见。”隔壁床的家属提醒过她不能说再见，她记得很牢。

林振华举起手，朝电梯外的林巧南潇洒地挥了挥手，如同以往他每次出行前与她告别时那样。

林巧南咬着唇，心里一阵紧张，莫名想起几年前自己去厦门那天，外婆和自己挥手告别的一幕……呸呸呸，不要胡思乱想！她连忙把不吉利的念头赶到九霄云外。

林巧南扒住电梯门，大声说道："爸，我等你哦！"她的声音非常响亮，在电梯轿厢内产生了回音。

"好了，小姑娘，你这么紧张会影响病人的心理状态。"推着手术推床的护工按下了手术室所在楼层的按钮，不耐烦地让她把手挪开。

推床上的林振华半撑起身体，回头望了林巧南一眼，笑着说道："一会儿见。"

电梯门关上了，林巧南盯着楼层指示灯，三楼和四楼是手术室专用楼层。昨天她和林振华特意去手术室门口转了一圈，看到几名家属在楼梯口焦急地等待着。

"我的手术时间长，明天你就在病房等吧。"林振华吩咐道，"楼梯口没空调，天太热了。"

她摇了摇头，坚持己见："没事，我不怕热。在病房里等，我不放心。"

"有什么情况手术室会通知病房护士台，你在这里反而听不到通知。"林振华看看她头上的汗珠，表情却有几分严肃，"从小到大，你最怕热。听老爸的话，在病房等医生通知。"

从小到大，林巧南不止怕热，也怕林振华突然沉下脸。

"哦，那好吧。"她点点头，无奈地答应。

"对了，还有小江和家里人，跟他们说没问题，都别来了。"林振华不放心，又交代了一句。

她悄悄地叹了口气，耐着性子再次回答："爸，这件事你交代过好多遍了。我早就和大家说了，等你手术结束再来看你。"

电梯停在三楼，她在走廊上站了一会儿，脑袋里一片空白。

林巧南对医院充满了恐惧，她的外公和母亲都是在医院里告别人世的。虽然大多数人最终都难以逃脱这处生死轮回之地，但她总觉得自己格外不幸，希望身边的人再也不要和医院打交道。

林振华在两个月前查出骶骨部位长了一个肿瘤，林巧南因此才知晓原来人体上还有这样一块骨头的存在。骶骨肿瘤的病例不常见，初期症状也不明显，等到患者有所察觉时，只有手术这一条路可走了。

林巧南不得不第三次和医院产生交集。

在手术同意书上签字之前，林巧南花了几分钟时间把手术中可能存在的风险看了几遍。她从来没有承担过如此重大的责任，握笔的手控制不住地轻颤，本能反应是逃避，可是林振华入院伊始选定的授权代理人便是她，到了这个节骨眼上，唯独她有资格签字。

她憋着一口气，快速签完了所有文件。

“赵主任，接下来就拜托你们了。”林巧南调整好呼吸，郑重其事地拜托主刀医生。

求医过程的彷徨纠结到此为止。作为患者和家属，他们完成了自己的部分，剩下的就交给医生和运气了。

林巧南慢腾腾地走回病房，走道上方悬挂的电子钟显示时间才过去十分钟，手术可能还没正式开始……这时，她的手机收到一条信息，她打开看了一眼，来自她的男朋友江睦远。

“手术开始了吗？”

“大概吧，爸爸进手术室了。”她如是回答。

“我拜访完客户就到医院陪你。”

林巧南握着手机，慌乱的心情稍稍平静。

林振华不想过分打扰别人，千叮咛万嘱咐大家应以工作为重，不要挂念他的手术，倒是一派潇洒从容，反正全身麻醉之后就什么都不用担心了，也不想想她一个人留在外面无依无靠有多可怜。幸好，江睦远还记着身为男朋友的职责。

林巧南拖来椅子在父亲的病床前坐下。为了舒缓紧张的情绪，她掰起指头开始统计最近见到江睦远的次数。

这两个月她陪着林振华四处求诊，江睦远得知后主动提出了接送，鞍前马后出了不少力，算下来他俩碰面的次数竟比前四个月翻了一倍还不止。

江睦远的付出得到了回报，不仅换来林巧南的感激涕零，就连林振华也经常在她面前称赞他懂事、会照顾人，不断念叨“你嫁给他，我能放一百个心”，说得她忍不住吐槽：“老爸，你是不是收过他的好处费？”

林振华将林巧南的反应解读为女孩子的害羞，她十五岁失去了母亲，而他这个做父亲的也不可能主动与女儿交流感情问题，只能看着她不顺遂的恋情干着急。在江睦远出现之前，林巧南陆陆续续和好几个相亲认识的对象交往过，每次处不到两个月对方就一声不吭玩起了失踪。她倒是不太在意“被分手”，该干什么就干什么，但林振华看她像是对谈恋爱结婚生子完全没兴趣，天天担忧得不得了。

他觉得有必要提醒女儿一下，江睦远是一个多抢手的结婚对象，尤其是在他生病以后，他更是担心万一自己有个好歹，将来没人照顾她该怎么办。

于是在手术前一天，林振华又郑重其事地交代她：“小江人不错，你们要是能走到最后，我就可以放心了。”

他的叮嘱起到了效果，至少林巧南改变了主意，她回了一条消息给江睦远：“我在病房等你，我们一起接爸爸回来。”

林振华的手术持续了好几个小时，到了下午五点半江睦远都来了，手术还未结束。

五点三十八分，床头的呼叫器忽然响了起来，护士台通知林巧南赶紧去手术室。

“手术结束了？”江睦远合上笔记本电脑，抬头问她。

林巧南从椅子上一跃而起，抓起手机就往外冲：“谢天谢地，总算有动静了。”

她在三楼和四楼之间来来回回了好多趟，可手术室的门始终紧闭着，也没有人能告诉她进展如何。护士长劝她不要担心，虽说林振华要做的手术难度大且时间长，但整个医疗团队堪称上海顶尖，就连赵主任也自信满满地表示：“这个手术在上海能做的人没几个。”

这些自信的保证给了林巧南十足的信心，她根本没有想过会发生意外。

但当紧闭的手术室大门开启时，赵主任一脸凝重地出现在他们面前时，她的心“咯噔”一下狂跳不已。

“病人突然室颤了，我们正在尽力抢救。”赵主任身上的手术服血迹斑斑，说话的时候神情略显狼狈，“你们要有心理准备。”

“抢救”二字胜过任何说明，何况最后又加上了“心理准备”四个字，林巧南立刻明白了事态的严重性。她腿一软，差点跪坐在地上，旁边的江睦远眼疾手快，一把抓住她的胳膊。

“赵主任，拜托你一定要救救我爸！”她心慌意乱，呜咽着说道，脑海里唯一的念头便是“不能死”。

赵主任回到手术室。林巧南转过头看着江睦远，流下了眼泪：“怎么办啊，我很怕，怎么办啊……”

她念念叨叨，翻来覆去却只有这两句话。

相比她的六神无主，江睦远镇定多了：“先通知叔叔婶婶，让他们尽快过来。”他和林振华没有血缘牵绊，自然不像她那么慌乱，看到赵主任的样子，他已做好最坏的打算。

“我爸他不会有事吧？”林巧南死死抓住江睦远的手，颤声问道。她知道他不是医生，更不是神，但此刻只求有人能给她一个肯定的答复，不管他的话有没有根据。

江睦远点了点头：“是的，肯定没事！伯父还有那么多地方要去，他不会有事的。”

他的话多多少少给了她一些心理安慰，至少令她冷静下来了。此时此刻，在手术室内与死神战斗的父亲需要的是她的精神支持，而非无用的眼泪。她冲着手术室的方向跪下来，双手合十，喃喃自语：“老爸，你要挺住！你还有很多很多地方没去，你还说过以后要送我出嫁，你一定要撑住啊！”

等待的每一分钟都像是煎熬，林巧南提心吊胆地盯着面前的金属门。她既盼望它能早点打开，又害怕门打开后所见的并非手术成功的父亲，而是表情无奈的医生。

我只有爸爸了，请不要带走他！她双手交握，向所有知道名字的神祇挨个祈祷。

前四次失去亲人的痛苦记忆又复苏了，林巧南的呼吸越来越沉重，仿佛有千斤巨石压在心头——“如果我做得不够好，惩罚我就好了，为什么要让他们一个个离开我？”

金属门再度打开，赵主任摘下口罩朝他们走来。他的脸色比方才更差，林巧南顿时觉得天旋地转。她冲动地捂住耳朵想要逃得远远的，这样即使有不好的消息，自己也听不到。

“林小姐，我们已经抢救了半小时，很遗憾，病人的心跳没能恢复……”赵主任的声音还是钻进了她耳朵，狠狠地碾碎了那微弱的希望。她捂住耳朵的手无力地垂下，膝盖一软，差点向前扑倒。

江睦远赶紧伸手扶住她，哽咽着劝道："小南，你让伯父安心地走吧。"他明白赵主任的意思，倘若家属不同意放弃抢救，他们也没办法宣布患者死亡。如今医患矛盾层出不穷，医院和医生都不敢贸然行事。

他的话彻底击溃了林巧南的心理防线，她用手掩住脸号啕大哭。她做不到亲口宣布放弃抢救，躺在手术台上的那个人是她的亲生父亲，她没办法说出口。

"赵主任，你再救救他，会有奇迹的，会的……"她泣不成声，固执地不肯放弃。

诚如江睦远所料，赵主任的确希望由家属宣布放弃抢救。尽管林巧南看上去不像会闹事的那一类家属，但也不排除事后不会出现反咬医院一口的情况。他略作沉吟，缓缓说道："病人大脑缺氧的时间太久了，就算心跳恢复，也有很大可能会成为植物人。"

植物人？那是林振华万万不愿接受的结局，她知道如果父亲能够自主选择，百分之百不会选这个。

"爸，对不起，我不该让你做手术。"林巧南握紧了拳头，用尽全力不让自己崩溃。

"赵主任，他现在感到痛苦吗？"她的声音凄楚哀切。

江睦远抬手按住她的肩膀，想要传递自己的支持给她。

"他在麻醉中，不会有感觉。"到了这个地步，赵主任知道该说什么安抚家属的情绪。

就算是善意的谎言吧，现在和未来的她都要靠它活下去。

"那么，让他走吧……"她艰难地挤出六个字，感觉自己再也说不下去了。

悲伤，如同海啸掀起的巨浪，带着摧毁一切的力量扑向林巧南。

第五次，林巧南在 2017 年 8 月 15 日失去了父亲，连一句"再见"都来不及说。

3

夜已深，时针逐渐走向零点，新的二十四小时即将开始，可惜生命无法在清零后得到第二次机会。

冷岳阳被清冷的月光笼罩着，他默默地端起酒杯，杯中物仿佛无处言说的悲痛，只能被他悉数吞落。他的背后亮着一盏LED夜灯，光线是暖暖的昏黄色，让人一看就能联想到“家”。在他没搬出去之前，每次加班晚归时，父亲都会为他亮着这盏灯。

而此刻，他为冷子荣点起它，照亮回家的路。

冷家所在的小区建成于20世纪90年代，在现在的楼市等级中可定义为“老破小”。若非为了孩子读书，大部分人根本看不上这类名字里带有“新村”字眼的楼盘。冷岳阳也曾有过置换房屋的念头，毕竟这附近的幼儿园和小学都还不错，愿意为学区房花钱的大有人在。

可是冷子荣很喜欢这套房子，所以他坚决不肯搬家，无论冷岳阳说什么，他就是不同意。

眼下冷岳阳坐在自家的小院里，触目所及皆是父亲留下的痕迹——围绕墙边的花坛已被冷子荣改造为果蔬园地，最大的一棵无花果树又到了丰收的季节，底下的菠菜则伸展开巨大的叶片，在风中轻轻摇曳；另一边，架子上的黄瓜和丝瓜也快熟了，似乎晃一晃就能掉下来的样子……他的心绞成了一团，仿佛有一只看不见的手正在狠狠地戳着流血的伤口。

冷岳阳又端起酒杯，望着旁边的躺椅。

过去那些年的夏季，每逢他回家的日子，冷子荣总会在院子里并排放着两把躺椅，中间搁一张小桌，放一壶酒，邀他对酌。

酒是最普通不过的糯米黄酒，下酒菜通常是一碟油炸花生米。父子俩有时会聊两句家常，有时剑拔弩张互相看不顺眼，有时则沉默地喝酒各看各的手机，谁也不搭理谁……如今想起这些，冷岳阳恨不得时光能够倒流，他想抓住每一次机会，再听听父亲的声音。

他忽然放下酒杯，用双手扶住桌子，克制住内心翻涌的情感。错过了父亲的最后一面，痛楚和后悔轮番啃噬着冷岳阳的心，让他无所适从。

为什么，上周为什么要我去外地？他瞪着前方，下颌的肌肉收紧了线条。角落里仿佛站着命运之神，他所有的不幸都源于它的捉弄，冷岳阳恨不得扑上去跟它狠狠干一架。

可看不见的敌人最可怕，它无所不能又无处不在，他根本没有力量与之抗衡，并且也已没有了抗争的理由。

认识到这一点，冷岳阳气馁地垂下了头，喃喃自语道：“至少，至少让我再陪他喝一次酒啊。”

他欠冷子荣的，又何止一杯酒?

子欲养而亲不待。只有真正经历过的人，才会明白这份钻心刺骨的遗憾，如果可以交换，他愿意付出一切换回父亲的生命。

冷岳阳迅速抓起酒杯一饮而尽，朝旁边的空椅子亮了杯底。

耳畔好似响起了冷子荣爽朗的声音：“好酒量，不愧是我亲生的……”

吃过了饭，喝完了酒，唯独“再见”那两个字生生哽在喉头，无论如何都说不出口。学会接受现实，学会认输，又怎么甘心？他张开嘴咬住拳头，妄想借由肉体的尖锐疼痛压制心脏感受到的钝痛。

然而收效并不理想，他的喉头发出了呜咽，听上去恍若哭泣。

“你……你在哭吗？”背后传来怯生生的声音，是一个女人。

冷岳阳猛然转身，动作过大带倒了桌上的酒杯。

“啪——”清脆的碎裂声震动了耳膜。

他的身后唯有灯光，灯光里不见人影。

林巧南在黑暗中睁大了眼睛，目瞪口呆地看着庭院、躺椅、酒杯从眼前消失，就好像电影放映机出了故障突然黑屏了一样。

她侧身按下床头灯的开关，温暖的橘色灯光照亮了房间。

没错，她好端端地在自己卧室里，好端端地躺在床上，不可能出现在另一个男人家里。

是做梦吧？她掐了掐脸颊，很快否定了这一猜想。

她大概是在十一点被江睦远赶到床上睡觉的，这一小时里，她意识无比清醒，根本不曾入睡。她的内心充满矛盾，既想梦见父亲对他说一句“抱歉”，又害怕父亲到梦里控诉是她害死了他。

既然睡不着，她索性拿出手机将父女俩的聊天记录看了一遍又一遍。

林巧南无比懊恼当初因为自己缺乏耐心，没教会林振华发送语音信息，不然现在至少能够再听一次父亲的声音。

林振华和大多数老年人一样，喜欢转发各种健康养生的内容，提醒她不要晚睡，要多运动，多吃蔬菜水果。初时，她还会点开看一眼，然后回复一句“知道了”，可到后来她越来越懒，不管林振华发来什么链接都不予理会，并且还在心里偷偷嘲笑父亲把流言当真，太容易上当。

现在，她多希望还能收到林振华发送的信息，不管是什么都好。她拿起父亲的手机输入开机密码，仍旧是当初她替林振华设置的那一个，即使换了手机，林振华也没改过密码。

她打开微信，给自己发送了一个微笑的表情。

他们习惯在说正事前先发一个表情提醒对方，收到的那一方则用问号作为回复。林巧南像平时那样回了一个问号，她的表情严肃而又认真，仿佛林振华就在手机那一头。

她又拿起父亲的手机，对自己说道："女儿，爸爸不怪你。"

林巧南心里明白这么做纯属自欺欺人，可她不想停下来。

签手术同意书的那个人是她，她在潜意识里认为是自己害死了林振华，父亲在天之灵一定会怪罪她。他最初对是否进行手术犹豫不决，毕竟术后的生活质量和恢复情况都是未知数，是在她的极力劝说下，他才勉强同意这一方案的。当时她说："不管做不做手术，将来都有可能会后悔。"

林巧南恨不得以头撞墙，她那会儿到底哪根神经短路了，居然自以为是到如此程度？现在果然遭到了报应，最后悔的那一个，正是她本人。

她躺在床上，咬着被角克制内心的痛楚。她永远没机会了解林振华在生命到达终点线的那一刻，会不会原谅狂妄无知的她……

这一生，她先是夺走了父亲心爱的儿子，又害得他中年丧妻，乃至最后搭上了一条命。当年哥哥为什么要把她救回来？

林巧南深知这样想不对，但她仍陷入这种情绪中，胸口钝痛，几乎无法呼吸，眼泪争先恐后地夺眶而出，很快打湿了两侧的头发。

命运仿佛一头怪兽，藏身于黑暗中窥视着她。它享受她的恐惧、怨恨及后悔，它知道她无从反抗，也无路可逃。

就在这时候，一道光照向了她的眼。

林巧南下意识地闭了一下眼睛，再睁开时，眼前出现了一盏地球仪造型的 LED 夜灯，它散发着柔和温暖的光线，令她不由自主地走了过去。

她光着脚在冰凉的瓷砖地面走了几步，凉意透过脚心传遍全身，猛然一哆嗦，她才后知后觉地反应过来这不是自己的房间。

她愣了好一会儿，脑袋里一片空白，宛若傍晚时分听到医生宣布父亲抢救无效时那般。

最初的惊愕过去，她回过神来，想搞清楚究竟发生了什么。

灯光不算明亮，但也足够让她看清屋内的陈设。从装修方面来看，家具并非时下流行的简约风格，而且墙面的多处边角都有剥落的痕迹，至少有十年历史。

她心里“咯噔”了一下，记忆里从未有过与此相仿的客厅。

客厅里没开空调，通往天井的门大大方方地敞开着，刚过去的那一天无疑是入夏以来最热的一天，到了晚上依旧燠热难当，幸而有风吹来。

风？她下意识地朝风的来源走去，在接近门口之际，忽然听到庭院里有动静。

她倏然一惊，及时收住了脚步，伸长脖子向院子里张望。

只见两把夏天常见的竹制躺椅摆在正中的位置，躺椅中间有一张矮桌，桌上有酒壶，还有两盏小酒杯。

她眼里所见皆表明这个空间应该有“两个人”存在，其中一个正坐在躺椅上，那么另一个人呢?

她只觉后背冷汗涔涔，唯恐一回头便见到屋主站在身后。她很难解释自己为何会出现在别人家里，这么诡异的情况若非亲身经历，任谁都不会信吧。

林振华和李裕芬从未说过她有梦游的癔症，而且她百分百肯定自己的意识处于清醒状态，她不是在梦里。

她一时呆立原地，不知该进还是退。前方传来压抑的抽泣声，眼前的男人似乎竭力忍着不想哭出来，却反而使她更难过。

“你……你在哭吗？”她脱口而出，来不及考虑可能引发的后果。

男人震惊地转身，带倒了桌上的酒杯，她刚想提醒他“小心”，“啪”的一声脆响震动了耳膜。

这一声响仍回荡在耳畔，林巧南却已回到了自己的房间。

林巧南翻身下床，打开卧室门冲了出去。客厅里有光，同时传来噼噼啪啪敲击键盘的声音，江睦远显然还没睡。

这是她所在的真实世界。

在刚刚过去的那一天，她失去了父亲，失去了世上最后一位直系血亲。

听到动静的江睦远从客厅走了过来，见林巧南神色凄楚地站在另一间卧室前，不由得大为紧张。他三步并作两步走到她面前，抬手按住她的肩膀，关切地问："睡不着吗？"话刚出口，他就忍不住自嘲，"瞧我，净说傻话。小南，我明白你的心情，可是在追悼会之前还有很多事要做，你不好好休息的话，我担心你撑不住。"

林巧南看了一眼江睦远，犹豫不决是否要告诉他自己又产生了幻觉。看着他的脸，想到他可能会更加担心，她顿时产生了"不能再给他添麻烦"的想法。

"我梦见，梦见爸爸回家了。"她低下头，编了一个善意的谎言。

江睦远一声叹息，林振华手术前大家设想过最糟糕的情况或许是切除肿瘤时误伤神经，以后再也站不起来，却从来不曾料到他会在手术台上长眠不醒。江睦远说不清哪一种"最坏的结果"能稍微让人好受一点，毕竟活下去总还留着一线希望。虽然对于林振华本人而言，瘫在床上不能动弹也许更糟糕。

无法逆转的"最坏情况"已然发生，除接受之外别无他法。江睦远是个很务实的人，他离开医院的时候就接受了现实，脑海里马上罗列出要着手进行的各项事务。这些事只能由直系亲属出面料理，林巧南固然有权伤心，但万万不能精神崩溃。

"小南，这个结果谁都没想到，你不要责怪自己。伯父既然肯托梦给你，想必他也舍不得你难过。"他的手移到门把上，带着鼓励的神色问她，"要不要进去看看？"

那是林振华的房间，回家之后林巧南根本没勇气打开房门走进去。这会儿听着他说的话，她心里又涌起一股酸楚，根本就没有什么梦，父亲不会原谅她的。

她的头再次低了下去，狠狠地咬着牙，一口回绝："不，我没准备好。"

从齿缝间迸出的字似乎带着愧疚，他能看到她的难过、悲痛，也不免为林振华的悲剧唏嘘，然而仅止于此了。他不仅父母双全，连爷爷、奶奶、外公、外婆也都身体健康，从未经历过血缘至亲离世的他，实在找不到更好的说辞。

他只能再说一遍："小南，节哀顺变。你要好好活着，伯父才能放心地走。"

她自然明白他的好意，奈何最不想听到的偏偏正是"节哀顺变"四个字。

死亡，意味着永远地失去，再无重来的机会。这种仿若血肉生生剥离的痛苦只会随着时间沉淀，永不消弭。

老爸死了，是你害死了他！

意识又一次发出清晰的呐喊，敲打着她的伪装。

林巧南抱住了胳膊，命令自己不能在江睦远面前哭。

她发出的啜泣声，竟如同幻觉里听到的那样。

冷岳阳百分百确定自己并未产生幻听，那个女人的声音不但近在咫尺，而且她还发现了他正在掉眼泪的“小秘密”，那句提问显然是针对他的。

他回到室内，打开了最亮的灯，整个客厅一览无遗。

装修是二十年前做的，撑到如今实属不易，随处可见小修小补的痕迹。他不止一次提议重新装修，奈何长住家里的冷子荣才有决定权，他说几百遍都没用。

父亲最常用来否定提案的一句话便是“等你要结婚了再说”，冷岳阳觉得那正是父亲要挟自己的手段，他的逆反心理油然而生，索性装聋作哑。

事到如今，不管冷子荣是出于要挟的目的还是秉性节俭都无关紧要了，冷岳阳双眼所见的一切映射到大脑，处处皆刻着“后悔”二字。

客厅里除了他，再没有第二人。那个女人消失的速度如此之快，不禁让冷岳阳联想起之前的幻觉——他出现在一个陌生女人的浴室里，须臾又回到了自家厨房，莫非同样的情形也发生在闯入者身上了？

一时间，各种古怪的念头填满脑海，令他脖颈发凉。

他飞快地跑向自己房间，一脚踹开门的同时按下了墙上的电灯开关，里面空无一人。他没放过任何一个角落，连床底都检查过了，真的没人。

冷岳阳不死心，继续搜查了卫生间、厨房，那个女人确确实实如凭空消失了一样，一丝痕迹都不曾留下。

只剩一个房间他没进去，那是父亲的房间，就在客厅旁边。

她会不会躲在里面？从操作层面来说，这是最近的房间，最方便躲藏。冷岳阳一面想着，一面向房门口移动。

以往这时候，冷子荣早已鼾声如雷，可此刻房间内安静得连一根针掉在地上的声音都能听见，冷岳阳再次感受到心脏遭受了暴击。

他顾不上追查那个女人究竟去了哪里，一直回避的现实朝他露出了狰狞的面目，一口气堵在胸口，闷得他快喘不过气来，它迫切需要被转化为眼泪流出身体。可是他不想再哭了，流眼泪于事无补，只会让他更加认识到自身的软弱。

冷岳阳毅然转身走了出去，他从厨房里端来一盆热水，放入一条干净的毛巾。

以往他还住在家里的时候，为了夏天多久擦一次凉席，父子俩曾经吵过很多次。冷子荣嫌弃他懒惰，而他却抗拒跟着父亲的时间表行动。他又不是不做，仅仅是不想“立刻就做”。

可是现在，他认真地擦着席子，还擦了好几遍。汗水顺着额头滑落，滴在了刚擦过的凉席上，他又回头重新擦起。

他神情专注，仿佛面对着人生最重要的一件事，仿佛晚些时候会有人回家，还会有人躺在上面休息。

终于，水凉了。冷岳阳扔下了毛巾，抬起头茫然四顾。

这个房间，不会再传出老爸打呼噜的声音了。

“爸，对不起……”伤感的声音回荡在室内。

无人回应。

4

林振华曾经在李裕芬的葬礼后特意交代过林巧南，自己过世后，既不需要设灵堂、举办告别仪式，也不用入土为安，海葬即可。林巧南那时不到十六岁，没体会到林振华对身后事的洒脱，反倒是觉得父亲嫌弃她能力不够，不足以托付后事。

动手术之前，林振华再度交代她：“万一出了问题，记得一切从简，不要做多余的事。”他笑眯眯的，一派从容。

林巧南不淡定了，满面愁容地看着林振华，比他更像一个病患。

“爸，你别乌鸦嘴好不好，说这种不吉利的话！”她不满地抗议，赶紧祈祷神明没有听到父亲的胡说八道。

“老爸，你看我说得没错吧，不吉利的话不能乱说。”8 月 19 日，林巧南一身黑衣站在礼堂前方，她望着林振华的遗像，低声说道。

照片上的林振华笑容满面神采飞扬，看上去又精神又帅气。拍照那天是他光荣退休的日子，林巧南特意带上相机参加了欢送会，替父亲拍了最后一次身着警服的个人照。

林振华喜欢摄影，退休后经常带着相机出去旅行。他的微信好友里除了亲戚、同事和邻里，大部分人都是旅途中结识的朋友，有男有女，有老亦有少。林巧南在父亲的朋友圈里发布了他过世的消息，发出去不到一分钟就收到无数吊唁。谁都想不到健步如飞、比年轻人更能跑能跳的林振华会因病离世，众人在慨叹世事无常之余纷纷发来自己与林振华的合影，更是令林巧南悲从中来——他旅行时和别人的合影居然比父女俩的合影多得多。

在林巧南的成长过程中，她与父母之间始终有隔阂。发生在这个家庭的悲剧给她留下了一道难以愈合的伤疤，怀有负罪感的她竭尽所能想要讨好双亲，以补偿他们失去了儿子的伤心。小学那几年她还把头发剪短了，特意打扮成男生的模样。无奈她的努力毫无用处，反倒加深了李裕芬的痛苦。等林巧南终于明白无论自己做什么都不可能驱散笼罩在家庭上方的阴影后，她缩回了安全的保护壳，不再妄想和父母的关系能回到六岁前。

现在，他们被分隔在生和死的彼岸。天上的哥哥、妈妈、外公、外婆及刚刚回到他们身边的林振华会重新组成一个快乐的大家庭，他们不需要她，从林健辉因为她意外身亡后就不再需要了。

工作人员提着花篮走了进来，他们训练有素，不用家属提点就按照不同规格和挽联上的落款摆好了位置。林巧南半侧过身审视这一切，她知道父亲的遗体很快就会被推进来，接下来的半小时将举行他的告别仪式。

心跳停止的那一刻，林振华的生命便在世间消亡了；一场告别仪式，意味着在所有认识他的人心里，他“正式”地死去了。

林巧南忽然明白过来，为什么林振华不愿举办葬礼，因为他希望大家仍然当他远行了，如同这些年里他无数次地离开。

果然，我又搞砸了！林巧南顿时觉得遗像上的父亲望向自己的目光里满是责备，她难以承受地低下头疾步穿过礼堂，回到外面的登记台。

参加林振华告别仪式的人比林巧南预计得要多，她的父亲交游广阔，就连去公园锻炼身体都能结交一群朋友，所以大家都想来送他最后一程。

林巧南站了一会儿，不断有人过来对她说“节哀顺变”。中国文字的精妙在于浓缩，四个字就概括了一大段安慰的话。可是，死亡带来的悲恸是永恒的，不会因为收到多少安慰就减轻分毫，旁人的安慰对于林巧南更像是在她伤口上撒了一把盐，她难过得快撑不下去了。

她将登记台交给堂妹负责，避开众人走到拐角处，从口袋里掏出纸和笔写写画画，假装在修改家属答谢词。致悼词的环节由林振华退休前所在派出所的领导负责，她看过他撰写的悼词，完全能套用到任何民警身上。她猜想或许这也是父亲不乐意的部分，每个人独一无二的人生在最后几分钟被压缩成面目雷同的流水线产品，这怎么行呢？他宁可别人回忆里的自己各个不同。

为什么，为什么偏偏是我经历这些事？林巧南死死瞪着手中的打印纸，视线逐渐模糊，一个又一个汉字开始在纸面上“浮动”，忍了半天的眼泪终于滚落下来了。她满腔悲愤，质疑命运当初的选择——明明该死的人是她啊！

林巧南低着头朝角落里侧移动，打算在别人发现自己之前畅快地流一下眼泪。她不过二十七岁，父母却皆已不在人世，外人难免要投以同情的眼光，所以她必须坚强，才能“扛”下这一切无谓的怜悯。

林巧南朝里走了两步，一双黑色的皮鞋突然出现在眼皮底下，她吃了一惊，下意识地抬起头观察是何方人氏抢先自己一步占领了地盘。

那是一个她从未见过的男人，他和她一样也是一身黑，沉重的颜色给他的形象抹上了浓浓的阴郁，整个人如同一团“低气压”，连带着影响到旁边的人，让她顿感胸口发闷。

她喘气的声音惊动了对方，他迅速抬手朝脸上胡乱抹了抹，然后才转过脸对着她，开口问道：“你好，你是哪位？”

林巧南皱起眉头，这声音似曾相识，但就是想不起来在哪里听过。

她又仔细打量了他几眼。从外表看，他的年纪与她相仿，可能也不到三十岁吧？

林巧南想当然地以为他是父亲的朋友，她订了殡仪馆里最大的静思堂，四楼的三分之一都属于静思堂的等候区，包括他们所在的角落。这个男人既然出现在此，肯定是林振华的“关系人士”无疑了。以林振华的性格，有几个“忘年交”实属正常，况且她在父亲朋友圈公布过葬礼的时间和地点，虽未一一通知，但有心人自然会来送行。

出于礼节，林巧南打起精神，客套地应酬：“我是他的女儿，谢谢你，过来送他最后一程。”

那张俊美的脸上露出了惊讶的表情，他的眼睛里充满了困惑，仿佛遇见了什么匪夷所思的事情。他往旁边退了一小步拉开距离，抬起手指着她问道：“这是几楼？”

林巧南被他问得一怔，心想这个人也未免太奇怪了，参加追悼会竟然还走错了楼层?

她张口欲言，刚好瞥见江睦远朝她快步走了过来，边走边向她做了个“快点过来”的手势。告别仪式的时间快到了，她被排在第一个入场，怪不得江睦远急着要她回到礼堂门口。

比起搞清楚这个古怪男人的来龙去脉，当然是父亲更为重要。林巧南扔下一句“我先过去了”，也不等对方答复，三步并作两步回到江睦远身边。

“你一个人在那里干什么？仪式马上就要开始了，司仪到处在找你。”江睦远的语气里略带抱怨。他找了一圈没见到她，急得差点想冲进女洗手间。

林巧南自知理亏。她是最重要的家属代表，来宾们对她表达哀思，实际是在向林振华传递思念，她不应该任性地逃跑。这是父亲在人世间最后一场演出，必须由她完成。

“我在那边修改答谢词。”她搬出借口，不能让江睦远知道自己有过逃避的念头。

她的理由似乎说服了江睦远，至少他的表情缓和了下来，不像方才那般严肃。

他伸出手替她整理了一下前额的刘海，随口问道：“我和你打招呼的时候，你在和谁说话吗？”

林巧南大为惊异，那个和她对话的男人身高大概有一米八五，那么大的个子江睦远难道没看见？虽说是个角落，但他俩说话时距离并不遥远，江睦远能看到她，不可能看不见那个人呀!

“是个走错楼层的男人。”她边说边回头。他们站的地方是个死角，既无电梯也无紧急出口，对方应该还在。

可此刻，背后空无一人。

江睦远的声音同时响起：“我找到你的时候，你旁边什么人也没有。”

话音刚落，江睦远便见林巧南愕然地睁大了双眼，一脸不可思议状。

“不会吧，有个穿一身黑的男人，我和他说了好几句话。”林巧南自言自语。

江睦远面色一沉，莫名联想到林振华过世第一晚她以为家里有人闯入的事情，难道她又产生了幻觉？然而眼下有更重要的事在等待他们，实在不适宜继续深究。

他略一沉吟，故作恍然状，说道：“哦，原来是那个人啊。他正好走出来，所以我没搞清楚。”

他的话听上去不太可信，不过一来当时她神思恍惚没注意对方有何举动，二来相信江睦远没理由欺骗自己，于是林巧南不疑有他，低头“嗯”了一声，跟着走回了礼堂门口。

司仪小张看到林巧南，一副松了口气的模样。小张迎着她走了两步，客气地开口：“林小姐，宾客都到齐了吗？时间快到了，请大家入场吧。”

林巧南内心深处忽然生出了惶恐，脑海里浮现的画面来自十二年前李裕芬的葬礼。那时候林振华带着她站在第一排，父女俩相依为命的景象令人心酸。

今天，这一排仅剩她了。

庄严肃穆的哀乐响起，冷子荣的遗体被推进礼堂，后面几排立刻传出哭声。冷岳阳认出了声音，那是从父亲老家来的堂姐妹。

冷汗湿透了衬衣，并且隐然有穿透薄款西装的趋势，几分钟前发生的事情令冷岳阳心有余悸，他差点以为自己疯了。

他起先并未察觉身边有人，那个角落是三楼的死角区，他特意走到无人关注的地方为家属致词做最后的润色。说来惭愧，身为一名文字工作者，他的发言稿写得干巴巴的，怎么修改都无法令自己满意，好像说的是别人的父亲似的。

冷岳阳心如刀割，翻涌的情感满是对自己的厌弃，以及对父亲的愧疚。他从来没把冷子荣当成自己的精神支柱或力量源泉什么的，甚至还在很长一段时间里自我鞭策绝不能活成父亲那副样子。然而此时此刻，他意识到自己从来就没认真了解过父亲的人生，后悔不已的他呆立在墙角，眼泪不听话地掉了下来。

接着，身旁传来另一个人大口喘气的声响。冷岳阳心里一惊，第一反应是不能被别人发现自己在哭，他连忙抬手抹了抹脸，然后转头望向旁边，心里还在暗暗腹诽这个一身黑的年轻女子难不成是黑猫的化身，走路竟然一点声音都没有！

看着她的脸，冷岳阳想不起她姓甚名谁，不得不问道：“你好，你是哪位？”

疑惑浮现在她的脸上，好像他提了什么奇怪的问题似的。

冷岳阳正觉得情况有些古怪，只听对方回道：“我是他的女儿，谢谢你，过来送他最后一程。”

他大吃一惊，立刻想到几天前发生过类似平行空间那样的幻觉。他定睛细看，虽然楼层格局几乎一样，但他可以肯定这不是三楼，那些他极力想避开的亲戚，每一个人都不见了。

“这是几楼？”他听得出自己声音里的颤抖。

显然，这里即将开始一场葬礼，面前的女子也和他一样遭遇了父母至亲的离世。

她没有搭理他的问题，举起手朝前面挥了挥，丢下一句“我先过去了”就迈开大步朝前走。他心一急，本能地往前冲了一步想拉住她弄个明白，手掌却在即将搭上她肩膀的那一秒，扑空了。

他脚下一个趔趄，几乎重蹈数日前在健身房摔倒的覆辙，幸好这次他反应够机敏，稳住了身体。

他愕然发现神秘女子眨眼间就不见了。即使她真的是猫，速度也不会那么快。与此同时，他的亲戚们又回到了眼前，“赔偿”“工伤”“保险”这些他不想听到的字眼再一次传入了耳中。

冷子荣在工作中亡故，在意外保险的理赔范围内，保险公司自然会按规定赔偿。在处理这件事上，冷岳阳表现得十分冷静，但他的亲戚们显然不认同理性的处理方式。大家总是变着法儿地提醒他，他的父亲死得太惨，公司的设备检查肯定有漏洞，指望他冲冠一怒，在谈赔偿金的时候再多要一点。有个别亲属甚至给他出主意，让他先不要办葬礼，以此要挟公司多给赔偿金。

冷岳阳不为所动，金钱无法弥补他所失去的，钱多钱少对于他根本没意义，他不愿意多做纠缠，只想让父亲早日魂归天国。

家里人不理解冷岳阳的想法，却也不好明说什么，只能背地里说些风凉话。就算葬礼即将开始，他们谈论的重点仍然在于到底能拿到多少赔偿。

司仪走过来询问冷岳阳告别仪式是否可以开始了，他习惯性地撩起袖子看手表，空空的手腕让他反应过来，摔坏的那块手表还没送修。

17 ∶ 38 ∶ 43，时针、分针、秒针定格在那一时刻，他在医院从小王口中了解到，冷子荣差不多就在同时走进大楼，走向命定的死亡终局。

冷岳阳环顾四周，人全到齐了，那个神秘的女人并不在人群中。

那没错了，他刚才又产生了幻觉，去了另一个“世界”。

冷汗顺着冷岳阳的脊背流了下去，发生在他身上的事情太匪夷所思了，说出来只会让别人以为他疯了。

这件事我不能告诉任何人，必须守口如瓶。他对自己说。

冷岳阳一直是一名坚定的无神论者，即便现在仍然遵循教诲，对怪力乱神敬而远之。

所以“幻觉”是他能说服自己的唯一理由，父亲的突然离世摧毁了他的心理防线，他的防御机制为了不让本人精神崩溃，特意制造出幻象让他暂时遗忘悲痛。

“都到齐了，开始吧。”冷岳阳转向司仪，急切地开口。

他的声音里藏着一丝不安。他不敢保证接下来自己不会又被“幻觉”绑到其他地方，只得抓紧时间与它赛跑。

他第一个走进礼堂，面向父亲的遗像站在第一排。

爸爸，今天之后这个世界再也没有人值得我掉眼泪了，我一个人也会好好活下去的。

所以，再见了，老爸！

5

冷子荣的葬礼在十二点左右结束，冷岳阳抱着父亲的遗像当先走下楼，他要到地下停车场目送载有棺椁的灵车离开殡仪馆。

这是仪式的最后一部分，象征着冷子荣彻底告别了人世，从此踏上新的旅程。

死者的棺椁和工作人员搭乘专用电梯先下去了，其余亲属跟在冷岳阳身后一同走应急楼梯。这一时间段里结束的葬礼差不多有四场，大家都进行到了最后一个环节，因此整个楼梯间从上至下处处可闻哭泣声。

冷岳阳面无表情地快步往下走，他的伤感情绪仿佛消耗殆尽，无论传入耳中的哭声多么悲切感人，都无法再惊起他内心的波澜了。

他一马当先地冲到一楼，回头才发现自己冲得太快了，一个人跑在了最前面。尽管他不待见家里的亲戚们，但也不能真的扔下大家不管。他郁闷地叹了口气，探出头朝楼梯上方张望。

猝不及防地，一身黑的神秘女子又一次出现在冷岳阳面前，她从楼上下来，转过拐角与他打了一个照面。

神秘女子以与冷岳阳相同的姿势怀抱一个黑色大相框。相片上的男子身着警服，看上去英明神武气度不凡。冷岳阳的视线转移到她的脸上，心情极为复杂，原来她和自己一样失去了父亲。

他一时间分不清现实和幻觉了，也许“她”正是深藏在自己心底的悲伤投影，用更通俗一点的说法就是他的“第二人格”。她替他挑起了痛苦、悔恨，也可以肆无忌惮替他流眼泪，比如此刻……他的目光缠绕在她身上，热切得如同见到另一个自己，全然不顾人格分裂压根儿不能解释眼下的情况。

黑衣女子明显察觉到他的视线，她停下了脚步，迟疑地杵在楼梯中间。就在冷岳阳打算与自己的“第二人格”打声招呼的时候，一个男人从后面追上了她，拉住她的胳膊说道：“小南，你不要走那么快，等等大家。”

小南？这两个字牵动了冷岳阳的思绪。就在几天前的夜里，他第一次被幻觉带进一个陌生女人的浴室时，那女人的名字正是“小南”。

在他最失落的时刻，她就已经出现了，原来自始至终皆是她。

冷岳阳继续投以注目礼，假装没看见她男伴厌恶的眼神。

他心里的空洞被困惑填满，某个大胆的想法让他迫切希望自己能与小南再来一场对话。倘若她不是自己因为悲伤过度分裂出来的“第二人格”，那么极有可能他们真的处于科幻小说中常见的平行世界，并且这两个世界产生了神秘的交集。

如果他与她在不同的世界里，那么他的父亲和她的父亲，他们的命运是否会有所不同？

想象力描绘的画面使冷岳阳的心跳失控了，从冷子荣意外身亡开始，他最大的渴求就是能够再见父亲一面，至少郑重地说一声“再见”。

楼梯上的年轻女子重新举步，一步又一步，她逐渐向冷岳阳走近。他从小南紧绷的脸上和僵硬的脚步看出了她的紧张，他的心跳得更快，快得让他想吐。

稳住，冷静！冷岳阳抱紧相框，紧紧贴住胸口，仿佛如此就能将藏在心底的悔恨与来不及说出口的感情传递给相片上的人。

马上，马上就能再见到老爸了。他这样安慰自己。

只有一步之遥了！冷岳阳清了清喉咙开口说：“你好……”他刚吐出这两个字，她的男伴忽然插到他俩之间。

“这位先生，请你自重一点，不要再用视线骚扰我的女朋友。”居高临下的男人一脸戒备，声音不带温度。

“你不想知道我们为什么会见面？”平行世界的猜想让冷岳阳激动不已，忍不住上前一步为自己辩解，期待眼前这位女子好停下脚步。

错过今天，两个世界还有没有机会再度交集？冷岳阳无法确定，未知的风险实在太大了。

她明显一愣，眼神里多了几分茫然。

几乎同时，江睦远行动起来了，他伸出手推搡冷岳阳：“喂，你没听到我的警告吗？”他迅速扫了一眼冷子荣的遗像，勉强按捺下怒气，大声呵斥道，“看在你也是逝者家属的分上，我不和你计较，别再出现！”

这段插曲刚好给后续大部队留出了追赶的时间。两人正剑拔弩张互不示弱，冷岳阳这边的亲戚先出现了。众人以为他们要打架，冷岳阳年轻力壮的几个堂兄弟心急火燎地就往下冲，逼得怀抱遗像的女子不得不赶紧逃离是非地。

“我们走吧，别让爸爸等着。”年轻女子拉住男伴的手。

接着，她从男伴背后探出头来，表情冷淡地说，“不好意思，我没心情和你讲话。”

年轻女子冷冷地看了一眼冷岳阳，低声说道：“我不想知道你是谁。你这样，我爸会觉得我丢了他的脸。”

冷岳阳心头一窒，一时竟无言以对。他默默地看着他们从身边离开，随手拽过最近的一个人问道：“吴韵诗，你看得见那两个人吗？”他朝前方远去的背影抬了抬下巴，意思是“就是那两个人”。

被他点到名的漂亮女生瞪大了一双圆溜溜的眼睛，满脸狐疑之色：“当然，我又没瞎。”

江睦远和冷岳阳有过肢体接触，吴韵诗也能看见他们，可以肯定这一次“相遇”绝对不是幻觉。冷岳阳顺便也否定了人格分裂的可能，没有心理医生从旁协助，他同次人格不会共存于同一时空。所以想来想去，唯有“交叉的平行世界”能够解释了。

他再一次紧紧抱住父亲的遗像，嘴角勾起一丝诡异的微笑，轻声呢喃：“老爸，我们很快会再见的。”

离冷岳阳最近的吴韵诗惊讶地抬起头，她盯着他俊朗帅气的侧脸，莫名生出几分不安。直觉告诉她，冷岳阳绝不会无缘无故地问起路过的陌生人，他的古怪应该与“那两个人”有关。

“你认识他们？”她紧跟他的步子走向灵车，不动声色地站到他身边。

“不认识。”

他给了吴韵诗一个否定的答案。

林巧南在楼梯上乍然瞧见冷岳阳的一刹那，差点认为自己又产生了幻觉。她最近时常以为那些已经发生过的事情只是一场连着一场的噩梦，“不真实”的感觉明显而强烈，以至于她乐观地相信这全都是假的。

可是假的毕竟真不了，潜意识营造出来的虚假“真相”轻易就被拆穿了，那种梦醒之后的心酸更加悲凉。

林巧南对自己的认知能力越来越怀疑，特别是接二连三的“幻觉”现象发生之后，她说不清黑衣男人是否真实存在着，抑或只有她一个人才能看见。

他怀抱的相片吸引了林巧南的注意力，一下子令她油然而生同病相怜的感慨。

她停下脚步，低头看了一眼林振华的遗像，心想这种场合打招呼未免太奇怪了，干脆就装没看见直接走过去吧！

她正打算继续前行，江睦远追了上来，让她等等后面的亲戚，他们从四楼走下来，需要一点时间。

“江睦远，你看得到楼梯旁站着的男人吗？”林巧南低声问他。

江睦远立刻向她所说的方位送去一瞥，楼梯扶手旁果然有一个高大英俊的年轻男子。他微微一怔，脱口而出：“前男友？”

他们交往半年，不曾交代过各自的过往情史，他只是凭经验感觉林巧南没有复杂的感情经历，实际情况如何却不得而知。他从她的表情解读出几分紧张，自然联想到这方面去了。

林巧南悻悻然地瞪了他一眼，干脆利落地说：“当然不是，我根本不认识他。”

她说的是“不认识”，而非“没见过”。

江睦远再度望向那个男人，只见对方目光灼灼，一眨不眨地紧紧盯着林巧南，怎么看都不像是“不认识”的关系。

林巧南咬着唇想了想，觉得有必要解释自己为何要在意一个素不相识的人，于是轻描淡写地补充道：“我说的走错楼层的人，就是他。”

一小时以前，他以为林巧南的精神状态不对劲，所以产生了幻觉。现在看来那个男人是真实存在的，那么他走到四楼和林巧南交谈的事也可能是真的。

江睦远第三次抬眼望去，嘴角一扯绽开嘲讽的微笑：“大概是悲伤过度吧，不小心搞混了楼层。”

他说得相当客气，然而表情出卖了他真正的想法。林巧南满心不是滋味，江睦远对黑衣男子的嘲笑，让她觉得自己的心情也遭到了讽刺，在旁人眼里，被巨大悲伤击垮的人或许都脆弱得可笑吧。

她将相框往胸口贴了贴，似乎借此动作与林振华稍稍靠近了一点。父亲先走一步了，他走得太快，她再也追不上。

林巧南继续往下走，一步步接近站在楼梯终点的男人。他的目光依旧缠绕着她，片刻不离。

他的注视或多或少地分散了她的注意力，葬礼上的悲痛情绪暂时远离，甚至可以说这是几天以来她第一次重新拥有了对外部世界的感应能力。

她对他，产生了好奇心。

为什么，仅仅一面之缘的人，他的眼神却热切得仿佛久别重逢？

“你好……”他开口了，冲着她的方向。

林巧南又和一小时前一样，开始回想究竟在哪里听过他的声音。

她还来不及回答，江睦远就已抢在她之前踩住下一级阶梯，将她完完全全挡在了背后。

“这位先生，请你自重一点，不要再用视线骚扰我的女朋友。”江睦远霸气地宣示了“主权”。可他看不到林巧南的表情，不知道她有多尴尬。

但江睦远没说错，他们确实在交往中，她确实是他的女朋友。再想到这几天他特意请假帮忙操办父亲的后事，她便觉得自己的抵触心理有忘恩负义之嫌。于是她挺身而出，端着拒人千里的冷漠，告诉那个男人：“我没心情和你讲话。”

“你不想知道我们为什么会见面？”对方居然锲而不舍！

看着对方一副好似发现了宇宙秘密的神情，林巧南顿时迷茫了。尽管他的声音给她一种似曾相识之感，但在她的印象里他俩只在今天见过的这一次，他何出此言？

就在林巧南迷惑之际，江睦远克制不住了，他一步上前推搡着黑衣男子：“喂，你没听到我的警告吗？看在你也是逝者家属的分上，我不和你计较，别再出现！”然而男子却毫无反应，只是用炙热的目光紧紧盯着她。

林巧南困惑不已，活到二十七岁头一回见着两个男人为了自己针锋相对。江睦远有理由生气，然而另一个则是彻底的莫名其妙。她头痛万分，隐隐还有几分恐慌，今天是父亲一生中最后的一件大事，绝不能让人给毁了。

她冲到江睦远身边，伸手拉住了他。

“我们走吧，别让爸爸等着。”说完，她再看了看黑衣男子怀中的遗像，一丝凄然浮现心头。唉，同是天涯沦落人，相逢何必再相识。

“我不想知道你是谁。你这样，我爸会觉得我丢了他的脸。”林巧南硬起心肠拒绝。话说到这份上，他应该会知难而退。

甩开黑衣男子，林巧南和江睦远朝灵车走去。林振华的棺椁也已停放在车前，他等待着仍留在世上的家人，要与他们做最后的道别。

从此一别，生死两茫茫。

林巧南明白到了放手的时刻，她的手指紧紧扣住相框，咬紧牙关强忍住眼泪。她不能再哭了，不能让父亲走得不安心。

漫漫人生路，从此她再无依靠，只能一个人往前走。

“爸，一路走好。”不断重复低喃的五个字代替了号啕大哭，她的声音低得仅自己能听见。

不，已在天堂的爸爸也会听到，心里的另一个声音在对她说。

江睦远伸手过来搂住了她的肩膀。自从林振华意外离世，他对她的感情好像突飞猛进一般，最明显的表现就是增加了肢体接触。他现在常常会抚摸她的头发，用双手环抱她，让她时时刻刻感受到自己是被人爱着的。

“伯父，你放心吧。我会好好照顾小南。”他目送灵车远去，郑重其事地给出了承诺。

林巧南一动不动地站着，黑色的灵车慢慢驶向蓝天白云的远方。今天是适合出行的好天气，林振华也喜欢这样的晴天。

斯人已逝，活着的人还要继续前进。

“谢谢你，江睦远。”林巧南转过头，认真地道谢。

他摇了摇头，表情里多了一些无奈。

“小南，这是我应该做的，你太见外了。”江睦远原本以为通过此事能增进两人的感情，没想到她还是把他当作外人看。

她从他的语气里听出了沮丧，有心安慰他两句，奈何心情欠佳提不起劲来。林振华手术失败对林巧南的打击太大了，令她觉得世间万事皆虚无，即使努力了也没什么用。

受这种自暴自弃的心绪影响，她对江睦远的热度反而降了不少。

林巧南什么都没说，其实本来想说明自己是替林振华向他道谢的。她的父亲不喜欢欠人情，在天之灵若是看到江睦远这般卖力的表现，一定会过意不去。

这份情，终究是要还的。

她一边想着，一边低头注视着相片上的林振华：老爸，你不用担心，我一定会想办法替你还了人情。

林巧南机械地往前走，接下来还要安排亲戚朋友们去吃豆腐饭，远远没到松懈的时候。这样漫长疲惫的一天，她一共经历了五次。

死亡，让懵懂无知的孩子迅速成长，林巧南很早就知道这是一次不会再有重逢的离别。

她喜欢的人，总是一个接着一个离开，任凭她拼命挽留也无济于事。这是命运为她写好的剧本，离别是注定的结局，她无能为力。

林巧南突然回头，深深凝望着江睦远。她的目光如水，如海水般深不可测。

“怎么了？”江睦远被她看得心惊肉跳，他从没见过这样的眼神，像是告别。

她摇摇头，话到嘴边却说不出口。这一刻，她无比恐惧他们的结局。

如果注定是离别，她但愿是生离，而不是死别。

她再也承受不起所爱的人在眼前死去了。

6

吴韵诗趁着送冷岳阳回家的机会再度走进他的家。距离上一次她登门拜访已过去了好几年，那时候她的身份是冷岳阳的女朋友，受到了热情的款待。

现在，她自然而然地生出了一些“物是人非”的感慨，回到曾经去过的地方，记忆便开始复苏了。她想起当天冷子荣为自己做的炸猪排，竟比之前在殡仪馆里更为伤感。

冷岳阳回到家第一时间便去了父亲房里摆放相框，他走出来看到吴韵诗一脸快哭出来的表情，马上明白了她为何悲伤。他打开冰箱拿了两罐冰可乐，递给她一罐。

“喝吧，心情会好一点。”冷岳阳淡淡地说。

吴韵诗没有接，摇着头拒绝：“我不喝碳酸饮料，对身体没好处。”

短促的笑声从冷岳阳口中发出，他的表情带着一丝辛辣的讽刺：“得了吧，身体好有什么用？老天爷要你的命，怎么都躲不过。”

吴韵诗大为窘迫，听他的语气分明是对冷子荣意外身亡耿耿于怀。她可以理解冷岳阳不能那么快放下，但因此怨天尤人继而否定一切终有些不妥。

她想了想，冒着被他讨厌的风险开口劝导：“冷岳阳，事情已经发生了，怪任何人都没用。我相信伯父在天之灵也不希望看到你钻牛角尖，一直放不下这件事。我明白你现在很痛苦，恨自己无能为力，但是你听我一句劝，活着的人总要想方设法活下去才是，很多事我们只能接受。”

她絮絮叨叨说了一大通，难得冷岳阳没有出声打断，至于他听进了多少，会不会接受，她心里没底。她等着他的反驳，等着他的嘲讽，然而什么都没等到。

她自嘲地笑了笑，妄图用言语撼动这个男人的心，绝对是痴心妄想。

很多年前她就尝过失败的滋味，不吸取经验教训的结果便是又尴尬一次。

她决定回家了，趁着尚能挽回一点颜面的时候。

吴韵诗不敢让冷岳阳发现她的秘密，否则他一定会毫不留情地把她逐至千里之外。

冷岳阳转身走向客厅，关上窗打开空调，拍了拍沙发示意吴韵诗坐下。

“谢谢你送我回来，坐一会儿再走吧。”看了一眼外面的烈日，他又补充道，“干脆留下吃晚饭，到晚上我就能开车送你回去了。”

中午的豆腐饭上，他陪着父亲的同事喝了点酒，不得已才让她做了“代驾”。

吴韵诗假装思考了几秒钟，不想显露出内心的窃喜。她打开手机再看了看行程表，耸耸肩说道：“也好。外头阳光太毒，我晚点再回去，反正已经和店里交代过了，不会找我。”

她大学毕业后在一家宠物店工作了两年，现在自己开店做老板，没想到各种事都要亲力亲为，反而比以前更忙碌了。今天是因为冷子荣大殓，她才放下了手头的工作特意过来送他最后一程。

两人各自占据着沙发的一角，一时想不出可以聊的话题，只好低头刷手机。冷岳阳有些心不在焉，满脑子转着平行世界的念头，迫切地需要与他人分享。

“吴韵诗，你相信平行世界的存在吗？”他忽然问她。

吴韵诗的视线仍逗留在手机屏幕上，漫不经心地应答道：“嗯，应该有的，可能还不止一个。”她对平行世界的理解全来自电影、电视的灌输，也说不出所以然来。

冷岳阳不由得点点头，仿若找到了知音，眼下身边唯有吴韵诗，也只能说给她听。

“如果能连接某个平行世界，你觉得我爸在那里是不是还活着？”

吴韵诗放下手机，转过头看着他：“冷岳阳，你想多了。”

“是真的。”他用了强调语气，执拗的模样和久远岁月里那个少年如出一辙，“我骗了你，我们遇见的那两个人，其实我见过。他们就不属于这个世界。”

吴韵诗的第一反应是“这家伙悲伤过度，疯了”，接着便是心疼。相依为命的父子俩，其中一个突然走了，另一个肯定不能接受。她不曾感受过失去至亲的痛苦，看得见却触不到他心里的伤痕。

“你的依据呢？”她希望打消他的执念，所谓的平行世界不过是自欺欺人的借口。他不愿接受冷子荣过世的现实，一味逃避没好处。

话题是他挑起的，不摆出令人信服的证据，那就是胡言乱语。

冷岳阳的职业是记者，他做采访、写报道也要搜集素材、证据等，当然明白耳听为虚的道理，可是他还未搞清楚两个平行世界为何有交集，也无法像动画片里那样随随便便就召唤来“小南”和她的跟班，要让吴韵诗相信颇有难度。

“我爸过世的那天晚上，我回到家打开冰箱门，你知道发生了什么事吗？”他慢慢说着，成功吸引了她的注意力，“我出现在那个女人的浴室里，她一边洗澡一边在哭。所以，我猜想在平行世界，我家或许正是她的家。就在那一晚，两个世界发生了交集。”说完，他比画了一个“×”的手势。

吴韵诗听得一愣一愣的，看他煞有介事的样子并不像撒谎，说不定这种听起来离奇的经历确实发生过。她将信将疑，目光在客厅逡巡了一圈，怀着亲眼见识一下的期待。

可……没有异样，除了空调制冷发出的声响，房间里只有他和她的呼吸声。

吴韵诗冷静下来，细细琢磨冷岳阳话语背后真正的想法，茅塞顿开：“你的意思是这个房间注定有一个人会死去。既然她的父亲过世了，那么伯父就会活下来，在那个平行世界里，是不是？”

冷岳阳低垂双目直视地板，他的心愿显然建立在另一个人的痛苦之上，掌管良知的那一部分因为这种程度的自私而惴惴不安。

不过，只要有一线希望，他知道自己会豁出性命抓住它。

“我只是想对我爸说一声‘再见’。”他轻声吐露了压在心底的悔恨、遗憾，新添的伤口深不见底，无法自行愈合。

吴韵诗叹了口气，她朝旁边挪了一点，想抱住他安慰两句。可刚伸出手，她又猛然想起冷岳阳不喜欢女生过于主动，硬生生地改了方向摸上自己的头发。

“可为什么这两个世界会有交集呢？”她问。

冷岳阳转过脸看着她，俊美的五官被层层叠叠的阴郁笼罩着。

“我不知道，否则我早就去了。”他实话实说，语气里带着十分明显的沮丧与怅然。

所以，这根本就还是他的幻想！吴韵诗在心里叹息，表面上却摆出万分理解的神色，柔声说道：“慢慢来，我相信交集现象一定会再次发生。”顿了顿，又把话锋转了方向，“可是在这个世界，伯父已经不在了。我们改变不了既成的事实，生活却仍然要继续下去。”

冷岳阳面无表情地听完她的安慰，勉强扯开一抹淡淡的笑：“是啊，生活总要继续，我会努力撑过去。”

他的声音，听上去死气沉沉。

葬礼过后，当人群散去，哀悼又成了林巧南一个人的事。

她更加理解父亲为何不愿举办告别仪式了。因为旁人的难过只是一时的，他们表现出来的惋惜、痛心、同情只是短暂缓解了家属的痛苦，这份慰藉于事无补，并且总会在之后的豆腐饭上让家属产生几分恼火。这边还在悲戚，那边却已觥筹交错、高声谈笑了。

父亲是体贴的，他不想让她独自承受这不堪的落差，林巧南现在才明白过来。

她垮着肩膀，垂头丧气地坐着，也不去各桌感谢前来吊唁的客人，仿佛一个被现实击垮的士兵，对自己、对他人、对全世界充满了愤怒和敌意。

江睦远不断地给她搛菜，每次都说同一句话劝她吃一口。

他说：“伯父会担心你的。”

这句话分外灵验，每说一次，林巧南便拿起筷子乖乖合作。她机械地吃下食物，根本不在乎好不好吃，即使菜单是由她本人拟定的。

“这是伯父请大家吃的最后一顿饭，看到大家开心，他一定很欣慰。”江睦远知她心里不快，遂如此安慰。

可林巧南就像受到威胁的刺猬一样竖起了全身的尖刺。

“你真这么以为？”她声音尖厉，带着若隐若现的讽刺。

最远一桌的劝酒声听着相当热闹，江睦远不由得苦笑，淡淡说道：“有些事不能太较真，只能往好的一面想。”

她是做数据分析的，较真是工作常态，自然无法苟同。

林巧南动了动嘴想要反驳，却立刻想到争辩林振华欣慰与否这件事本身毫无意义，不禁意志消沉，懒得再多说什么了。

她重新缩回了悲伤的世界里，将自己深深隐藏起来。

好不容易送走最后一位亲友，林巧南松了口气，脸色霎时阴沉。之前她用了全身气力克制，才不让自己在大庭广众之下情绪失控，这会儿总算可以摘下面具，露出一脸鄙夷。

她太天真了，竟然幻想别人能感受到与自己一样的哀恸。感同身受这种事，除非亲身经历，否则谁都做不到。

她将父亲的遗像送回他生前的房间，顺手拖来一把椅子踩上去，毕恭毕敬地将相框摆放在李裕芬和林健辉的遗像中间。一家三口在高高的柜子上方团圆了，每个人脸上都带着安详的笑容。

“我们总有一天会再见。”她喃喃自语，擦去夺眶而出的泪水。

底下，有人扶住了摇晃的椅子。林巧南低下头，看到江睦远担心的表情。她弯腰撑住他的肩跳下地，开口道：“你回去吧，我不会做傻事的。”

他请了好几天假，在林家客厅安营扎寨，表面上的理由是方便跑腿帮忙，实则怕她一时想不开寻短见。林巧南善于察言观色，很快便从他的神情中发现端倪，心想他未免有些焦虑过度。父亲的身后事尚未完成，自己怎么可能轻易撒手不管呢？

如今林振华大殓已毕，江睦远想必更确信她对世间再无眷恋之心。为免除他的顾虑，林巧南决定把话挑明了说。

他顿时尴尬不已，俨然是被说破了心事。好在随机应变亦是他的专长，他嘴角一挑，轻声应道：“是我多虑了，伯父是个坚强的人，你当然也是。”

他的话打动了林巧南，她回头望了一眼生命中最亲近的三个人，凄然地笑了笑：“他们都拼命想要活下去，却没有了机会。我不能对不起他们。”语声暂歇，随即又起，“况且我的命本来就是哥哥续的，我一定会很珍惜地活着。”

江睦远面色微变，满心不忍，他上前半步，猛地将她拥入怀抱。

“小南，请让我代替他们来照顾你。”他郑重其事地提出了请求。

林巧南内心矛盾极了，她既感激江睦远的支持和付出，又害怕自己会给他带来不幸。原本打算等父亲的事告一段落后就提出分手，以免将来连累他。可此刻听到他情真意切的恳求，她禁不住动摇了，毕竟这是她迄今为止交往时间最长的一任男友，总有几分不舍。

她的头埋在他的胸前，宛如小鸟依人，然而怀中的温馨却越来越令江睦远焦躁不安，皆因迟迟未听到她的作答。

他的身体稍向后仰，拉开了与她的距离，以便能看到她的脸。

“你不相信我？”他声音比平时低了几个分贝。

林巧南心虚地避开了视线：“江睦远，你再慎重考虑一下。不用同情我，也不要可怜我，就算我一个人过完这辈子也没问题的。”

他的眉头紧紧皱起，俊秀面庞笼上了一层阴霾：“什么意思？”

她的心跳得很快，这个相识半年的男人第一次带给她一种强烈的压迫感。她小心翼翼地喘了口气，飞快地说：“我身边最亲的人一个接着一个离开，也许我就是传说中的天煞孤星。”她摇摇头，神色黯然，语气挫败，“我不想再拿你或者其他什么人和命运赌了。”

“无稽之谈！”江睦远的反应一如她的预计。

以前林巧南也不信命理学，可是林振华的意外成了压垮骆驼的最后一根稻草。她连着几天思考为何偏偏总是自己失去亲人，到最后不得不归结于“命运”二字。

唯有命运，凡人永远不可能战胜。

江睦远一把将林巧南推倒在面前的椅子上，他居高临下地俯视她的眼睛，表情严肃得好像高中时的教导主任。

“林巧南，”他难得地连名带姓叫她，“你的借口我不相信。”

“你看看他们的照片，这还不是明摆着的事？”她长叹一口气，抬头看着上方苦笑，“承认自己是扫把星，你以为我心里会好受吗？我害死了哥哥，害得妈妈一直不开心生了病，又亲自把爸爸送上了手术台。”眼睛刺痛，控制不住又想流泪，她握紧双拳深吸口气，“他们都是因为我失去了性命，我不敢再冒险。”

江睦远弯下腰，双手搭着椅背，将她圈抱在中间，他眼睛一眨不眨地紧盯着她的脸，不容许她逃避。

“林巧南，这些事根本和你没有关系，你不要胡思乱想。”

她固执地摇头否定，碎碎念叨：“我不能冒险，不能坐等悲剧再次发生。江睦远，比我好的女生到处都是，你没必要委屈自己。”她硬着头皮说完这些话，原来的计划并不是今天就提分手，也不是在林振华的房间，当着父亲的“面”。无奈事态发展超出预期，她怕以后再也没机会了。

话说得这么明显，江睦远岂会不懂？他的呼吸变得急促，牙齿松开了嘴唇，修长的手指扣住她的下巴，迫使林巧南正视自己。

“这是借口吧，那个男人才是理由。”他拒绝相信自己输给了不知所谓的“命运”，情愿她是为了别人，至少自己还有争一争的希望。

林巧南睁大眼睛，茫然地问道：“你说谁？”她的感情生活非常简单，异性朋友寥寥无几，谈何而来其他男人。

她的模样不像伪装，江睦远颓然松开了手，沮丧地后退一大步，仍然不能接受分手的事实。

“对不起，是我多心了。”他闭上眼睛做了一个深呼吸让自己平静下来，“小南，我们各自冷静几天再谈，好不好？”

林巧南并非铁石心肠之人，尤其是她本就感到亏欠了江睦远，他的请求让她说不出“不”字，可就算过几天又能怎样？反正已成定局的事，再无法改变了……她点了点头，默许他的提议。

“我先回家，你好好休息，不要太难过了。”江睦远唯恐她改变主意放弃“冷静期”，匆匆交代两句，立刻告辞离开。

他一走，房间里刹那间安静下来，静得只剩她自己的呼吸声。

林巧南用后背紧贴着门，克制追出去的冲动。

“可以的，老爸，我一个人也可以的！”她重复着，轻声却坚定。

生活总要继续。

接下来的人生，她不能再连累任何人了。

Chapter 02

他感觉到了，来自另一个人的温度 

1

星期一清晨，与父亲在世时一样，林巧南醒来时家里静悄悄的。

林振华习惯早起，在家的时候每天很早起床去公园锻炼身体，风雨无阻。他通常 6 ： 00 前出发，近 9 ： 00 才回到家吃早饭。所以林巧南在工作日的白天基本见不到父亲的面，父女俩一天能相处的时间也就她下班回家到各自回房睡觉前那几个小时，碰上她连续加班或林振华外出旅行，几天乃至个把月不见面亦是常态。

于是迷迷糊糊爬下床的林巧南并未意识到不同，至少在初始的五分钟内。

她拖着步子走到洗手间刷牙、洗脸，全程闭着眼补觉。挂洗脸巾的时候，她的手指无意中碰到了林振华那条已经干透的毛巾，指尖感受到的粗硬让麻痹思维的堤坝出现了决口。她浑身一哆嗦清醒过来，今日已是头七。

在睡梦中沉至心底的悲伤又涌上心头，林巧南抓起毛巾，狠狠地、用力地擦着眼眶。

不，不能哭，不能让老爸担心！

她比平时晚了大约一刻钟，出门前特意化了一个淡妆掩盖红肿的眼圈。

林巧南请了几天假，同事们从她上司那里听说了不幸，纷纷通过微信表达了慰问。不过当面说显然更有诚意，今天大家见到她的时候少不得还会说一句“节哀顺变”。可对林巧南而言，这些慰问不啻于一次又一次撕扯开她尚未愈合的伤口，她得时刻提醒自己不能当众哭出来。别人是出于好意和人情，不是想看她悲痛欲绝的样子，当事人要把握好分寸感，以免对方尴尬。

林巧南在一家医疗器械公司的商务部从事数据分析工作。她入职刚满一年，在公司里有几个一起 AA 的“饭友”，平时吃吃喝喝感情不错，但远未到能抱头痛哭的交情。她已有所觉悟，悲伤始终是一个人的事，这世上哪有什么感同身受。

因为晚了一刻钟，地铁车厢比林巧南经常搭乘的那一班拥挤得多，她被两边的人夹着，双脚离地，随着车厢行进的方向摇摇摆摆。她一面担心自己会摔倒，一面还得忍耐各种气味，倒是没空再多想其他的事。

好不容易熬到宜山路站挤出车厢，她突然一阵心悸，按着心口半天喘不过气来，她为接下来将要汹涌而至的同情感到恐慌、焦虑。这时候她倒是盼望着能遇到一些恐惧社交的同事，大家会假装不知道她的遭遇，省得她伪装出“感恩戴德”的样子来应付廉价的同情心。

只要撑过今天，明天就不会有人在意了。林巧南对自己说。

她留在站台上，对面回程的列车正轰隆隆地驶来。

地铁驶离宜山路站时，冷岳阳在车窗外一闪而过的站台群像中似乎瞥见了一个念念不忘的身影。

是小南吗？车速太快了，他无法确定。

沮丧以排山倒海之势席卷他的身心，他试过在家里的各个角落呼唤“小南”，却始终无法再见她一面。那意味着就算存在平行世界，他的愿望也不可能实现了。

冷岳阳做了好几个深呼吸，平复心脏处传来的绞痛。死去的人，他们的时间永远停止了；活着的人，生活还要继续。

他眼下能做到的事唯有好好工作，免得父亲在天之灵还要继续操心。

冷岳阳在一家周报做记者，工作时间较为弹性，除了星期一的选题会议必须参加，其他时间哪怕他不出现也没关系，只要在截稿日交出稿子即可。

这几年报业不景气，很多人陆陆续续离职，他负责的版面越来越多，一手包揽了社会、美食、旅行和娱乐新闻。

冷岳阳也曾有过离开的念头，在自媒体的冲击下，纸媒的生存空间越来越小。碎片化阅读时代追求效率，针对热点事件，自媒体在几小时内就能催生出阅读量十万以上的文章，日报的时效性尚且比不上，何况他负责的是一份周报呢。虽然他竭尽所能地写出有深度的报道，无奈报业整体走势向下，他无力回天。

一站路过后，他下了车，随着人流走出地铁站。报社在一年前搬到了租金相对便宜的漕河泾开发区，办公室面积也大幅缩水，处处透露出“日子不好过”的讯息。2015 年 11 月，申城另一份有名的周报停刊了。2016 年一整年，停刊的报纸更多，明智的人都早早逃离了这艘注定会沉没的船。不过主编王昊对冷岳阳有知遇之恩，从道义上来说，他不能说走就走。另外，他还没想好接下来到底该选哪一条路，究竟是投身自媒体浪潮，还是专职写小说？

一出地铁站，一股热浪扑面而来。今年的高温日破了历年纪录，他无聊地猜想，也许今年的冬天会很冷。烈日当空，他仿佛看见父亲穿着老头衫坐在院子里大口吃西瓜，手摇着大蒲扇老神在在地说：“大热之后必有大寒，今年冬天你要记得穿秋裤。”

过去那些年，这一幕时常上演。冷岳阳总不当一回事儿，反正不管冷或者更冷，他都照样在寒风中裸着脚踝。至于冷子荣强烈推荐的“秋裤”，统统被他压在了箱底。父子俩为此每年冬天都要争执好几回，结局总是不欢而散，谁也说服不了谁。

“爸，今年冬天我会听你的话。”他信誓旦旦地做出保证。

下一秒，冷酷的现实击中了冷岳阳——父亲永远不会再回应他了，他听话与否对于已过世的人毫无意义。

“他还活着的时候，你为什么不听话呢？”有一个声音在严厉地质问他。

眼角又湿润了，眼眶酸涩鼓胀，他闭上眼睛遏制流泪的冲动——不许哭，说过再也不哭了！

一滴没忍住的泪逃离了掌控，在脸上留下蜿蜒的痕迹。冷岳阳狼狈地睁开眼，唯恐经过的路人察觉到他哭了。

在他的正对面，一个梦寐以求的人出现了。她满面惊惶、东张西望，像是一觉睡醒发现自己梦游到了完全陌生的地方，只能手足无措地站着。

红红的眼圈出卖了她，在来到他的世界之前，她应该也在哭泣。

冷岳阳的脑海中忽地闪过一丝疑惑，可惜没抓住。

“你好，小南。”他先开口打了个招呼。

对方压根儿没领情，气势汹汹地质问他：“这是哪里？”

该怎么解释呢？时间有限，他说不准这一次两个平行世界的交集能持续多久，下一次还会不会发生，所以务必简明扼要地让她了解情况。

“我和你在不同的平行世界，现在这两个世界又发生了交集，我们恰好处于相交地带。”

她的眼神好像看到了疯子，说出口的话证明确实如此——

“你疯了吧？什么平行世界，这又不是科幻电影！”

这是正常人的反应，冷岳阳说服自己接受她的“不理解”，就像对吴韵诗那样，还是要摆事实证明：“除了平行世界，你怎么解释我在你家浴室，以及殡仪馆四楼出现的情况？我可以发誓，不是我迈开腿走过去的。”

许是想起那两次确实说不清缘由的“接触”，林巧南的神情有些动摇。冷岳阳再接再厉，继续说道：“伯父过世的日子，是 8 月 15 日吧？”

这一句令她神色大变，她脱口而出：“你怎么知道的？”

果然如此，那天注定会有人死去，不是她的父亲，就是他的。冷岳阳心中恻然，定睛细看面前的女子，明明素昧平生，怎么就变成“命运共同体”了呢？他叹了口气，飞快地报出自家地址，满怀期待地问她：“你家是不是在这里？”

“不是。”她一口否定，戒备之色重回她那清秀的脸庞。

冷岳阳一愣，这一点倒是出离了他的设想。他原本坚信自家所住的房子在平行世界里正是她的住所，两个世界同日发生的悲剧架起了连接桥梁，他才得以见到另一个世界的她。难道说，他之前的假设全都不对？

“下班后，不，今天头七，你肯定没空。那就明天吧，下班后麻烦你到我家去一趟，看看和你同处一个世界的冷岳阳，他的父亲是否健在？”他一口气说完，也不管邀请一个女生去陌生男人的家里，别人会不会担心遇到变态。

她睁大了眼睛，没来得及发出任何声音，整个人在刹那间消失不见了，一如出现时那般毫无征兆。

他喃喃自语，对着晴朗的天空：“小南，拜托你一定要去。”

阳光刺眼，照在身上是热的，他心底却开始结冰了。

命运，从来由不得他掌控。

林巧南愣了半天才缓过神来，眼前的景物从被烈日烤焦的大街变回熙熙攘攘的地铁站台。两侧同时有一班地铁进站，下车的客流里又有人因为看着手机走路，不小心撞到了她。

她在被撞到的同时又挨了一句骂，接着那个叫“冷岳阳”的男人就倏忽不见了，连同他所谓的“平行世界”。

她揉了揉眼睛，确信他确实与自己不在同一空间。

冷静，林巧南，冷静！她默默对自己说了几遍，防止自己失控地尖叫。如果在他的世界里，爸爸还活着……她能感觉到血液在体内加速奔流，梦想成真的喜悦冲击力巨大，难免令人头晕眼花，心跳加快。

她想象过无数次平行世界或许会有所不同，在那里父亲、母亲仍然健在，甚至哥哥也有机会长大成人。那个世界里的林巧南不是独自活着，所有她爱着的家人都围绕在身边，她过得很幸福。

林巧南在站台找了个位置坐下，她激动得全身发热，每个毛孔似乎都在源源不断地往外输送热能。这些热量刚跑到外面就遭遇了地铁冷气的强力反噬，以至于她感觉忽冷忽热，整个人簌簌发抖。

工作人员走过来询问林巧南是否身体不适。早高峰时段的上海地铁拥挤不堪，即便车厢内有空调亦时常有乘客因为闷热缺氧而昏厥，他见她下车后在站台逗留了好久，以为她需要帮助。

她的状况明显好转，不再发抖了。

“谢谢，我没事了。”林巧南赶紧道谢，随着刚下车的人流踏上自动扶梯。

地铁站外阳光明媚，赶着上班的人们步履如风，匆忙地路过街边的风景，唯独林巧南，她又僵住了。

冷岳阳给她的地址证明在平行世界里他的坐标同为上海，令她惊讶的是，她发现在他的空间里出现的街边建筑与自己上下班路上经过的建筑物极其相似。

是巧合吗？在两个平行的世界里，他们竟然在同一条街工作！

阳光刺眼，照在身上是热的，林巧南却打了个寒战。

假如不存在平行世界，该怎么定义她“见”到他的现象？

林巧南一整天惶恐不安，利用工作间隙搜索了多个网站，试图解释发生在自己身上的诡异现象。不幸得很，她没有找到相似的案例，因而仍旧一头雾水。目前看来有两种可能性，要么是她和某个现实中存在的男人同时发疯，以致产生了相同的幻觉，要么就是打开了平行世界的连接门。

无论哪一种，貌似都不在常理范畴。林巧南自认精神正常，除了时不时悲从中来之外并无异样。从同事们的反应来看，她的认知无疑也是正确的，对于善意的慰问，她回应得体，表现出了“极度克制的悲伤”，既给予大家展示友谊的机会，又不给别人增添额外的麻烦。

林巧南心里的天平彻底倒向冷岳阳声称的“平行空间”，恨不得马上冲到他家一窥究竟。要不是今日正逢父亲的头七，她肯定抛下一切顾虑去求证了。

前几次林巧南不过是参与者，只管上香磕头掉眼泪。可眼下林振华既殁，她总不能麻烦父亲的兄弟姐妹来操持此事，哪怕赶鸭子上架也得亲自下厨，否则又怎么令父亲信服她有独立生存的能力呢?

地铁站旁边正好有一家大型超市，方便她下班后采购食材。虽然林振华最喜欢吃红烧肉，可惜她真的有心无力，能拿得出手的菜肴只有一个人人会做的番茄炒蛋。林巧南后悔莫及，父亲曾多次提出要教她做菜，她一律以“我很忙”“没时间”为借口推托，此时再想学已然没机会了，并且是永远的错失。

但凡和“永远”一词挂钩，死亡带来的悲剧色彩便越发浓重，重得她情绪濒临崩溃。她急急忙忙结账离开，免得自己在大庭广众下落泪。

她低着头一路疾走，眼泪洒在扬起的飞尘中，尘埃受不起重量，再度坠向大地，留下斑斑点点的痕迹。

林巧南晃进小区大门的时候，特意用手遮住了下半张脸，以防被邻居或是那些和林振华一同早起锻炼的朋友发现自己又哭成了泪人。她连走带跑来到楼下，没注意有辆眼熟的车就停在路旁，江睦远靠着车门在等她。

江睦远以为林巧南故意无视自己，瞬间心跳乱了一拍。想不到她当真打算分手，那不是他计划内的事。

“林巧南。”他出声唤她，尽量使语气显得正常。

正在找钥匙的她慌慌张张地先抹了把脸再转过身，一脸惊讶状：“你怎么来了？”

江睦远从车后备厢拿出了两个购物袋，举得高高的朝林巧南走过来，面色庄重地说："今天是头七，你又不会做菜，打算让伯父回家吃空气吗？"

会做菜是他的强项，也是当初博得林振华赞赏的优点之一。毕竟做父亲的都希望女儿能找一个能干的丈夫，最起码不会饿到她。

被抓住了软肋，林巧南略微尴尬。她仰起脖子缩短两人身高的差距，逞强地反击："我可以叫外卖呀。"

她没有拒绝继续对话，代表还有挽回的余地。

信心回来了，江睦远微微一笑，顺着她的话说下去："有道理，就是外卖多油多盐，不合伯父的口味。我打算做红烧肉、蒸茄子、栗子烧鸡，冷面做主食，都是他喜欢的。"

他每说一道菜，她的眼皮就不受控制地跳一下，像是在应和。他没说错，这些正是父亲爱吃的菜，也是她没来得及学习的。

"那我代老爸谢谢你。"林巧南妥协了，朝他伸出手，"给我一个袋子。"林振华生前很喜欢江睦远，始终将他视为女婿的最佳人选，今天不能让父亲失望。

江睦远忙侧身躲开，说道："不用了，一点都不重。回到家里你只管卸妆洗澡，其他事全部交给我。"

以他的条件，何必如此委曲求全？林巧南百思不得其解，完全不懂他到底看上自己哪一点。就连林振华生前也常说她能遇到江睦远是"中彩票一样的运气"，一定要趁对方头脑清醒过来前把生米煮成熟饭。

她走两步回头看他一眼，看得江睦远心里发毛，忍不住问她："怎么，我脸上有东西？"

"不是。"林巧南摇头否定，若有所思道，"老爸这么欣赏你，不是没道理的。"

他的眼睛一下子亮了，仿佛两颗流光溢彩的黑曜石。

"那么，我们继续吧。"

她不置可否，加快脚步朝楼上走。

这一次江睦远吸取了教训，不再逼林巧南表态，径自跟着她上楼。

林巧南没有留意，就在他们走进大楼的刹那，一个熟悉的男人的身影消失了。

2

冷岳阳手里捏着一把葱，水龙头“哗哗”地流着水，将葱白和须根上的泥土冲得一干二净。他轮番打量水龙头和葱，觉得平行世界的打开方式越来越奇葩了。

就在几分钟前，他去了林巧南所在的世界，亲眼看到她住所之外的场景，使他得以确认她并未撒谎，他们的家不在同一个地方。

他从江睦远口中听到了她的名字，第一次知道她连名带姓叫什么。名字搅动了模糊的记忆，他似乎在哪里听过这三个字。

“林巧南，林巧南。”他念了两遍，什么都没想起来。

冷岳阳放弃了，转而回想见到她之前的情形。

他当时去院子里割了一把葱拿回厨房清洗，准备一会儿做菜时用。今天是冷子荣的头七，他拟的菜单全是父亲的心头好：清蒸白水鱼、红烧肉、腐乳空心菜、扁尖冬瓜汤。

事实上，除了红烧肉，其余三道菜也是冷岳阳在家时喜欢吃的。他边洗葱边思考着究竟是因为父亲总是做这些他才喜欢，还是因为他喜欢父亲才会做。眼下父亲走了，这个因果关系没办法理清楚了。

味蕾的记忆或许可以归结为条件反射，也可以看作情感的寄托，无怪乎某个美食纪录片总喜欢将食物和感情画上等号。当冷岳阳想起这些食物的滋味，往日与父亲吃着菜对饮的画面也一并清晰起来。被理智压抑的伤感冲破了桎梏，他甩掉手上的水揉了揉眼睛。

再睁开眼，他就瞧见林巧南提着超市的购物袋站在楼外掏钥匙，她和江睦远聊了几句，两人径直上楼，谁都没有发现他。他正想尾随，不料楼下的大铁门猛然合拢，他忽地又回到了自家厨房。

闪回的记忆片段里，某些早前被忽视的部分引起了冷岳阳的重视。迄今为止平行世界一共连接了五次，其中有四次都发生在他流泪之后。这也许纯属巧合，但也可能正是规律。

我的……眼泪？冷岳阳抬手抚上脸颊，他的手是湿的，感觉不到先前的泪痕，但是他记得自己应该是哭了。自从父亲过世，他从泪点奇高变得轻而易举掉眼泪，纵然理智不赞同，也没办法控制泪腺受到刺激后的自然反应。

他再也看不得任何与亲情有关的电影、文字，所有的故事都会令他情不自禁地联想到父亲，联想起自己无法弥补的亏欠。他真心以为还有很多时间与冷子荣相处，所以把诸多计划都推给了“将来”，谁知将来永远不会来了。

命运在冷岳阳毫无防备之际给了他当头一棒，他至今想不通为什么。

“爸，只要你能活过来，我以后什么都听你的。”他呢喃着不可能的事，渐渐热泪盈眶。

平行世界的“门”并未开启，冷岳阳仍在原地。

他立刻想明白此中关键：仅靠一己之力是不够的，要打开这扇“门”，林巧南必须在另一边同时协助。

两人素昧平生，已知的联系仅限于他们在同一天失去了各自的父亲。这个令人悲伤的巧合多多少少可以看作共同点，除此之外再无其他。他不清楚为何偏偏是林巧南成了特别的那一个，他们甚至还处于不同的平行世界……

“叮咚！”

突然响起的门铃声吓了冷岳阳一跳，也打断了他不着边际的幻想。

冷岳阳关掉水龙头，转身向房门走去。

门外的人是吴韵诗，她一袭白色长裙，怀中抱着一束白菊。

“今天头七，我来送送伯父。”她脆声说道，翩然而入。

尽管冷岳阳的大部分心思都在琢磨着平行世界，大脑里掌管感情的神经仍适时发出了警告——吴韵诗最近来得实在太勤了，他务必小心应对。

吴韵诗先将菊花放到冷子荣的相框旁，双手合十默默祝诵。距他离世已过去七天，时间过得很快，她却一如出事当晚那样唏嘘不已。

那时接近16日零点，吴韵诗按例在睡前刷新朋友圈，出乎意料地看到冷岳阳发出的噩耗。她马上想起当年的一顿饭，不敢相信和气热情的“冷叔叔”就这么走了。

吴韵诗真心实意前去吊唁，当时心无杂念，可是看到一身黑衣冷峻帅气的前男友，她止不住又为他心动了。

她仔细观察了出席追悼会的人，与自己差不多年纪的女生皆是冷岳阳的亲戚。以她对他的了解，基本可以确定他目前单身，否则女朋友不会缺席如此重要的场合。一种不该有的期待油然而生，她竟然认为冷子荣的意外离世简直是天赐良机，给了她新的机会。

冷叔叔，对不起！她无声地祈求宽恕，为自私自利的念头道歉，请您保佑我和冷岳阳能重新开始，不再分手。

似是回应，冷岳阳的声音在耳边响起，他客气地道谢：“谢谢，有心了。”

她抬眼望去，心疼地低语：“你在哭吗？”

冷岳阳抬手朝脸上抹了一把，淡然地否认：“刚才洗了把脸，没擦干。”嘴角微扯，他自嘲地笑了笑，“大殓那天我都哭不出来，现在更不可能了。”他不愿向外人展示脆弱的一面，包括承认流泪这件事。

吴韵诗信以为真，担忧地皱了皱眉：“哭不出来不是好事，悲伤、难过压在心里，对身体没好处。”

“无所谓了。”

他满不在乎的表情和语气暗示谈话到此为止，吴韵诗赶紧收回没说出口的建议，转向另一个肯定能引起他兴趣的话题：“关于平行世界和那两个人，你有没有再见到他们？”

他迅速地瞥了她一眼，拿不准她对此真有兴趣，还是单纯为了接近自己。倘若是后者，的确需要谨慎处理。

短短几秒钟，他做出了判断。

“没有。”冷岳阳长叹一口气，一边转身往厨房走，一边说，“这种科幻电影才有的情节，应该是我不能接受老爸离开的事实，自欺欺人而已。”

谢天谢地，总算恢复正常了！吴韵诗松了口气，倒是没有料到冷岳阳在撒谎，一心以为他撑过了悲伤的前四个阶段，已然接受了现实。

心理学通常将悲伤分为五个阶段。第一阶段是否认，悲伤的人会拒绝承认已经发生的事实。度过“否认”阶段之后，第二阶段他们会变得愤怒，情绪容易变得悲愤和激动，不但会责怪旁人应该对他们失去的事物负责，而且也会对自己感到愤怒。第三阶段则是协商，他们会和自身或自己信仰的神灵讨价还价，乞求改变已发生的事实。最难熬的是第四阶段，沮丧。这一阶段里的他们会觉得疲倦、无精打采，也可能因为突然爆发的无力感而痛哭。他们会感到生活不再有目标，感到愧疚，仿佛一切都是自己的错。最后一个阶段是接受，这时候他们终会意识到生活要继续下去。

吴韵诗跟着他来到厨房：“我来帮忙吧，两个人一起做，速度可以快一点。”她拿起菜刀，打算先剖鱼。

冷岳阳看了看她的白裙，伸手夺下菜刀。

“得了得了，脏活交给我，你帮忙洗空心菜就好。”他骗了她，怀着几分歉意，不忍再拂她的好意。

吴韵诗听话地端起菜篮，喜悦从心底漾开，控制不住的微笑爬上了她的嘴角。怕他瞧出她不合时宜的欢喜，她压低脑袋做事，有一搭没一搭地问他：“你是打算住回来，还是把房子租出去？”

冷子荣在世时，冷岳阳嫌他管得太多，找到工作不久便租房独居。如今父亲不在了，再没有人盯着他吃饱穿暖成家立业，房间里少了父亲的絮絮叨叨，陡然冷清了。倘若搬回来，他肯定受不了这份落差；但是租给别人，他也舍不得彻底抹去父亲存在过的痕迹。

“我还没想过，以后再说吧。”

“倒也是，伯父才刚走没几天，考虑这种事也太早了。”她敏锐地抓住他语气里的一丝不耐烦，意识到自己的问题惹他不快了，连忙自找台阶下。

冷岳阳也是心思敏捷的人物，当然听得出她的转折有多急。以他平素与女生打交道的习性，必然温言软语化解尴尬，不至于让人难堪。然而此刻他选择了沉默，任由吴韵诗脸涨得通红手足无措。

他对命运充满敌意，连同这个世界的其他人都成为他迁怒的对象。明知这样的自己不可理喻，他却无法克制对旁人的嫉恨——为什么遇到不幸的人是他？

冷岳阳将无限的希望寄予平行世界，只要能找到方法，他就有可能再见到活着的父亲。

他从未如此渴望能够见到一个女人——林巧南也一样。

二十多个小时之后，距离正常下班还有五分钟，林巧南开始心神不宁。她咬着大拇指盖看着笔记本电脑下方状态栏显示的时间，恨不得立刻跳到六点，她就可以拎包走人了。

还差两分钟就到下班时间了，林巧南打开邮箱将销量库存报表发送给部门老大。这样等他收到后即使马上打开也来不及找她核对数据，肯定会拖到明天，她今天不想加班。

17 ∶ 59，关机，她起身去洗手间。林巧南看着镜子里的脸，黑眼圈明显，面色苍白浮肿，看起来失魂落魄。她这模样，走到哪里都是安全的吧。

林巧南自从与江睦远交往后，就再也没有和陌生男性相约单独见面过，她的交际圈子不大，平时来往的除了求学各阶段的同学及工作后认识的同事，就没有别人了。不过她和江睦远一致认为，彼此应该拥有独立的朋友圈，以尊重为前提互不打扰，所以就算林巧南告诉江睦远今晚她要去见“一位朋友”，他也不会追根究底问清楚对方姓甚名谁。

可是她没说。昨晚她有很多次机会可以提起冷岳阳，都在闪念之间错过了最佳时机。她没想好万一江睦远问起对方是谁时该如何作答，两人在殡仪馆险些发生冲突的一幕让她记忆犹新，她百分百确定江睦远会反对自己去见冷岳阳。

更令林巧南难以启齿的则是背后的原因，她没有底气告诉江睦远关于平行世界的事情，他一定会觉得这是她悲伤过度的臆想。

她本就将信将疑，况且也不是正宗的科幻迷，三言两语便能露怯。斟酌再三，她最终还是决定先隐瞒江睦远，自个儿把问题搞清楚。

冷岳阳的家在杨浦区，要换两趟地铁才能到。她站在水泄不通的车厢里，想象另一个世界的上海是否同样拥挤，身旁这一群为生存而奔波的人是否同样疲倦困顿，那一个林巧南是否活出了自己真正想要的样子？

她希望平行世界里的自己能一如港剧台词那般“一家人齐齐整整”，这是此生她已得不到的奢望，只求另一个她能得到圆满。

林巧南出了地铁站，开了地图导航找到了冷家所在的小区。

小区格局与她家类似，从门牌号推测，他家应位于靠马路的一侧。她继续开导航，绕了一大圈才发现楼宇右侧的绿化区域内有一条小径似乎能直通小区大门。

没办法，初来乍到总避免不了绕远路。林巧南忽然想起父亲常挂在嘴边的一句话，接下来则是“幸好下一次就不会再犯错”。

下一次……老爸，你没想到有些事不会再有下一次吧。想起 8 月 15 日失败的手术，林巧南心中大恸，不得不将大拇指塞进口中用力咬住。牙齿抵着坚硬的指甲盖，她拼命地喘气想要压住心脏的疼痛。

“不许哭，林巧南，你现在不能哭！”她仰起头，对自己下命令。

眼泪被逼了回去，林巧南站到了铁门外，来不及犹豫，她按下了冷家的门铃。

对讲机那头无人应答，她能听到楼道里回荡的铃声。

林巧南有点自责过于冲动，她还没想过万一来应门的人是冷岳阳的父亲该怎么办，要不要恭喜他活得好好的?

“啪嗒！”某一扇门传来开锁的声音。

她眯起眼透过铁栏的缝隙观察楼道内侧的动静，紧张得大气不敢出。一个身材高大的男人打开门走了出来，看身形倒是与那位“冷岳阳”相仿。

心脏“怦怦”直跳，她有些晕眩感。林巧南伸手扼住脖颈，防止自己吐出来。

他走到跟前，隔着一扇铁门，静静地望着外面的她。

林巧南闭上眼睛深深吸了口气，脱口而出：“你好，请问你的爸爸，呃，他没事吧？”

话音落地，她才发现问得没头没脑，而且相当无礼。她后退半步，庆幸中间隔了一道铁门，假如他想动手揍人的话，她还有时间逃跑。

铁门内侧的男人做了一个开门的动作，她不由得再退一大步，眼睛骨碌碌地转，寻找最便捷的退路。

“林、巧、南。”他一字一顿，准确地叫出了她的名字，声音低沉磁性。

她吃了一惊，抬头看他，脸上写满疑惑。

“你……你怎么知道我？”不对啊，即使平行世界里的他也不知道她姓甚名谁，这一个“他”又从何而知?

那张俊美的脸神情复杂，伤感、哀痛、愤怒、不甘……她能看到各种情绪闪过他的眉梢眼底。她倏然住口，隐隐约约有了不好的预感。

他低垂了眉眼，隐藏起所有的感情，面无表情地说：“我知道你是谁，我也知道你会问什么。因为——”稍稍一顿，他齿缝间迸出一句话，“正是我让你来的。”

林巧南依然处于发蒙状态，脑袋里转着平行空间、穿越之类乱七八糟的念头，怔怔地看了冷岳阳好一会儿，才猛地打了个激灵。

冷岳阳知道她反应过来了，即便反射弧比较长，她终究还是会明白的。

“你，你是他……”她说得结结巴巴，不敢把更重要的发现宣之于口。仿佛不揭穿，美梦的肥皂泡就不会破裂。

冷岳阳看上去和林巧南一样沮丧，耷拉着脑袋有气无力地呢喃：“是，就是那个自以为是的笨蛋。去他的平行世界，根本，从来就没有！”说到最后，他的语气近乎咬牙切齿。

残存的幻想破灭了，林巧南再度体会到 8 月 15 日傍晚的那种绝望，似乎林振华又一次在眼前死去，没有奇迹，没有重来一次的机会，父亲的的确确死了。

她先是咬着下唇默默垂泪，接着是小声啜泣，细细碎碎的呜咽，到最后越哭越伤心，终忍不住抱紧双臂蹲下身放声大哭。眼泪完全止不住，像是被拆掉了开关阀的水龙头，唯有流尽方能罢休。

林巧南的哭声影响了冷岳阳。他本来正咬牙硬忍，命令自己绝不能在这个莫名其妙的女人面前哭，偏偏她满腹心酸找到了突破口，不管不顾兀自哭得畅快淋漓，他听着她悲切的呜咽，不知不觉，眼眶竟也湿润了。

暮色包围了他们，连同路人窥探的视线。冷岳阳率先醒悟，不顾脸上还挂着眼泪，一面急忙拽住林巧南的胳膊拉扯她起身，一面劝说道："先进屋吧，别在外面哭。"

她哭得上气不接下气，泪眼蒙眬地望向英俊的男人。一瞬间，她的双眼睁大了，活像见到了传说中的"鬼"。

"冷……冷岳阳，有……有两个你。"林巧南指向他旁边的空间，语无伦次。

他也看见了，就在林巧南的身侧，还有一个与她一模一样的女子。

3

"超感……"冷岳阳喃喃自语，脸色古怪。

就在两人同时惊呼之际，出现在"幻觉"里的冷岳阳和林巧南消失了踪影。他飞快地瞥了一眼站在面前的女人，觉得她一副摇摇欲坠快要晕过去的样子。

是啊，要是不给出合情合理的解释，任何人都会认为自己发疯了。

冷岳阳以前看过类似设定的美剧，当初一门心思认定是平行世界就没往这方面思考，此刻不仅恍然大悟，也有几分哭笑不得。

"超感？"林巧南定了定神，她重复一遍向他确认，声音在发抖。

冷岳阳低头打开手机浏览器搜索"超感"，点开百科页面递给她，同时说道："嗯，全称是'超感官知觉'，我和你之间建立起了思维的传递，可以把自己所处的环境变成信息直接传递到另一个人的大脑里。具体表现就像我们出现在对方身边那样，但周围的人却看不到。你先看一下，不明白再问我。”

林巧南刻意无视他言辞里的轻视意味，接过手机仔细阅读。

她的理解能力不比他差，再说百科的介绍文字算是通俗易懂，她对此没有疑义。说实话，她根本不在乎这种现象到底叫“幻觉”还是“超感”，她在意的是为什么会发生，以及为何是他俩。

她看完了介绍，撰写百科的专家并没给出定论，她仍疑窦重重。

“为什么会建立超感？为什么是我们？有什么办法结束吗？”林巧南把手机还给冷岳阳，一连抛出三个问题。

她的面庞犹有泪痕，宛若梨花带雨；而他脸上的泪，也尚未被风吹干。

冷岳阳指了指她的脸，回道：“眼泪。”

看他一本正经，她还以为冷岳阳参透了个中玄机，谁知他的答案压根儿如同胡诌。林巧南没好气地瞪了冷岳阳一眼，语气严厉地斥责他：“能不能别开玩笑？这么严肃的事情，关系到我们今后的生活，你认真一点行不行？”

一旦明白整件事与平行世界无关，她再也见不到活着的父亲，她的态度立即转变了一百八十度。冷岳阳之于她是一个陌生人，是一个麻烦，是一个需要马上解决的问题，她不想和他产生交集，包括幻觉。

“信不信随你，我认为这就是关键。”冷岳阳的语气也好不到哪里去，心态与她半斤八两。他受的打击不亚于她，毕竟他从一开始就深信存在着平行世界，对此事的期待远胜过林巧南。

听他说得斩钉截铁，想来不是骗人。林巧南摸了摸脸，反应过来自己刚刚在这个陌生男人面前哭了。她又羞又恼，恨自己不够争气，脸色渐渐发白。

冷岳阳本来不想管她，可是眼看她面色苍白，出于人道主义必须关心。

“你没事吧，要不要进屋喝杯水？”他问。

他不提喝水也就罢了，一提她顿感口干舌燥，仿佛体内的水分随着眼泪一起流尽了，亟须灌水解渴。

林巧南迫不及待地点头，把安全顾虑抛之脑后，跟在冷岳阳身后进了屋。

林巧南一口气喝下两杯水，可见真的渴了。冷岳阳怕她呛着，好意提醒她慢慢喝：“我不和你抢。”

林巧南其实是想借喝水掩饰尴尬，可她刚踏进门就冒出了后悔情绪，担心冷岳阳误会自己别有所图。小区入口有便利店，又不是买不到水，她何必跟着他进来？

喝完第二杯水，林巧南从一片混乱中理清头绪，放下杯子，率先道谢：“谢谢，我好多了。”视线触及电视柜一角摆放的地球仪，藏在记忆之海的一幕影像随之清晰起来，她连忙左右张望，果然见到墙纸剥落的痕迹。

“我……我来过这里，”她小声嗫嚅，放下了戒备心，“在 8 月 15 日夜里。”

她的话勾起了冷岳阳的回忆。

无法入眠的那一夜，他坐在院子里孤独地喝酒，有个女人问他是不是在哭……当平行世界的梦想一同破灭，恍若亲眼见证他们的父亲同时逝去，他的心感受到了同步的悲伤，微妙的情绪变化促使他在她旁边坐下。

“我爸那天下午出了意外，他的安全绳断了，从十楼天台摔下来。”冷岳阳的目光定在地球仪夜灯上，声音压抑阴沉，“我赶到医院的时候，他已经走了。我没能见到他最后一面，连一句‘再见’都来不及说。”

冷岳阳从不曾主动谈起 8 月 15 日发生的悲剧，那是他极力想要逃往平行世界的理由，是他无法面对的现实。

眼前又出现父亲躺在手术推床上的一幕，父亲没有了呼吸，冰冷的身体慢慢僵硬，他记得自己费了九牛二虎之力才给父亲穿上新的衣裤、新的袜子和新的鞋子。他希望父亲能体面地离开，哪怕五脏六腑因剧烈撞击早已破碎不堪。

冷子荣换下的衣服上有大片血迹，触目惊心，一摊摊血迹让冷岳阳头昏眼花。等他的意识逐渐恢复正常，他觉得像是有谁在他大脑里擦除了许多记忆，他想不起来最后一次见到活着的父亲究竟是哪一天，他们说过什么话、做了什么事，他统统记不起来了。

“我很害怕，要是以后想到他，只记得他死去那一刻的样子，该怎么办？”他用双手掩面，像是负伤的小兽，不能将伤口暴露给环伺的强敌。

她不想做他的敌人。

林巧南曾经想象过那一天在世界其他角落离去的人会是什么身份，多大年纪，为什么死去……但那仅限于被动地想想，她从没真的打算认识他们，但眼前这一个是意外，相比超感的存在，他的坦白带给她的震撼似乎更大，她不能在此刻丢下他孤军奋战。

冷岳阳之于她不再是先前的定义，他成了盟友。

“我爸是死在手术台上的，最可笑的是主刀医生自信地说过上海除了他没人敢做这个手术，我居然信了。”林巧南狠狠骂了一句脏话，双手捏起拳头，“但我又能怎么办？我还要感谢医生拼尽全力抢救我爸，自我安慰医生不是万能的。”

悲剧发生至今，她一直在扮演成熟理性的家属，辛苦忍耐着一切不满和怀疑，甚至还要在林振华的朋友质疑医疗失当的时候为医护团队辩解，她感觉自己快被压垮了。

冷岳阳放下遮挡面容的手，满怀同情地看着她。

“你应该做死亡鉴定，至少明确伯父的死因。”他客观地分析。她的父亲和冷子荣在同一天离世，又同一天举办葬礼，从时间推算即知不可能进行司法解剖。

林巧南愣怔半天，缓缓叹了口气，松开了拳头。她在医疗器械公司工作，平日从销售部门听说过不少医疗案例，尽管当时悲痛欲绝，她其实也考虑过是否要进行死亡鉴定。只是这个念头一闪而过，她不忍心父亲再被开膛剖肚。

“我不敢，冷岳阳，我不敢！我怕万一证实手术过程或者术前诊断出了偏差……”她将大拇指塞进口中，使劲咬住拇指盖，心里稍稍感到好受了一些，“我小时候害死了哥哥，后来害得妈妈不开心生了病，我好怕爸爸也是被我害死的。”说到最后几个字，她已泣不成声，呜呜咽咽说得含混不清。

林巧南曾经对江睦远说过这些话，被误认为是为分手找借口。可这个男人则不一样，他是同盟，他们都经历了猝不及防的失去，他们能够理解彼此的恐惧、后悔，他们知道内心有些痛苦永远纾解不了。

他没有安慰她，也没有伸出手送上代表支持的拥抱，他只是悄无声息地拿来一盒纸巾递给她，看她抹完眼泪才开口：“如果不动手术，他会怎么样？”

“不超过三个月他就可能肠梗阻，还有可能突然瘫痪，能够肯定的是病发过程会痛得生不如死。而且到了那时再送急诊，医院也不敢立刻进行那么大的手术。”林巧南转述了医生的结论，正因如此才导致她心急如焚，不顾一切建议林振华接受手术。

“所以，你不要再责怪自己，和将来的痛苦相比，手术是最可行的方案。”站在局外人的角度，冷岳阳得出了自己的结论。他倒不是为了安慰林巧南，若易地而处他肯定也会在手术同意书上签字。即使输掉这场战役，他更不忍见父亲受病痛折磨。

“你签字同意手术之后，你爸爸对你说过‘谢谢’，或者是‘对不起’？”

他低下头，黑曜石一般的瞳仁里倒映着她神色慌张的脸。

再度回想起手术前一天还活着的父亲，林巧南的身体微微颤抖，她诧异地反问：“你怎么知道的？”

“要不要做手术，做出最终决定的是病人自己。但很多时候，在手术同意书上签字的人却是家属。这就相当于病人将自己的选择强行交给另一个人去执行，并且还可能要那个人承担执行失败后的精神折磨。”冷岳阳轻声一叹，温柔的声音滑过林巧南的耳膜，“如果是我，我一定要对那个人表示歉意。”

她盯着他的脸，刚止住的泪腺又打开了阀门，眼泪争先恐后涌出来。

“爸爸他，对我说了‘谢谢’。”

8 月 14 日，林巧南在医院待了一天。她先签完手术同意书，再签了麻醉同意书，然后跑到另一栋楼补交费用。她走得匆忙，到了缴费处才发现忘了带父亲的社保卡。林振华收到消息后，拿着卡下来找她。

她要补交的费用超过十万元，林振华的手术需要用到 3D 打印的骶骨替代物，光这笔材料费就高达十万元。她刷卡完成支付，将收据递给林振华的时候，他突然说了一句：“谢谢。”

“老爸，反正这笔钱本来就是你给我做嫁妆的，现在拿出来付手术费天经地义。”她以为林振华是为此表示谢意，遂如此回应。

林巧南始终不知道那声“谢谢”还能有其他解读。她泪眼婆娑地凝望着冷岳阳，听他继续说：“我相信伯父从来没有后悔过做手术，他对你说‘谢谢’应该是为了感谢你无条件支持他的决定，并不是每个人都有勇气在上面签字的。”

被他说中痛处，林巧南哭得更伤心，仿佛委屈的孩子终于遇到能够理解自己的人。

“我以后再也不敢了。”她边哭边说，接着自暴自弃地表示，“反正就剩我一个人了，也不用再对谁负责。”

冷岳阳不由得想起那个差点和自己打一架的先生，难道短短几天他们就分手了？他想了想，放弃了打探的念头，不谈感情问题，这是他给自己立下的第一条规则。

他本无意了解林巧南，可是超感将他们连接在一起，给她贴上了“特殊”的标签，他只能正视她的存在。另外，他能够做到的程度仅此而已。

“我也是一个人了。”冷岳阳故作轻松地笑了笑，“一人吃饱，全家不饿，挺好的。”他起身拿着杯子离开客厅，倒了一杯水再回来时，她已停止了哭泣。

林巧南将用过的两团纸巾塞进背包，不好意思地低着头绞手指。伤感退潮，理智归位，她感到不可思议，自己怎么会在一个陌生男人面前痛哭流涕？

冷岳阳似乎也无话可说，盯着她的头顶瞅了好一会儿，才迟疑地开口：“林巧南，关于超感，我的看法是连接的时机和我们情绪方面的同步有关，当我们同时想起爸爸，同时流眼泪，超感就连上了。”

“那怎么办？一三五归你，二四六算我吗？”

他一脸啼笑皆非：“你不必担心，我能控制自己的感情。而且，我已经决定要把这一页翻过去，以后不会再为老爸掉眼泪了。”

冷岳阳不是随便说说，无路可走的情况下，他也只能接受悲惨的事实。活着的人要继续生活，麻木自己是最好的办法。

林巧南心里不是滋味，仿佛被盟友背叛了。悲伤的能量强大无比，它恍若宇宙中的黑洞，吞噬了希望、悔恨、内疚、不甘……甚至包括了时间。这一次她走不出来了，但她没有权力阻止他试图翻过这一页，即便他是唯一能够理解她情感的人。

她勉强一笑：“那就好，否则难免有点尴尬。”回想第一次超感连接发生的地点，她的顾虑并非空穴来风。

冷岳阳也想到了那一次，隔着磨砂玻璃和水蒸气，他所见到的身影朦朦胧胧。即便如此，依然能看出她纤细曼妙的身材……他摸摸额头，在想入非非之前及时按下停止键。

交谈至此，没有必要再继续了，林巧南拿着背包起身，犹豫几秒钟还是伸出了手，说道：“就这样吧，你保重。”

冷岳阳轻轻握了一下她的手，回了一句“保重”。出于礼貌他送她出门，一直送出了楼。

“谢谢，请留步，不用再送了。”林巧南彬彬有礼地道谢。

他点点头，既然打定主意今后老死不相往来，所谓的奇妙“缘分”也终止于这一晚。说不清道不明的惋惜从心底滋生，他决定在最后一刻仔细看她一眼。

林巧南身材高挑，以他一米八五的身高做对比，她至少有一米六五。她的长相能用清秀来形容，细细的眉，小小的唇，仿若古代工笔画走出的仕女，整张脸上最吸引人的部分要数眼睛，又黑又亮，当他凝视的时候，仿佛看见了黑夜里的星辰。

冷岳阳心里一动，叫住了她：“林巧南。”

她回过头，迷惘地望着两步之遥的他。

“还有事吗？”

冷岳阳走上前，突兀地抓住林巧南的手。在她失声惊呼之前，他快速摊开她的掌心，比了比生命线的长度，温柔笑道：“他们把时间都给了你，你不要辜负大家的期待哦。”

编贝皓齿咬住了薄薄的唇，她的呼吸变得急促。

冷岳阳以为林巧南又要哭了，却见她微微仰起头，清脆的声音随后响起：“嗯，我会的，我必须努力活着。”

柔弱无骨的手抽离了他的掌心，她转身离去，晚风将她的声音再度送入他耳中——

“冷岳阳，你好好保重，比我开心就好。”

4

冷岳阳的时钟重新开始走时了，从林巧南离开的那一晚起。

他原先满怀希望平行世界的假设成真，自己或许有机会再见父亲一面，于是时间就此停滞不前，他把全部的心思都放在了上面，无暇关心其他事务。

可幻想破灭了，掐断了他逃跑的后路，他开始明白，既然活着，唯有活得像模像样，方才对得起父亲。

死亡，给冷子荣的期望增加了沉甸甸的砝码。冷岳阳夸下的海口、做过的约定，因为另一个当事人永久的缺席导致无法过期，也失去了实现的意义。

冷岳阳最想得到的肯定来自冷子荣，从小到大他就不是那种能够让家长拿得出手的孩子，父亲也没流露过以他为荣的意思。说他完全不在意这件事肯定是假的，但他始终以为自己并不是那么“太在意”。

此刻明白为时已晚，他的在意换不回父亲重生，徒留遗憾相伴终身。

说起冷子荣对他的期待，不外乎成家立业两件大事。可“成家”并不在冷岳阳的人生计划列表中，他能为父亲做到的，只剩下“努力工作争取做出一番事业”。

偏偏在他下决心准备更加卖力工作之际，关门的浪潮终于扑向了《申江壹周》。

星期五那天，冷岳阳刚踏进报社，便察觉到了不对劲。只有星期一开选题例会时才会全员到齐，但此时办公室坐满了人，大家老老实实地坐在自己的桌前，窃窃私语，交头接耳。

他赶紧低下头偷偷溜到自己的座位上，假装没有迟到。

“你也收到了主编大人的消息？”冷岳阳转过头，悄声询问坐在隔壁负责情感专栏的编辑小美。

小美从手机屏幕上抬起头，瞟了他一眼轻声说道：“每个人都收到了。”

眼皮一跳，不祥的预感袭上心头，冷岳阳小声嘀咕：“不知道会宣布什么事？”

“裁员，或者干脆关门大吉呗。”小美无所谓地耸了耸肩，随即把手伸到他眼皮底下，向他展示新做的美甲，“这个叫星空猫眼，好看吧？”

她的指甲换成了深邃的蓝色，中间斜着一道银白色。冷岳阳最近没有谈恋爱，不太明白是否现在美甲的流行趋势变成了这种花样。他只单纯觉得那抹蓝色相当美，令他联想起清晨时分将明未明的天空。

“很好看。”他毫不吝啬地奉上赞美。

小美眉开眼笑，用手搭着白嫩的脸颊，蓝色指甲更衬得脸白如玉。她正要开口，总编办公室的门打开了。

主编王昊沉着脸走出来，根本不用提醒，每个人都自觉地放下了手头的事，注意力全集中到王昊身上。

“各位同事，今天我们接到了集团的通知，11 月 30 日正式停刊。我很遗憾，也对各位非常抱歉，接下来人事部门的同事会来和你们商谈赔偿金以及停刊前的工作安排。”王昊简单明了地宣布完停刊通知，也不待大家给出反应，直接走回了主编办公室，用力甩上门，将不满和怨气都发泄在无辜的门身上。

许是近两年来停刊的纸媒数量多得让人麻木不仁，大家或多或少做好了“迟早有一天停刊的命运会轮到自己”的准备，听了王昊宣布的最终决定，竟有一种尘埃落定终于能舒口气的解脱感，只有极个别感情丰富的女同事流下了不舍的眼泪。

小美就是其中之一。别看她之前说得没心没肺，停刊传闻一经证实，她哭得比谁都伤心。冷岳阳不得不一次次抽出纸巾递给她擦眼泪擤鼻涕。

他心里也不是滋味，毕竟他大学毕业后就一直在这家报社工作，干过发行、广告、销售、编辑、记者各个岗位，早就把这份报纸当自家孩子一样看待了。如今眼睁睁看着“孩子”走向停刊的命运，他内心的悲伤可想而知。

“冷岳阳，你答应我一件事。”小美抽抽搭搭地开口道。

被点到名，他暂时放下了伤感，应道：“什么事？”

小美移动转椅凑到他跟前，抬起红通通的眼睛盯着他的脸：“我们交往吧。”

冷岳阳瞠目结舌，半天说不出话来。失业在即，这姑娘不优先考虑找工作的事，居然一门心思惦记着谈恋爱，同为“90 后”，差别咋就那么大呢？

他无奈地耸耸肩，神情尴尬：“你是不是哭得糊涂了？”

“我很清醒。”小美抽抽鼻子，掰着指头跟他算日子，“从现在开始到 11 月 25 日，正好三个月。等我们分手，报社也关门了，从此我和你相忘于江湖。”

她胸有成竹，算准冷岳阳找不出像样的借口拒绝。

看，自己多体贴啊，不仅尊重他“只谈三个月恋爱”的规则，连分手的理由他都不需要另外再找。

冷岳阳身上贴着一张“花花公子”的标签，他的感情总是来得快去得也快，每一段恋情持续时间通常不超过三个月，所以他的交往对象被同事们戏称为“三个月女友”，碍于人数众多名字难记全，遂以“第几任”指代。

没错，他正是所有父母提心吊胆自家宝贝女儿会遇上的那种“渣男”。

不过，冷岳阳始终坚持一个原则——从不对报社的同事出手。不管多少美女编辑、实习生来来往往，他都不曾动摇。

小美不止一次地表现过对他的好感，以前比较含蓄，采用的是旁敲侧击的法子，他也就统统装作不解风情糊弄过去。这一回她换上正面直击，摆明了不想放他轻易过关。

“我知道你以前有顾虑，担心分手了大家没办法做回同事，别人夹在中间难做人，可现在没有后顾之忧了，我们正好能谈一场没有心理负担的恋爱。”

冷岳阳摸了摸额头，苦笑道：“我爸刚走没几天，我没心情考虑这种事。”他搬出冷子荣做借口，心想小美该知难而退了。

谁知小美竟有愈挫愈勇的势头，她气势如虹，转过他的椅子强迫冷岳阳与自己面对面：“冷岳阳，伯父一定比其他人更希望你尽快恢复正常，你活得开开心心就是对他最好的回报。”

冷岳阳脸色一沉，不客气地反驳：“恢复正常难道就是谈恋爱吗？我不需要这种正常。”

这话说得有些重，小美的劲头立刻被削弱了一大半，表情也变得尴尬。

“喜欢人又没有错，你干吗羞辱我？”咽不下这口气，她索性把心一横，大声质问他。

动静闹得太大，整个办公室的人齐刷刷地把目光转向他俩的方位。冷岳阳又难堪又生气，冷冰冰地扔下一句话：“如果我平时的言行给你造成了误会，我道歉。不喜欢人也没有错，我想这是你应该明白的道理。”说完，他拿着烟和打火机起身，头也不回地走出了办公区域。

消防通道里弥漫着浓浓的烟味，以一支烟开启当日的工作是这栋商务楼里不少人习惯的减压行为。工作和生活都不是容易的事，活着的人选择余地不多，只能负重前行。

点燃香烟，冷岳阳凝望着袅袅上升的轻烟，高涨的工作热情跌到了谷底，连同对生活的激情。

父亲走了，工作没了，人生如同镜花水月，看起来很美，实则满目疮痍。

他以前其实也产生过离职的想法，但遭到了父亲激烈的反对。在冷子荣眼里，报社工作相当于一个“铁饭碗”，比起钱烧完就玩完的创业公司自然要更加稳定。工作方面的事，冷子荣异乎寻常的固执，冷岳阳说服不了父亲。

“老爸，看看你让我坚持的下场。”冷岳阳嘲讽地笑了笑，在眼泪流下之前抬起了头。

他答应过林巧南，再也不会被悲伤击倒。

冷岳阳选择留守，坚持到最后一期刊印。他倒不是出于和已逝的父亲赌气，而是为了报答主编王昊的知遇之恩。

他抽完烟打算回办公室，王昊从紧急逃生门那里探出头来，用手指了指他。

“冷岳阳，你小子躲这儿面壁思过吗？”他想找人抽烟解闷，才出主编室就听到大家在讨论八卦，冷岳阳和小美两人闹出的风波竟比报社关门更惹人瞩目。

“就她这情商负责情感专栏，读者会买单才怪呢。”冷岳阳接过王昊递来的烟，忍不住抱怨。

王昊哂笑：“你还别说，读者满意度调查，她的评分可比你负责的栏目高多了。”他按下打火机先点上烟，抬手扔给冷岳阳，“活得太累了，只能先顾感情。”

冷岳阳接住他的打火机：“停刊的事，板上钉钉了？”

“连我们都很少看报纸了，纸媒还有什么前途？”

现实令人无奈，有些东西必然会被时代淘汰。冷岳阳心有戚戚焉，从纸媒的衰落联想到整个人类，当时代的车轮滚向人工智能，又有多少人要沦为牺牲品?

“对不住你啊，岳阳。去年你想走，我硬是说服你留下，结果今年就失业了。”王昊叹了口气，“伯父出事已经让你不好受了，现在工作又出问题，唉。”

冷岳阳吸了一口烟，吐出一个完美的烟圈：“世事难料。”他的表情淡淡的，看不出情绪。

王昊笑了笑，赞同他的看法："没错，世事难料。今后你有什么打算？"

"还没想好，或许投奔哪个自媒体。"冷岳阳之前接到过不少自媒体的邀约，只不过因为写小说的梦想一直在犹豫。

王昊的表情严肃起来，说道："能不能拜托你坚持到最后一期？有很多人会提前走，我不能用情义耽误他们的前程。你没想好的话，不如我们把剩下的时间用来制作自己想要的报道？"

"想要的报道……"冷岳阳不敢坦白已没有什么事能再触动自己了。他点点头，答应了王昊的请求。

和人事谈妥条件，冷岳阳离开了报社。他回来后没再看到小美，估摸着她也觉得不好意思面对他，因此先谈完就走了。一想到最后时刻不能好聚好散，他不免有些悻悻然，和剩下的同事打了声招呼亦先行告退。

冷岳阳没回家，而是去了租住的白领公寓。

父亲不在了，"家"失去了原有的意义，时常令他感觉压抑，若非头七及与林巧南的约定，他早就逃离了。

吴韵诗开的宠物店距离他的公寓大约五百米，店名叫"宝贝乐园"。

冷岳阳之前开车路过时只看得到招牌，误以为它是早教中心的门店，那会儿他正在策划早教市场乱象的专题报道，心想简直千载难逢，家门口居然有现成的暗访对象。于是他和小美假扮新晋父母前去咨询，真正看到橱窗的一瞬两人面面相觑——长相喜庆的萨摩耶和憨憨的比熊犬正歪着脑袋好奇地打量他们。

店主迎出来招呼客人，一打照面才发现竟是旧识。

吴韵诗是他大学 cosplay 社团的学妹，两人一起出了不少动漫 CP，所以也顺理成章地走到一起。她是唯一见过冷子荣的女生，可惜也没逃过三个月分手的魔咒。分开之后她便退出了社团，冷岳阳后来坚持不与同事交往，多少受此影响。

重逢时的两人已各自经历过风雨，前些年的爱恨情仇遂一笑泯然，他们恢复了联系。冷岳阳把宠物店当成了自己的乐园，在家赶稿累了就会去店里逛逛，逗逗小狗、小猫、小兔子。他最喜欢一只名叫"汤包"的萨摩耶，就是橱窗里第一眼看到的那只。每次只要"汤包"对着他歪头微笑，他就像个孩子一样开心得又蹦又跳，另外再给它多加一把狗粮。

吴韵诗见他如此喜欢，就劝他把“汤包”带回家，连说带哄：“人和宠物之间也要讲缘分的，你喜欢‘汤包’，‘汤包’也喜欢你，很难得。”

冷岳阳笑眯眯地拒绝：“我还是没办法建立长久稳定的关系，包括和宠物。”他话说得直截了当，和多年前相似。

吴韵诗不再说什么。她默许了冷岳阳的行为，但本人和他的联系并不勤快，直至冷子荣过世。

冷岳阳猜测吴韵诗对他们的关系或许又有了新的想法，然而未经证实他也不能明确地拒绝。眼下经小美这一闹，他甚至暗暗希望吴韵诗能再忍耐一些时候，最好永远忍下去。

他需要慰藉，她的店是个好去处。

吴韵诗不在前台，负责看店的姑娘叫玲子，是她的员工。

玲子见冷岳阳来了，先打了声招呼，接着告诉他：“老板娘在后面，给客人的小狗做美发。”

“‘汤包’呢？”他环视一圈，没有看到熟悉的萨摩耶。

玲子微微张嘴，脸上掠过一抹惊异：“咦，老板娘没说吗？‘汤包’上上个周末被一个阔太太领走了。”

两星期前，他接到采访任务去了外地。他一忙起来就忘了很多事、很多人，像是父亲，像是一只在等他的小狗，他答应过要去看他们的。

结局不谋而合，被他忽略的，全部失去了。

“哦。”在玲子的注视下，冷岳阳轻描淡写地应了一声，仿佛这件事对自己无足轻重。

他走到一旁，拿起小鱼干逗弄笼子里的折耳猫，心里沉甸甸又空荡荡的，“生离死别”四个字，短短两星期让他尝遍个中滋味。

冷岳阳沉浸在自己的思绪中，直到吴韵诗走到身边才发现她已送完客。

她浅笑盈盈，随意地问：“今天怎么有空过来？”

他忙收起伤感情绪，放下小鱼干，抬头回应：“报社临时开会，回来路上顺便想看看‘汤包’。”

“呃，我看你心情不好，就没说这事。”她敬了个礼，以示歉意。

“没事，生活的打击多了，也就成了习惯。”冷岳阳勉强一笑，接着道，“再过三个月我就失业了。”

纸媒的不景气有目共睹，吴韵诗自己便属于放弃报纸、杂志的人之一。

她并不吃惊，反而觉得这又是一个展现温柔体贴的好机会。

“那今晚我请你吃饭，当作鼓励你的事业迎来新起点吧。”

冷岳阳好一会儿没给出反应，他的视线终点在橱窗外，似乎被外面的什么事物吸引了注意力。吴韵诗好奇地望过去，阳光烈烈，空无一物。

“冷岳阳，冷岳阳，你怎么了？”她戳了戳他的胳膊，感受到强有力的肌肉，心跳快了几拍。

冷岳阳如梦方醒似的，一脸狼狈：“没事，我没事。”

他收回目光，假装潇洒地抓了抓头发，手指掠过脸颊，不动声色地拂去令眼角湿润的一滴泪。

“吃晚饭是吗？好啊。”他爽快地答应下来，欢快的语气令人生疑。

吴韵诗又望了一眼橱窗外面的马路，外卖、快递，一个都没经过。

也许是自己多心了吧。她想了想，放下了这件事。

“我先回去写稿，等你下班再来。”他朝门口走去，到了门口向着身后的两人挥了挥手，“谢谢你们。”

冷岳阳走了出去。

八月下旬的白天仍然很热，他一离开空调房间就感觉到地面的热气上升，让他脸颊发烫，浑身冒汗。

所以林巧南的脸色那么苍白，一定是办公室冷气太强的缘故。他强迫自己这样想。

不要在意她！

5

林巧南在靠咖啡“续命”。

她最近睡眠质量极差，有时整夜辗转反侧，有时会突然心悸地惊坐起来，有时哭着醒过来……她充分认识到拥有良好睡眠的人生是多么幸福的一件事，以前无忧无虑能一觉睡到天亮的时候忘了感谢上天的恩赐，现在遭到报应了。

睡眠不足自然影响白天的工作效率，林巧南不得不用咖啡提神。咖啡喝多了刺激肠胃，导致她食欲不振，接连几天都婉拒了吃货团的午餐邀约，点外卖时靠蔬菜沙拉度日。照镜子的时候，她时常被镜子里脸色苍白、无精打采的自己吓一跳，觉得自己快不久于人世了。

她还会常常躲在笔记本电脑后，要么盯着掌心发呆，要么一遍遍看林振华和自己的聊天纪录。商务部老大张峰抓到过她走神的情况，几次之后，这个四十多岁的中年男人忍不住了，把她单独叫到会议室谈话。

“林巧南，跟我来一趟。”每当事态到了相当严重的程度，他才会用中文名字叫人。

林巧南心里一哆嗦，放下手机从座位起身，跟着张峰走到了最近的小会议室。

她一开始祈祷有人占用了会议室，好让自己能逃过这次谈话。然而她的愿望落空了，会议室里并没有人。

“十五分钟后有人要开会，我就长话短说了。”会议室资源紧张，他特意查看过后台申请，挑了没人使用的空当。“你家里发生的事我很遗憾，也明白你最近心情不好。但是工作场合需要我们拿出职业精神，你现在的表现称不上专业。”

体谅到她的处境，张峰的批评简直能用温和来形容。

林巧南从小擅长察言观色，紧要关头总能做出有利的判断。从顶头上司的表情来看，这一次的警告应是针对她工作时间的不专注，危险指数不算高。她摆出痛改前非的样子，用力地说：“Calvin，谢谢你的提醒，我会振作起来的。”

如她所料，她提交的报告没有问题，张峰的口头批评更倾向于提醒。

见林巧南如此识趣，他满意地点点头，话锋一转开始安慰她：“我以前学医的初衷是因为家里人身体不好，可学了医后又发现，很多事医生根本无能为力。伯父在手术过程中走了，至少感觉不到痛苦，总比进了 ICU 病危又抢救不过来要好一点。”

张峰的话语里有浓浓的宿命感，似乎认定林振华的死亡不可避免。林巧南一方面不敢指责上司过于武断，另一方面心知肚明对方是出于好意，只得咬牙忍耐。好不容易撑过后面几分钟，她借口要去洗手间，匆匆逃走。

林巧南收到的大多数安慰都是从已经发生的悲剧出发，大家先接受了事实，再千方百计寻找理由证明结局不可逆，仿佛这样一来家属就能心平气和地接受。可她不需要这些，无论别人说得多有道理，她只会给自己一个假设——假如，假如爸爸没有做手术就好了。

只有冷岳阳问了林巧南不做手术的结局，使得她明白这件事不存在侥幸。

父亲的命运是注定的，她改变不了。

林巧南坐在雪白的马桶盖上，环抱双臂默默流泪。她不是动不动掉眼泪的人，好几任相亲对象都不约而同嫌弃她不懂撒娇示弱，可想而知平时她的个性有多强。只是这一次的打击委实太大，她在世上孑然一身，除非哪天生了孩子，否则再没有血缘至亲。

林巧南打定主意不再拖累别人，准备孤独终生。等待她的或许是几十年清冷孤寂的岁月，她现在就要提前习惯。

一滴眼泪落在手背上，她看着晶莹剔透的泪珠，从里面看到了冷岳阳的身影。她愣了愣，他不是信誓旦旦说过不哭了吗?

她站在宠物店的橱窗外，静静地与他对视。

店堂里有一个漂亮女生用手戳着他的胳膊，他的视线调转了方向，“砰砰砰”的敲门声同时把林巧南带回公司的洗手间。她占用时间太久，外面等待的人不耐烦了。

林巧南连忙起身，按下冲水的按钮，“哗哗”的流水声像是努力要带走她的忧愁，一直不肯停下来。

她打开门走出去，排队等待的人里有她的饭友 Grace，冲着她直挥手。

“午饭一起吗？”林巧南走过 Grace 身边，听到她这样问。

她仍然没有胃口，本能地想要拒绝，转念想到持续下去永远摆脱不了恶性循环，必须逼着自己迈出去。

就像冷岳阳说的，不能辜负大家的期待。

“好啊。”她应道。

林巧南比较固定的“饭友”一共有三人，两男一女。

Grace 来自市场部，另外两名男生是 IT 部门的 Jason 和做销售的 Ken。

外企的特色之一便是大家习惯互称英文名字，若是同事间关系友好，有些人还能得到“花名”或“外号”，到头来大名倒是没什么人记得了。企业内部的通讯录就曾经闹出过笑话，一些人的英文名重复也就罢了，偏偏连后面跟着的姓氏拼音也相同，以至于粗心大意者往往搞不清状况，曾经就有人一个电话打给财务总监，让他过来帮忙重装系统。

这是林巧南在中午饭局上听来的八卦。她后来特意查了一下，果然财务总监的名字缩写也是Jason Li，和Jason一样。

她记得他们三个的名字，也记得大家相识的缘由。

Jason大名李永程，和她同一天接受入职培训；Ken大名韩少杰，是公司的委培生，在商务部轮岗时成了她的“饭友”；Grace大名蔡晓敏，是被某位已经离职的“饭友”带来的，没想到反而变成了固定饭友。

一行四人顶着烈日走了两条街去一家湘菜馆吃饭。走进店门后，人人满头大汗，想到吃完饭还要走回去，免不了又要汗流浃背，韩少杰感慨道：“怪不得外卖生意这么火，刮风下雨大太阳，谁都不想出门啊。”

“就当运动呗。你还有机会往医院和经销商那里跑，我们三个的运动量大概就是从座位到洗手间、茶水间还有会议室的总和了。”蔡晓敏用胳膊肘推了推林巧南，“Lynn，是不是这样呀？”

林巧南点头附和：“没错，所以我现在从地铁下来就不换乘公交车了，直接走两站路回家。”这是父亲的习惯，她隐瞒了大家。

外号“龙猫”的李永程低头瞄一眼凸出的圆滚滚的肚子，悻悻然说道：“好好好，我明天就去办健身卡，免得以后和你们三个瘦子走在一起尴尬。”

韩少杰顺手拍了一下李永程的肚子：“说什么呢，你可是龙猫，减肥了还能看吗？”说着就笑了，“再说，男人结婚后发胖都是正常的。”

服务员带他们走向空出来的桌子，林巧南问蔡晓敏：“为什么男人会发胖？”

“因为他们懒，喜欢两手一摊把自己当大爷。”蔡晓敏恨恨地说道，以过来人的经验告诫林巧南，“婚姻就是比谁更能忍，你要是忍不了脏乱差先动手，好嘞，以后所有的活儿全是你的。”

“Grace，你别吓唬Lynn。”韩少杰替她俩拉开椅子，待她们落座后才坐下，“想想她男朋友家的条件，请个阿姨、管家，根本不差钱好吧。”

林巧南尴尬极了，又是摇头又是搓手：“他不想靠父母，我也是。”说到这里，她止不住一阵心酸，自己父母双亡，想要依赖也不成了。

江睦远的父亲江学勤不仅是公司的一级经销商，而且还是规模特别大的那种类型。她原先不知道他父亲的身份，只听江睦远简单说过一句“你们是同行”，所以并没放在心上。没想到和江睦远父母吃过饭不久，她就在公司举办的经销商年会上见到了江学勤，还发现他竟然是最大的几家一级经销商之一。当时她的内心十分崩溃，感觉与江睦远又拉大了差距。

“先点菜吧，这种事等菜上齐再说。”李永程替林巧南解了围，将台面上的菜单一人一本塞给韩少杰与蔡晓敏。

林巧南感激地笑了笑，低头喝茶。

餐馆用的是最便宜的茶叶，茶水淡而无味。林振华外出旅行时会带各地的茶叶回来，间接培养了她喝茶的品位，好坏一口便知。她放下杯子叹了口气，父亲病发前最后一次出行去了霞浦，福建是产茶大省，他便带了许多茶叶回家。以他的习惯，通常回来后就将茶叶作为手信分别送给锻炼的朋友、玩摄影的朋友还有邻里众人。这次因为忙着求医问诊耽搁了下来，那些茶叶至今仍摆在橱柜里原封未动。时过境迁再以父亲的名义送人，不知大家会作何想?

心思渐渐飘远，林巧南心不在焉地扒拉着饭粒，直到耳朵里传来韩少杰的说话声，她才回过神来。他说：“我听说康健打算上市，好几个二级经销商都说他们派人来盘库存了，可能在统计资产。”

康健集团正是江学勤创办的医疗企业，他不止代理了林巧南公司的产品，也是另外一些进入中国的大型医疗器械公司的一级经销商，以他的企业规模和扩张速度，谋求上市的雄心显而易见。

从江睦远日常流露出来的意思来看，他并不打算子承父业，他在一家广告公司任职客户经理，认真敬业，常常和普通人一样感慨到手工资太少。她起初被假象所蒙蔽，以为两人家境差不多，等到发现真相时已经挺喜欢江睦远了，只好继续和他交往。要不是父亲的意外摧毁了她对未来的信心，她确实一门心思准备同他共度余生了。

眼下听到康健集团筹备上市的消息，她更坚定了要和江睦远分手的想法。江睦远将来可是要继承亿万家产的人，绝不能受她连累。

林巧南在下班前收到了一束玫瑰花，十一朵红玫瑰簇拥着憨态可掬的维尼小熊。她不看卡片署名就能猜到礼物来自江睦远，令人意外的是现在既非情人节也不是纪念日，他无端送花干吗?

回座位的路上迎面撞见张峰从会议室出来，他看了看她抱着的花束，笑眯眯地揶揄：“哟，看来今天有约会，想让你加班也不成了。”

“没关系，我可以加班。”林巧南主动请缨，她还没想好怎么让江睦远彻底死心，一会儿见了面，说不定又舍不得。

“得了，得了，上班提高效率就行。”张峰忙摆手拒绝她的热情，“妨碍别人情路可是要遭天谴的。”

加班指望不上，接下来的两天办公室又没人，林巧南只能带着花下班，坐电梯直接到了 B1 层，江睦远一如既往地等她。

仿佛回到悲剧未发生之前，星期五是他们的“欢乐时光”，他接她下班，一起探索这座城市大大小小的美味，有时候也会去他家做饭，饭后窝在沙发上看一部大家都喜欢的片子……那些画面仍然是鲜活的，可是林巧南却已觉得那是上辈子的事了。

“谢谢你的花。”

“你喜欢就好。”

稀松平常的对白，两人神情也与往日无异。江睦远打开车门，做了一个“请”的手势：“今天我带你去一家特别的餐厅吃饭。”

林巧南不疑有他，江睦远的吃货本性远胜于她，他不仅会做菜，更善于发掘好餐厅，反正每次都不会让她失望。

先吃饭吧，吃完饭再说也不迟。她说服自己，将分手的时间又往后推了几小时。

江睦远上车后在手机的导航里输入了目的地。他平时一直用车载导航仪，这番举动好像有意避开她耳目，至少不打算让她提前知晓要去哪里。

林巧南心里一紧，低头看向怀里的玫瑰，隐约明白了他的目的。

江睦远驱车驶向延安路高架，正值下班高峰时段，高架堵得像是停车场，他忍不住抱怨导航选错了路线。

林巧南笑了笑，安慰他少安毋躁，语气悠闲淡然：“位置被取消就算了，总有机会的。”

他欲言又止，显然不愿因为堵在半路被迫揭晓谜底，瞪着前方一动不动的宝马车，他火大地按了喇叭，意在提醒对方不要再让其他车加塞了。没忍住火气，他按完喇叭又骂了一句脏话。

即使声音很小，林巧南依然听到了，她惊讶地望着他英挺的侧面。这是他第一次当着她的面骂人，与往日谦谦君子的形象大相径庭……想来因着她的缘故，他近期心情不好，脾气也随之暴躁起来。

林巧南满心歉疚，盯着掌纹发了一会儿呆。经历了家人一个个过早离世，她现在对命理学深信不疑，认定一生的命运早已刻在了掌心——她会给身边的人带来不幸。

发泄完郁闷，江睦远的心情稍许舒展，他转过脸看着沉默不语的林巧南，猜想她或许是听到自己骂人了，急忙表示歉意："对不起，我失态了。"

"我能理解的，堵车最容易让人丧失耐性。"林巧南摇摇头，"你这样反而比较真实。"

江睦远微微一怔，似乎没想到她会这么说。沉吟许久，他开口问她："那你呢，可以让我看到真实的你吗？"

他能感觉到林巧南与过去不一样了，以前的她乖巧、体贴、善解人意，却常常令他觉得像在曲意逢迎。林振华意外离世之后，属于她"自我"的一部分露出了尖角，尽管很缓慢，但变化始终在进行。

林巧南假装困惑，讪笑道："真不真实之类的，你想多了，我还是老样子，从没变过。"

车流就在这时候动了起来，他们没办法再讨论下去，只得先搁置一旁。江睦远叹了口气，重新上路。

一直到外滩三号出现在眼前，林巧南终于确定今晚江睦远准备求婚。要知道这栋楼最上层的望江阁，正是传说中"成功率 99%"的求婚胜地。

她拉住江睦远的胳膊，严肃地问道："不是望江阁吧？"

已没必要再瞒着她了，江睦远爽快地承认："不错，就是望江阁。"他提前两个月预订了今晚的顶层阁楼打算求婚，谁知中间发生了林振华的意外。这番变故曾让他犹豫过是否要改期，斟酌再三仍然带她来了。

"伯父的意外使我明白很多事不能拖延，你就是那个我想要共度余生的人，我不想再等了。"

"你不是答应我先各自冷静一下？"林巧南又惊又怒，唯独不见"喜悦"。

"我冷静考虑过了，我还是要你。"他说得简洁明了，坚定不移。

林巧南连退三步，红晕布满脸颊，却是一脸快哭出来的表情："江睦远，我不能，我不能再害了你！"话音刚落地，不待他做出反应，她转身飞奔而去。

她拼命往前跑，唯恐跑得太慢被他追上。她不怕江睦远生气，她怕的是辜负了他的深情。

她穿过拥挤的人群，穿过璀璨的灯火，穿过高大的建筑……在上海最繁华的一段路上，林巧南抱着红玫瑰奋力向前奔跑。

仿佛身后有千军万马，她只能勇往直前。

一人，足矣。

6

外滩，流光溢彩的东方明珠昂首屹立在黄浦江东岸，它是上海的城市象征，在无数风光大片中充当主角。它和身后的大厦共同撑起了城市天际线，在二十年不到的时间里，陆家嘴的高度被一栋又一栋摩天大楼不断刷新。

在林巧南九岁时，中国最高的大楼还是金茂大厦，有一年学校的春游活动就是去金茂大厦第八十八层的观光厅。在当时那可是不亚于东方明珠的热门景点，可如今它旁边的上海环球金融中心、上海中心大厦早已超越了金茂大厦的高度，昔日的“老大哥”反而沦为了“小弟”。这三栋大楼被上海人戏称为“厨房三件套”，却丝毫不妨碍游客以它们作为合影的地标建筑。

林巧南身边来来往往的游客或拿着相机拍夜景，或手持自拍杆对着手机比剪刀手，身处欢声笑语的包围圈，她的悲伤显得格格不入。因此她自觉躲到灯光照不到的地方，靠着防护栏杆，将红玫瑰一朵朵抛向黑魆魆的江面——她扔掉的不只是爱情，还有对幸福的渴望。

江睦远，对不起！林巧南在心里不住地道歉。他没做错什么，不该得到羞辱的结局。

她丢下他的举动许是触碰了他忍耐的底线，江睦远始终没打来电话询问她在哪里。她自觉没脸再见他，她好歹应该先坐下来和他说清楚内心的顾虑与决断，使这段恋情结束得明明白白！现在她头也不回地逃跑了，徒留他一个人忍受暗地里的奚落、怜悯，以他心高气傲的个性，会原谅她才怪！

爸，我又搞砸了！从你去医院看病开始，每一件事我都搞不定，我真没用！林巧南望着黄浦江对岸自怨自艾，目光扫到酷似开瓶器的环球金融中心，忽然被刺痛了眼。

林振华2016年生日那天去了环球金融中心，凭身份证免费登上第一百层的悬空观光长廊，他从下午拍到晚上，记录黄浦江两岸从斜阳晚照到华灯初上的景象，第二天还精心选了九张图发到朋友圈里。她却只是匆匆瞥了一眼缩略图，懒得打开细看，直接点一个“赞”了事。

林振华对林巧南敷衍的态度不太满意，像所有上了年纪的父母一样开始抱怨她不够关心自己。她感到分外委屈，心想，我工作那么忙，哪有空天天盯着你在朋友圈里发了什么内容呀！她在心里吐槽不停，脸上则堆满笑，好声好气地说道：“我错了，老爸。明年你生日再去拍，我一定好好欣赏。”

她总以为有的是时间，今年错过了还有明年。可是2017年的3月4日，林振华因为腿疼在家休息，从家到浦东的那点距离于他而言，竟然“太远了”。她一向生龙活虎的父亲，第一次承认自己“老了”“不中用了”。

然后，就再也没有下一个生日了。

林巧南拿着手机点开林振华的相册，她找到了2016年3月5日父亲发布的内容。第一张照片便是从高处俯瞰的金茂大厦“金顶”，银白色的灯光将尖塔打造得熠熠生辉。其实在环球金融中心观光长廊拍摄的照片大体角度相似，林振华镜头下的东方明珠、金茂大厦，乃至黄浦江对岸的风光，都和网上能搜到的摄影作品差不多。

林巧南一张张点开、放大，不愿错过细枝末节。她仿佛看到林振华在悬空的长廊撑开三脚架，仔细调整焦距消除玻璃的反光，然后啃着面包喝着自备的茶水等待太阳下山，等待所有的灯全都亮起……眼泪滑下脸庞，她边哭边输入迟到一年半的评论：老爸，生日快乐！我很想您。

有人站到了林巧南身边，她不愿被旁人瞧见自己在哭泣，特意朝另一侧挪了几步拉开距离。那个人发现了她的意图，也跟着移动脚步。

她恼怒地抬起头，琢磨着要骂一骂这个不长眼的家伙，视野里跃入一张俊美的脸，原来是熟人。

“冷岳阳，你不是说过不再伤心掉眼泪的吗？为什么我们还会三番五次见面，你到底做不做得到？”

冷岳阳的表情尴尬中透着几分苦涩：“说起来总是比较容易的。”他又摸了摸下巴，不好意思地承认，“我本来不信触景生情。”

林巧南深有同感，当一条生命逝去，他在世上留下的痕迹并不会立刻消弭，这些散落在各处的痕迹既给了家属慰藉，又让他们在目睹的时刻感受到了刺骨的伤感——那个人再也不会在眼前出现。

她抬手指向环球金融中心：“爸爸 2016 年生日去了那里，我现在很后悔，没有好好为他和妈妈庆祝过生日。”

林健辉过世后的几年，每到生日林巧南就会想起一同出生却被自己害得没机会长大成人的哥哥，所以总是对着蛋糕哭个不停。从此，剩下的一家三口再也不把生日当作特殊日子对待，有时简简单单吃碗面就应付过去了。久而久之导致她对生日缺乏敏感性。毕竟以前没人重视过，她又如何揣摩得出父亲那日去环球金融中心拍照究竟怀着何种心情。

回想错过的每一年，林巧南忍不住假设，若每次生日都能够留下温暖的记忆，当今天孤单一人之时想起，是否会少一点遗憾?

“六十大寿也没办？”冷岳阳问。

他俩看起来年纪相仿，两位父亲想来应该差不多岁数，冷子荣去年五十九周岁，按传统习俗做了六十大寿，在他印象中这是父亲唯一愿意庆祝的生日。

林巧南深深叹了口气，为自己，也为林振华。

“没有，他坚决不肯，还说不服老，要当百岁老人，等到那一日直接做百岁寿辰。”她当时傻乎乎地信了“一百岁”的约定，还掐指算了算自己那一年是多少岁，哪知道父亲竟连六十四岁都没等到。

“我错过了老爸的六十大寿，去年。”冷岳阳说出了能起到安慰作用的一部分事实，他没说的另一部分则是亲戚拍下了当时的一些片段。在保存下来的影像里，冷子荣的音容笑貌给了他极大的安慰。

“老爸生日前我正好被派到外地采访，结果航班延误没赶回来。”他靠深呼吸抑制心痛，继续说，“林巧南，我和你一样以为将来有的是机会，谁知一错过就成了永远的遗憾。”

他又说到了她的心坎上，别人只知她的悲伤，却不知她的遗憾、悔恨更胜一筹。林巧南的心跳加快了，前方有肉眼可见的陷阱，她不能再往前走。

林巧南轻轻一咳，转了话题：“你是记者？”他是她最熟悉的陌生人，她不知道他做什么工作、多大年纪、过往的经历，却了解他最隐秘的情感。

“我毕业后就在《申江壹周》工作，不过它马上要停刊了，失业在即。”

冷岳阳故作轻松地谈起，假装满不在乎。

林巧南敏锐地抓住了他语气里的不甘心，失去的工作之于他，说不定就像自己一手拉扯大的孩子那样，在短短三个星期连续失去了父亲、“孩子”，他的心情可想而知。

“福无双至，祸不单行。”她老神在在地总结。

冷岳阳翻了个白眼，没好气地说：“喂，有你这么安慰人的吗？”

“我不是安慰你啊，难过的人不需要安慰，因为并没有什么用处。”她撇了撇嘴，说出自己的感受，“痛痛快快哭一场，心里的痛真的会减少一点。虽然哭的时候特别难受，好像有一只手揪着心尖，疼得厉害。”

他见识过她痛快哭泣的样子，然而从小到大，他只在母亲走的那天放声大哭过，此后就仿佛遗忘了流泪是人类的本能。哪怕被年纪大的孩子打得血流满面，他也是桀骜不驯地笑着，一副“头可断，血可流，老子绝不低头”的样子。

这样长大的冷岳阳，在失去另一个重要的亲人之后，无声地流泪似乎已是极限。

“去年夏天我为了写一篇人民公园相亲角的报道去做‘卧底’，却发现老爸竟然在替我相亲。”说起往事，他的表情写满了怀念，紧接着语气一变，眉头纠结地紧锁，“刚才我路过人民公园，想起和他因为这件事狠狠吵过一架，心很疼。”

那天在人民公园刚上演完“父子相认”的戏码，一旁虎视眈眈的女士们便一拥而上团团围住父子俩，一边夸着“冷师傅，你儿子真帅”，一边将自家宝贝闺女的照片和个人简历一股脑儿塞了过来，浑然不记得自己因为嫌弃冷家没有独立的婚房而无视他整整三个月的事实。

众目睽睽之下冷岳阳不好发作，他沉下脸催促父亲赶快回家，憋着一口气直到踏进家门才爆发。他指责父亲多管闲事，大声吼道：“结不结婚我自己会决定，用不着你来操心！”

“你是我儿子，除了我还有谁会关心你？”冷子荣声音也大了起来，“单位同事，老房子的邻居，到了我这个岁数都做爷爷了。你倒好，除了大学时谈过一个，现在连个女朋友都不带回来让我看看。”

“你以为是谁害的？”冷岳阳一时冲动，脱口而出。

冷岳阳又回想起自己说出那句伤人的话之后父亲的反应——突然沉默

不语。当天晚上，父亲一个人坐在院子里喝闷酒，没有像平时那般叫他作陪。

第二天，冷子荣表现得云淡风轻，就像这件事从未发生过一样。他几次想对父亲说“对不起”，话到嘴边却始终说不出口。一想到自己正儿八经道歉的样子，他就头皮发麻暴起鸡皮疙瘩。

父子之间喝杯酒不就“一切尽在不言中”了，他乐观地如是认为。

言语会造成巨大的伤害，他小时候便是受害者，其实一直明白这个道理。

冷岳阳不仅仅想到去年发生的争执，在那一刻他还想起了成长过程中伤人心的对峙、忤逆、任性……他欠了父亲的何止一声“对不起”，而是几千句几万句“抱歉”。

错过铸成的永久性遗憾令他突然悲从中来，人民大道两侧的建筑逐渐模糊了影像，眼泪挣脱了理智的束缚，再一次滑下他的眼角。

于是，冷岳阳又见到了林巧南。

他们望着黑沉沉的江水，对岸的璀璨灯光倒映在水面上，游船驶过，细浪卷起被割碎的光影，沉下去，浮上来，重新拼贴。一些记忆的碎片也在脑海里不断重组，拼出了属于过往的画面。

林巧南双手托腮，视线仍然驻留在环球金融中心高大的身影上，轻声说道：“小学一年级学校组织去长风公园秋游，过桥的时候后面的人推来推去，把我给推下去了……哥哥先跳下来救我，我那时不会游泳，只知道拼命挣扎，他就跟着我一起沉下去了。”她开始诉说人生中第一次经历的死亡，“我能感觉到他努力想把我往上托，但我不知道自己怎么了，就一直往下沉。老师下来的时候，水面上只有我，他不见了。”

林巧南吸了吸鼻子，缓缓吐出一口气：“哥哥死了。要不是我，他本来可以平平安安长大的。”

原来，那场悲剧竟然和她有关……

冷岳阳的记忆回到久远以前，一年级第一次秋游活动在公园里匆匆收场。集合的时候他听到高年级的同学议论那么早回家的原因是其他学校有人淹死了。

多年后的此刻听到当日幸存者的亲诉，冷岳阳不禁感慨世界太小了。

“你们是双胞胎？”他大胆地猜测。

林巧南点点头："嗯，小时候邻居都说爸爸妈妈好福气，一口气就实现了儿女双全，凑成一个'好'字。"她笑了笑，笑声短促而尖锐，听来刺耳，"要是我没出生才叫真的'好'呢。"

活下来的那一个是不幸的，她不单受着"幸存者综合征"的折磨，作为双胞胎的其中之一，她还要背负害死"另一个自己"的罪恶感。

冷岳阳对林巧南不止同情，看她的眼神里也多了几分怜惜。他无从知晓在那漫长的岁月里是否有人认真倾听过那个小女孩内心的声音，他现在见到的这个女人依然被困在童年的罪恶感中，觉得自己不应该活在世上。

地球上有七十五亿人口，神奇的大脑竟然找到了另一个七十五亿分之一——他们之间的超感并不是随机发生的事。

"我小时候怨恨过自己为什么被生下来，在妈妈离开家之后。"冷岳阳自嘲地笑了笑，"同学们笑话我是'没妈的孩子'，笑话我爸没用让我妈跟野男人跑了。那时我天天打架，可又怎么打得过全班男生呢？"

他对她说的这些，以前没有对任何人说过，包括已过世的父亲。

超感至此方才找到了存在的意义，她是特别的一个，之于他；他也是特别的一个，之于她。

林巧南表情复杂，曾听冷岳阳说过关于"一个人"的话，令她以为冷岳阳的母亲或许也故世了，没想到实际情况却比她想象的更为"狗血"。她是被命运强行留下的人，而冷岳阳则是被自己母亲抛弃了。

"同是天涯沦落人。"她悠悠叹息一声，继而郑重其事地自我介绍，"我叫林巧南，双木林，灵巧的巧，南方的南。"

她将他当作朋友看待了，不再是莫名其妙的被超感带到面前的陌生人。

冷岳阳朝她伸出了手，他不确定在超感中能否触碰到彼此，但他想试一试。

"冷岳阳，岳阳楼那两个字。"冷子荣以前向别人介绍他的名字，最喜欢这么说。久而久之，这也成了他的习惯。

林巧南迟疑了几秒钟，再慢慢伸出手，战战兢兢地递向他。

指尖率先触到，真实的触感使得她松了口气，纤纤素手在他的掌心一点点移动，唯恐动作过快切断了超感连接。

温暖从指尖蔓延，通过掌心的皮肤渗透到细小的血管，随着血液传递到全身，他感觉到了，来自另一个人的温度。

两只手紧紧相握，她抬起头看着他的眼睛说道：“以前我爸一个人出去旅行，我总担心他在路上会不会遇到意外，会不会被人骗。那天我送爸爸的灵车离开，我终于能对他说‘一路顺风’了，可是他听不到了。他永远不可能知道，其实我很想跟他一起去旅行。”

“我去了很多城市，走过很多地方，但是从来没想过带我爸一起去，连问问他的念头都没有过。”他的声音不再稳定，语带哽咽。

林巧南闭上眼睛默默流泪，这一次不用顾忌旁边的人是否会觉得她不够克制，因为她能感觉到他的悲伤，他同样也能感觉到她的。

“爸爸，我很想您。”耳边传来冷岳阳颤抖的声音。仿佛压抑许久的感情冲破了堤坝，他又说了一遍，这一次用尽全力，“爸爸，我很想您！”

“爸爸，我很想您！”林巧南也向着对面大喊，她希望声音能穿过时空，传给 2016 年 3 月 4 日站在环球金融中心第一百层的男人。

远方传来汽笛声，遥遥回应着一声声的“爸爸，我很想您”。

Chapter 03

秘密联盟的成立

1

吴韵诗推了推走神的冷岳阳，心头掠过一丝不快。任何女人发现约会对象在自己说话时魂游天外都不会感到开心，这个现象至少证明了两件事：第一，她缺乏足够的魅力吸引他的注意力；第二，她的话题令他觉得无趣。

他们正坐在上海博物馆北门外侧正对喷泉广场的台阶上，一人拿着一杯星冰乐。学生时代的两人经常坐在这里谈天说地，同样的位置，同样的人，甚至连喝的饮料也一样，不同的是当年冷岳阳会专注地倾听她的发言，不论话题是否有趣。那双迷人的眼睛始终如一地凝望她的脸，而现在的他，眼神飘向远方不知何处，明显没有在听她说什么。

吴韵诗不禁有些奇怪，以往他对她店里的猫猫狗狗颇有兴趣，总是津津有味地看它们的视频，听她讲日常趣事，根本不是今天这般无动于衷的反应。要知道她讲的可是他最喜欢的“汤包”和新主人一见如故的情形，他这样也不像是心怀嫉妒。

“冷岳阳，你要是不想听，请直接告诉我。”她心里不痛快，语气便有点冲。

冷岳阳在吴韵诗推搡自己第一下的时候就“回来”了，外滩的景象消失不见，又变回被银白色灯光打亮的城市规划馆。喷泉前方，前一批跳广场舞的大爷大妈已经散场，后一批正往空地集结，预热的舞曲换成了《在希望的田野上》，振奋人心的旋律又一次飘扬在广场的上空。

手中的星冰乐放了太多冰块，冰得让他有些无法忍受。他将塑料杯放在石阶上，顺手甩掉融在手上的水珠。他的掌心贪恋着失去的那份温暖，内心隐隐期待超感能再次出现。

林巧南，她的名字与冷岳阳想象中的三个字完全一致。得到本尊亲自确认，他更加有似曾相识之感，肯定在某时某地听过同样的名字。

“林……”他想再说一遍她的名字唤醒沉睡的记忆，刚吐出姓氏便幡然醒悟，意识到时机、场合均不对，“对不起，对不起，我刚才走神了。”

吴韵诗听到了冷岳阳呢喃的“林”字，可是不了解其中的含义。

“你在想什么？”她紧张地问，预感他说出的答案也许与其他女人有关。

冷岳阳迅速瞥了吴韵诗一眼，此刻他的心情已经和当初与吴韵诗一同讨论平行世界时截然不同，他不能告诉她超感的存在。他伸手拿起放在一旁的星冰乐，回道：“我想起了老爸，他比这些跳广场舞的大爷大妈都年轻，为什么偏偏是他？”

虽然猜错了方向，但吴韵诗还是高兴地松了口气。她掩饰般地先喝了一口饮料，接着长叹道：“人死不能复生，再想这些事也没用，我们要往前看。”

她的想法代表大多数人的，然则不是他真正想要的。

想起孤零零站在黄浦江边的林巧南，冷岳阳的心脏猛然急跳，迫不及待地想再见她一面。他们不知道超感何时会断开，所以从不曾好好地道别过。

人民广场到外滩，距离说远不远，步行花费的时间大约是半小时，冷岳阳不确定林巧南是否还在，他想赌一赌运气。

“我们，去外滩走走？”他突兀地提议。

吴韵诗以为他不愿继续坐在这里触景伤情，便欣然答应。她先站起来，然后把手伸向他。

“吴韵诗，这种事情应该由男人来做吧。”冷岳阳抬起头，笑容古怪。

她的心跳漏了一拍，哎呀，难道被他看穿了？吴韵诗强装镇定，用抗议的语气说：“喂，老古板，现在是男女平等的时代。再说，在你难过的时候拉你一把，作为朋友很正常啊。”

“也是。”冷岳阳赞同地点头，把手递给她，“谢谢你哦，朋友。”

一声“朋友”让吴韵诗满心不是滋味，有种把自己套进去的错觉。她拉起冷岳阳，勉强地笑了笑：“不客气，到我有事的时候，相信你也会帮我。”

还没到时候，不要心急。她对自己说。

冷岳阳轻声说道："但愿你几十年后再经历这些。"说"永远"不现实，父母长辈终有老去的一日，他唯有祝福她晚一点遇见生离死别。

这个男人吧，温柔起来要人命，翻脸无情的时候同样要人命。吴韵诗无奈地跟上他朝前走，偷偷腹诽他的复杂难测。

走了几步，吴韵诗感觉不太对劲，冷岳阳只说"去外滩"，但是外滩南边可到延安东路，北达外白渡桥，他没说到底要去哪里，比如"海关大楼""外白渡桥"或者"观光隧道"之类的地标，她就想当然地以为是去最近的那一段随便看看。他们所在的位置明明距离金陵东路外滩更近，然而看他的方向则是打算从福州路走过去，好像已有了明确的目的地。

"从福州路走，还得再过一次地下通道。"她提醒冷岳阳。之前他们从来福士走到博物馆就经过了地下通道，他还抱怨说通风不好，太压抑了。

他笑了笑，指了指南边："从那里走要爬天桥，还是钻地下通道算了。"

冷岳阳的理由无懈可击，没有人会怀疑他别有用心，毕竟吴韵诗不知道福州路的尽头有谁在那里。

他知道，所以他要去。

超感断了之后，林巧南仍然站在原地，没有挪动。她的负疚感稍稍减轻了一点，倾诉是有用的，特别是倾听的对象与你产生了共鸣，效果会更好。

她以前对超感又惊又怕，认为有可能是发疯的前兆，说不定自己和冷岳阳将来会一起去精神病院报到，于是先提前认识一下"病友"。可是现在，她觉得有个同病相怜的人还不错，至少互相安慰的时候不用再自怨自艾"正在被人同情"了，尽管他们依然有些不一样。

冷父死于真正的意外，冷岳阳可以用命数来自我安慰，但她不行。送林振华进滨海医院的人是她，签字送他进手术室的人也是她，她父亲的"意外"等于是她一手促成的。命运借她的手实施了预谋已久的杀戮，她自觉难辞其咎。

天长日久，负罪感永远不会消失，除非有一天她遗忘了所有往事。

"爸、妈、哥哥，还有外公、外婆，我不会忘记你们。"她凄然地低语，"我们一定会再见，总有一天会再见的。"

《See you again》的来电铃声突然响起，打断了她的自言自语。她从包里掏出手机，屏幕显示的名字是江睦远。

她的手一抖，差点把手机掉进黄浦江里。她定了定神，转身背靠着防护栏杆提高安全性，接通了电话。

“对不起，江睦远。”她抢先开口道歉。不管分手能不能成功，她擅自抛下他的行为确实不妥，理应致歉。

手机那一头的江睦远先叹了口气，然后才说：“小南，是我想错了吗？也许你从没打算嫁给我。”

江睦远的担忧并非无中生有，在两人正式交往之前，林巧南其实是拒绝他的。

林巧南和江睦远通过相亲认识，不，严格意义上说应该是重逢。

十几年前他们在同一所小学念书，只是不同班。相亲之前她听说男方家是生意人，自觉两家差距过大，见都没见就一口回绝。谁知介绍人又给林振华打了好几个电话，好说歹说非要让两人先见一面再说。她当时还对林振华抱怨介绍人太不负责任了，“门不当户不对”，注定不会有好结果。

林振华碍于面子推托不得，逼着林巧南去相亲。当日她故意表现得不甚积极，有一搭没一搭地回江睦远的话，江睦远也好像如坐针毡，一副为了熬过两小时的相亲时间以便大家都能回去交差，不得不绞尽脑汁想各种话题的艰辛模样让她觉得有些好笑。当他开始回顾从小到大的读书经历时，她眼睛亮了一下。

“我也在那所小学。”她打断了他，在心里默默补充了一句，“我哥哥也是。”

江睦远的神情一下子变得专注起来，勾起嘴角漾开一抹迷人的微笑：“那么巧，真是有缘。”

林巧南并未因为意外的“缘分”接受江睦远，她十分清醒如他这般外表出色、家里有钱、本身事业又不错的男人，多半是迫于父母的压力才会来相亲的。她给介绍人打电话，打算婉言谢绝，谁知还没开口介绍人就兴奋地说：“那边对你很满意，他说会和你再联系。”

这明明就是“不再联系”的意思啊！林巧南无所谓地耸耸肩，反正她从没抱有幻想，姑且听之。可万万没想到，江睦远并非客套，他随后就发来消息约她再见一面。

林巧南握着手机愁眉苦脸，她原先认定两人仅有一面之缘，所以没刻意记住他，只记得是个帅哥。这会儿他说要见第二面，万一自己认错了人，岂不是丢人现眼?

她无论怎么努力都想不起江睦远的长相，到了约定地点之后她觉得每个等人的帅哥都有可能是他，只好硬着头皮走上去，冲着最符合记忆的那个男人说道：“江先生，不好意思，我迟到了。”

她面前的帅哥满脸写着莫名其妙。

死定了，林巧南绝望地想，那家伙到底长什么模样啊?

旁边走过来一个身材高大、五官精致的男人，他努力忍着笑，一本正经地重做自我介绍：“林小姐，你好。我是江睦远，今天和你约会的人。”

这样一个英俊又有趣的男人，若不是林振华的意外让她质疑自身的命运设定，她百分之百舍不得拒绝他。

林巧南一边听着他的质疑，一边回想交往之初的点滴，连连叹气。

“怎样能让你好受一点，你就那样想好了。”她对不起他在先，只要能缓解江睦远的痛苦，她愿意承担任何罪名。

“你在哪里?我们当面谈谈。”他沉默了好一会儿才开口，声音涩涩的。

对面的海关大楼敲响了整点的钟声，等于告诉了江睦远她还在外滩。

待钟声停止，林巧南心平气和地回绝了他：“江睦远，就这样散了吧，不要再见了。我喜欢过你，也想象过和你共度余生，可惜我们有缘无分。”

“你给我发个定位，我马上就来。林巧南，我不同意就这么算了。”江睦远怕她挂电话然后拉黑自己，情急之下声音也大了起来。

他知道她的工作单位和家庭住址，就算拉黑联系人也没什么用。林巧南不想把事做绝，最好他能体谅她的心情同意和平分手，她答应再见他一面。

“好吧，我发定位给你。”纵使见了面也于事无补，她不会再改变主意。

“我很快就来，你等着我。”江睦远匆匆说完，先挂了电话。

从外滩三号走过来用不了十分钟，林巧南的心很定，不像过去约人见面时那般心急火燎，只要对方迟到几分钟就度日如年，恨不得一催再催。她淡定地望着来来往往的人群，这个世界可以笼统地用幸福的人和不幸的人来区分，不幸的概率高达50%，可见她并不是唯一。可是对于个体，一旦碰上，那就是百分百的不幸了。在她身边的人，同样会被不幸缠上，沦为 50% 的同一阵营。

她想着一些有的没的，直到江睦远出现。他应该是快步走来或跑来的，俊秀的脸涨得通红，满头大汗。

见林巧南还在，江睦远如释重负，他掏出亚麻手帕擦了擦汗，先给了她一个微笑。

“谢谢你等我。”他的语气生疏了不少，仿佛寻回初见时的分寸感。

林巧南望着他的脸，心下黯然。他不止对她好，对林振华也尽心尽力，从求医问诊到最后大殓，没有一次缺席，别人家的女婿未必能做到他这样的程度，她实在挑不出他的毛病来。

可正因为他太好，林巧南更不愿意连累他。她说：“我必须给你一个交代，我们中间没有第三者，也不是你做得不够好，是我的问题。”

“你的问题就是太迷信。”江睦远抢白道，顺势接过发言权，“你看我的样子，会是相信神神道道东西的人吗？既然我本人都不介意是否被你拖累，你还担心什么呢？”

“现在事情没有发生，你当然说不介意。”林巧南为自己的理由辩解，“将来呢？万一你有个好歹，你的父母会恨我，你也会怪我。”

江睦远忍不住摇头，气呼呼地说：“你怎么不说将来我有可能遇到地震、海啸、山体滑坡、飞机失事……”

他赌气似的说了一串天灾人祸，被她一抬手掩住了双唇。

林巧南目光严肃，神情哀婉：“江睦远，千万不要咒自己。我和你分手，是希望你长命百岁。”赵主任说过上海的平均期望寿命是八十二岁，以此鼓励林振华接受手术，摘除威胁生命的隐患。照这样推算，等他们老去时，活到一百岁不是梦。

他拉住她的手，紧紧地握住：“没有你，长命百岁又有什么意思？”

林巧南心头一窒，怔怔地说不出话来。她凝望着他的脸，好看的人总是占尽便宜，当他做出伤感的表情时，她心疼得差点想打自己两拳。

僵持不下之际，低沉磁性的声音传了过来：“嘿，你们好啊！”

人来人往的外滩，吴韵诗一眼就发现了江睦远，如同当年学校“百团大战”，她一眼瞧见冷岳阳 COS 的“沈王爷”。

她对帅哥自带雷达，具备从人堆里找出璀璨宝石的能力，这会儿即使旁边走着一个俊美的男人，依然挡不住她将视线转向另一个帅哥的冲动。她忍不住多看了几眼，顺便瞥见帅哥对面“平平无奇”的女生。他俩站在一起的画面触动了记忆的某根弦，她正在拼命回想在哪里见过这样一对组合，只听冷岳阳的声音飘扬在风中：“嘿，你们好啊！”

熟人？吴韵诗轮流打量三人，逐渐清晰的回忆吓得她瞪圆了眼睛。这……这不就是冷岳阳声称的“平行世界”里的那两人吗?

江睦远认出了眼前的人，随即回想起当日的不愉快。他一个箭步挡在林巧南身前，再度摆出防备的姿态：“你想干什么？”

林巧南被江睦远挡住了视线，她来不及递眼色给冷岳阳，唯恐他口无遮拦说出超感的秘密。

心悬在半空，悲观的她开始想象一会儿另外两人瞠目结舌的景象了。

可事实证明她多虑了，冷岳阳又不是笨蛋，当然不会“自投罗网”。他勾起嘴角笑了笑，似乎是在嘲讽江睦远的小题大做，说出口的话却彬彬有礼：“上次我悲伤过度，不好意思给两位添了麻烦，对此我深表歉意。自我介绍一下，我是冷岳阳，《申江壹周》的记者，这是我的朋友吴韵诗。”

冷岳阳使出的这一招出人意料，林巧南从江睦远背后探出脑袋，狐疑地看着他。他身旁的女生一脸茫然，好像也搞不清楚状况。她记得这个漂亮的姑娘，是在宠物店里同冷岳阳说话的那一位。

冷岳阳冲着林巧南眨了眨眼，笑得意味深长。他希望超感连接时建立的默契在现实中仍旧有用，在无法交流的情况下，她能与他心有灵犀。

“我叫林巧南，这是我的男朋友江睦远。”她跨了一步站到江睦远身侧，挽住他的胳膊，“那天的事就算了，大家的心情都不好。”

她既然开口说“算了”，一味盯着不放倒显得自己太小心眼，江睦远勉强一笑，按住林巧南的手暗示她不要再搭理对方，全权交由他处理：“这也算‘不打不相识’吧。可惜我们正在谈重要的事，现在不方便结交朋友。”他客气地掏出一张名片递给冷岳阳，“有机会再约？”

冷岳阳只不过想借此机会顺理成章地互相认识，目的已然达到，他收下江睦远的名片，假装遗憾地拍拍裤袋：“糟糕，我忘了带名片。改天等我有空再约两位吃饭。”

“我带了名片呀。”一直旁听对话的吴韵诗忽然发声，立刻成为大家注目的对象。她不慌不忙地打开背包取出名片夹，抽出一张塞到冷岳阳手里，“把你的联系方式加上去就好了。”说完，她又低头掏出一支笔递过去。

冷岳阳迅即做出反应，他笑了笑接过水笔一挥而就，然后把吴韵诗的名片递给江睦远：“有时间你们也可以约我。”

江睦远接过名片，首先看到吴韵诗的名字和工作单位。

“宝贝乐园？”他打量着吴韵诗，年纪轻轻就当上了店长，看来是个工作能力很强的女生。

“宠物店。”吴韵诗笑眯眯地介绍自己的工作，她对帅哥没多少抵抗力，三两下就解除了戒心，“你们要是养宠物，可以带来我店里洗澡做美容，我给你们打八折。”

“好了好了，你再说下去会被当作奇怪的推销员。”冷岳阳赶紧打住吴韵诗的话头，他看到林巧南强撑的神情，知道她伪装得很辛苦，“我们就不打扰两位了，再见。”

冷岳阳和吴韵诗告辞离去，像出现时那般突然。

“奇怪的人。”江睦远喃喃自语，低头看了一眼插在臂弯里的胳膊，又几乎想要感谢冷岳阳的“打扰”。

“小南，你舍不得和我分手，就不要分了。”他柔声劝说，收紧手臂不让她逃离。

林巧南说不清为何自己在介绍江睦远身份时，又使用了“男朋友”的称谓，也许习惯成自然，也许如他所说的潜意识舍不得分手。她接受着命运的捉弄，心底终究还是不甘的。

环球金融中心变换了灯光的颜色，莹莹的绿变成了幽幽的蓝，她忽然想起父亲住院期间说过的话。林振华对她说：“小江这孩子真难得，有情有义。你和他在一起，老爸也就放心了。”

她软弱地点点头，放弃了抽身离开的打算。

2

冷子荣过世第三周，冷岳阳有了一个新的“爱好”——他频繁地出现在冷子荣坠亡的大楼内，一次次登上天台，顶着烈日暴晒，思考命运给父亲安排的人生结局为何如此悲惨。

这是一栋老旧的商务楼，在周边高楼大厦林立的背景中毫不起眼，外墙的广告牌在事故发生之后便被拆除了，他甚至来不及看一眼让冷子荣付出生命代价的广告究竟属于哪个品牌，痕迹就这样被轻易地抹去了，仿佛没发生过任何事。

小王所说用来固定安全绳扣的铁杆在事后都被清理了，物业换了新的不锈钢管，并且为了防止有人攀爬翻出去跳楼，还特别加装了防护铁丝网。冷岳阳常常隔着铁丝网眺望周围，那个命中注定的下午，他其实就在距此不远的健身房，从这里能望见购物中心附属的办公楼部分。

每到此时，他的眼泪总是忍不住落下。在蒙眬泪眼中，两栋楼之间的距离变得更加接近，心脏感受到的疼痛也在逐步升级，令他只能张开嘴向一个人发出求救信号。

“林巧南，你快点出现！”

超感连接失败，林巧南没出现。冷岳阳已知超感需要两人情感同步才能起效。由此可知，林巧南并未如他一样正在思念自己的父亲。

冷岳阳没有她的联系方式，除了超感，他根本联络不到她。当他被悲伤击倒时，他觉得有必要掌握诸如微信、电话等方式联系她；但是一旦等他醒过来，他又觉得这种“随机”的相处模式更适合两人，终有一天伤痛会被时间抚平，他们就不再需要彼此了。

九月的第一天，冷岳阳再度来到天台。时间接近下午五点半，阳光不像一小时前那么刺眼，他坐在水箱的阴影下，点燃一支烟，祭奠父亲。

青烟袅袅，林巧南无声无息地出现在眼前。自从外滩一别后，超感一直处于连接失败的状态，这还是她第一次再见他。

几日不见，两人异口同声的第一句问候均为“你瘦了”。林巧南的嘴角扯了扯，苦涩的微笑出现在脸上：“烟不能当饭吃，少抽点。”

冷岳阳不和她争辩这支烟是敬父亲的，看到林巧南的那一刻，他的心安定了。

“那你呢？”他反问她。

“我没胃口。夏天嘛，正好减减肥。”她本来就瘦，现在又清瘦了几分，还穿着宽松款式的衬衣，活像一根风吹即倒的竹竿。

对于别人的生活态度或习惯，冷岳阳向来不予置评。他在相亲角那篇报道的最后就写过“一个包容的世界首先应该肯定多样性的存在”，所以他一句话都不说，只是拍了拍她的肩膀为她打气。

林巧南在天台转了一圈，重新回到冷岳阳面前，迟疑地开口："这里就是伯父出事的地方吗？"

"嗯。"他望着香烟，它烧到尽头了，橙红色的星芒一点一点湮灭。"8月15日17 ：38，我爸走进了这栋楼。那个时候我从跑步机上摔了下来，他送我的手表被摔坏了，时间就停在这一刻。"

林巧南的眼睛越睁越大，仿佛目睹了不可思议的事。

"患者术中突然出现血压下降，室颤表现，从17 ：38给予持续胸外按压、电极除颤，予以肾上腺素对症治疗。"林振华的死亡小结她几乎能背出来，这些日子林巧南反反复复看着这两页纸，始终接受不了父亲如此匆促地结束了一生。

她的声音在发抖，他听得出来，从她口中蹦出的"时间"与冷子荣走进大楼的时刻出现了惊人的巧合，令他一时半会儿回不了神。

"你爸爸，伯父他在哪个医院动的手术？"他愣了半天，总算从一团糨糊的脑袋里找出头绪。

林巧南抬起下巴指了一个方向，她刚才就发现了这个秘密，从天台能看到林振华住过的医院。

"滨海医院七号楼，第三层手术室。"她干巴巴地说完，双手交握，内心的不安显露无遗。

冷岳阳的神情比她好不了多少，他咽了口唾沫，滋润干渴的喉咙："我爸爸，他被救护车送到了滨海医院。"那是距事发地最近的一家三甲医院，自然是首选。

时间、地点，过分巧合只有一个解释——命运的安排。

两人互相看了一眼，目光甫一接触立刻回避，谁都不敢深究。他和她"超感"连接建立的前提是双方感受到同等的悲恸，会不会是命运为了安排他们相逢，故意制造了两起悲剧？

沉默将气氛变得尴尬，这种"命中注定"让人感觉不到一丝浪漫，反而使得被捉弄的人备感愤怒。命运是看不见摸不着的对手，无处宣泄的郁闷带来深重的无力感，他们又一次被打败了。

林巧南站不住脚，索性学他的样子席地而坐："冷岳阳，巧合很可怕，对不对？"不管他怎么看待此事，反正她不想失去唯一能畅所欲言的对象。

他犹豫了几秒钟，手指无意识地在水泥地上重复画着圈。满腹心事就像这个没有出口的圆环，无始亦无终。

“是啊，很可怕。”他重复她的话，却压低了长长的睫毛不看她。

冷岳阳的冷淡让林巧南无话可说，这是两人打开心扉以后最为生疏的时刻，恍似又回到悲剧刚发生的时候，他把全世界当作自己的敌人。她明白冷岳阳的感受，因为她同样经历过敌意满满的时期，她对自己愤怒、对主刀医生愤怒、对麻醉师愤怒、对所有手术参与者愤怒，包括已逝的父亲。

“我曾经怨恨过爸爸，为什么他就不能争气一点撑过手术……”她轻声说着，似是自言自语，又像是对他说的。

冷岳阳终于抬起头，正想开口说两句，坐在旁边的她已经消失不见了。

他看了一眼手机，又是17：38。她的父亲和他的父亲在同一时刻迎来了命运的转折不稀奇，在世界各个角落肯定有更多悲欢离合的故事同时上演，真正令人觉得可怕的是他和她因此产生了超感。

命运的玄机不可解，他唯愿最坏的猜测不会成真。

冷岳阳惆怅地起身，离开了天台，猛然想起这一次他还是忘了提前和她说一声“再见”，也忘了问她今晚有没有兴趣看一场电影。

林巧南心虚地转头观察周围，不清楚除了李永程是否还有别人注意到自己方才哭了。她刚刚搬来笔记本电脑坐在他旁边，盯着他从数据库直接导出销售数据进行核对。可就在等待的时候，她看到了他办公桌上摆的全家福照片，一时感触良多，不知不觉掉了眼泪。

导出的数据，李永程把它贴到了Excel表格里。他没听到她的声音，以为她在玩手机，便转过头想提醒她该干活了。这一看倒是吓了他一跳，她竟然对着他的桌子默然垂泪。他迅速地扫了一眼，手忙脚乱地收起照片，顺势又顶了顶她的胳膊肘：“Lynn，赶紧干完活下班吧。”

一瞬间，林巧南离开天台回到了冷气十足的办公室，林巧南抓起他的餐巾纸盒抽了两张纸，飞快地抹去脸颊上的泪痕，低声央求道：“Jason，拜托不要告诉其他人！”

他同情地看着她：“我觉得你需要休个长假，到外面散散心。”

林巧南打开他发来的邮件，一边比对先前数据有偏差的报表，一边应道：“哪有空呀，老大要求国庆后上线系统二期，南方的经销商这次全都要接入系统，你想想有多少家！这么多家的数据要核对，根本走不开。”

“工作那么辛苦，干脆回家做少奶奶得了。”偶尔，李永程也会学 Grace 和 Ken 调侃她的男朋友。

她“嘿嘿”假笑两声，和江睦远分手不成功之后，两人达成共识决定各自冷静几天。正好公司安排他去外地比稿，他用微信给她留了言报备，好几天没出现了。少了他的嘘寒问暖，她的手机安静得好像被世界遗忘了似的，她头一回觉得自己可能做不到一个人过完这辈子。

林巧南用网上流行的说法应对，语气淡然：“女人嘛，还是自己赚钱最牢靠。”她和李永程交情一般，平时开开玩笑无妨，但不可能深入讨论感情问题。

说完这句，她的注意力重新回到了报表上。她皱起眉头指着屏幕说道：“Jason，有十几家经销商的库存和销量仍然对不上，你确定你取数据的 SQL（一种数据库查询和程序设计语言）语句写得正确吗？”

“要是条件写错了，肯定全部不对。”李永程凑到她的笔记本电脑前，仔细研究她做的数据透视表，也发现了不对劲，“或许是忘了在库存表里减掉？”在部署系统之前，各级经销商均采用手工制表统计销量及库存，难免会有疏漏。

林巧南再看了看标红的经销商名单，它们皆为康健集团下属的二级经销商。她心头一紧，直觉不管背后有无隐情，暂时还是先不声张比较妥当。她连忙合上笔记本电脑，不让李永程继续看下去，笑了笑说道：“今天是周末，不耽误你下班了，我回座位再查一遍原始单据。”

“嗯，要是没搞清楚，随时来找我。”李永程不疑有他，还觉得林巧南果然善解人意，没硬拖住自己加班。

她抱着电脑回到自己座位，写了一封长长的邮件发给收集、核对原始单据的外包公司负责人，要求他们尽快核实某些批号产品的销售发票。待她发完邮件抬起头望了望四周，才发现同事们都下班了。

家里少了一个人，一到晚上特别冷清。那份孤独感与父亲出门旅行时完全不同，那时候她知道他总有一天会回来，而现在潜意识却时刻提醒她，家里永远只有一个人了。

林巧南呆坐了几分钟，才慢腾腾起身收拾东西。

她比平时下班晚了四十分钟，电梯到她这一层已经完全没人了。她按了一楼的按键，视线在B1上打了个转。不知怎的，她突然惦念起江睦远，他在身边的时候，多少带来了一些“人气”，让她感觉没那么孤单。

走出电梯，林巧南在大堂里没走两步就听到有人叫自己的名字。声音是熟悉的，人也是熟悉的，她的心情从阴云密布转向了晴朗。

“你回来了啊。”温柔的笑意浮现在林巧南脸上，短暂的分开似乎起到了改善作用，她对他的态度转变了。

江睦远走到林巧南面前，自然地伸手接过她的电脑包：“下午到公司开庆功会，刚结束就过来了。”他不提等了她多久，也不说如何确定她今天没有请假或早退，让她油然而生一份感动。

林巧南心里感动，口中却嗔道：“真傻，万一我没上班呢？”像他这样不缺钱的男人，花钱早已体现不出诚意，花时间才是。

她这一问仿佛点醒了江睦远。江睦远一脸尴尬，讷讷道：“我没想那么多，就是想来见你。”

想见你，所以就立刻来见你，无论你在或不在……这份浪漫情怀简直比他预订的望江阁更令人难以抗拒。倘若此刻江睦远跪下求婚，林巧南不敢保证自己有没有勇气再度拒绝。

她把手递给江睦远，悠悠说道：“下次别忘了提前确认，否则空跑一趟，我会过意不去的。”

江睦远把电脑包换到另一只手，与她十指交叉相握彼此：“小南，对于我，你永远不用感觉‘抱歉’。”

广告行业的人，甜言蜜语是不是张口就来？林巧南像往日一般偷偷腹诽，半个月来第一次感到心情放松了。

两人又回到电梯，乘到熟悉的B1层。江睦远恍似漫不经心，用随意闲聊的口吻说：“我爸妈想约你一起吃饭，说了好几次，我推不掉了。”

林巧南心里“咯噔”一下，勉强维持笑容，委婉地说：“还没断七，我不方便去别人家做客。”她和江睦远正处于胶着状态，实在不适宜再牵扯别人进来施加压力了。

“他们啊，当然是去外面吃饭。”江睦远嘲讽地笑了笑，“我爸有应酬常年不在家，我妈从来就不会做饭，你还指望他们在家请你吃饭呀？想得美！”他不懂林巧南的顾虑，只顾着吐槽自己父母。

两人其实在正式交往没多久后便分别见过了对方家长。林巧南先见了江睦远的父母，按他的话说这是“为了表明结婚的诚意”。她以前没有见家长的经验，没想到第一次见面就约在外面的饭店，当即就犯起了嘀咕，觉得江学勤和蒋秀英怠慢的态度说明他们不满意自己。

江睦远后来做过解释，说见家长前一天在家里做饭的阿姨刚好请假回家，父母不方便用外卖招待她，不得已才约在了饭店。林巧南原本不太相信，不过看看他并没有因为父母不满而提分手的迹象，便渐渐打消了疑虑。

与江家的待客之道不同，林振华坚持在家吃饭。他做了几个家常菜招待江睦远，还特意拿出一瓶珍藏多年的好酒。吃到最后林振华明显喝多了，指着江睦远的鼻子凶巴巴地警告他千万不可辜负自己的女儿，害她又羞又窘，差点把林振华拖进房间关起来。江睦远倒是一点儿也不介意，反过来宽慰她，说很羡慕她的父亲如此为她着想。

念及往事，林巧南唏嘘不已。江睦远上门和父亲见面是春节过后不久的事，算起来不过几个月前，如今却已物是人非了。她深深吸口气压下冒出头的悲伤，故作平静地问他：“什么时候吃饭？”

“择日不如撞日，就今天吧。”他给了她出其不意的一击。

“啊？”林巧南吓了一跳，看他的表情又不像开玩笑，“真的约了今天？”

江睦远被她惊恐的反应逗笑了，他耸耸肩，两手一摊表示自己也是“被迫的”。

“你知道我爸是大忙人，跟他吃饭要么提前预约，要么等他临时有空。我刚才接到电话，他说约我们吃饭，就今晚，八点。”

江睦远语气无奈，眉宇间也似写着不乐意，奈何下命令的人是他的父亲，他不得不遵从指令。林巧南理解他的难处，只是不解他为何不提前打个招呼，难道怕自己拒绝不成？

“你应该早点通知我。”她妥协了，同时小小地抗议了一下。

他打开副驾驶座的车门请她上车，擦肩而过时只听他轻描淡写道：“我担心你会想出借口拒绝。”

她心口一恸，找不出安慰他的话。

江睦远没有猜错，如果早知道今晚要和他的父母一起吃饭，她一定会想方设法拒绝。

他的父母没有出席林振华的葬礼，她又要再一次把伤口暴露给别人了。

3

江学勤对小南国的喜爱就像某些人钟爱火锅一样，感情根深蒂固。这已是林巧南第三次来小南国吃饭了，而且还是同一家店。

她和江睦远踏进包厢，迎面撞见蒋秀英从附设的洗手间出来。

一见到林巧南，蒋秀英立刻走上前，一把将她拥入怀中，心疼地说："小南，这些日子你受苦了。我和元元爸爸来不及赶回来送你爸爸最后一程，实在对不住你。唉，这种事真是谁也想不到。""元元"是江睦远的小名，取了"远"字的半边。

林振华住院期间，江氏夫妇曾去医院探望，滨海医院胸外科、神经外科皆是康健集团下属二级经销商的客户，江学勤通过人脉关系打听过赵主任的团队，让林振华和林巧南放一百个心。虽然最后手术失败了，但也不能因此迁怒江学勤，毕竟医院是父女俩自己选的。

林巧南迅速换上感动的表情，低声道："谢谢阿姨，谢谢叔叔，你们托睦远带的问候我收到了，我代爸爸谢谢你们。"

蒋秀英掏出做工精细的手绢擦擦眼角，语带哽咽："小南，你放心，以后阿姨和叔叔会好好照顾你的。"

本来坐着的江学勤也站起身，走过来拍了拍妻子的肩膀："好了，坐下慢慢聊。"他看向林巧南，目光中含着悲伤，"小南，叔叔真没想到会变成这样。你阿姨说得对，我们以后会照顾好你的。"

"谢谢叔叔，谢谢阿姨。"林巧南再次表达了谢意。她在别人面前一直是乖巧听话的样子，知书达理，懂进退。

夫妻俩充分展现了身为长辈的亲善和蔼，不止林巧南，连一旁上茶水的服务员都被打动了。唯独江睦远露出了轻蔑的冷笑，一声不吭地坐在位置上。

手术当天他的父母飞去广州开会，下午给他发过消息询问情况，那时意外尚未发生，他回复"一切正常"。后来他再打电话告知父母林振华过世的消息时已是深夜，两人在电话里轮番对他保证，会赶回来参加葬礼，并且要他尽力陪伴安慰林巧南，说得信誓旦旦。结果到葬礼前一天，夫妻俩一个都没回上海，他打电话过去，只听到父亲冷淡地回复：“你妈中暑了，不适合舟车劳顿，我们先不回去了。”

江睦远敏感地察觉到父母态度的转变，他们回到上海后，果然要求江睦远和林巧南分手。江学勤态度还很强硬，坚决不同意“孤星入室”，并指责林巧南同样会祸害他们家破人亡。

江睦远对父母施压一事守口如瓶，他绝不能让林巧南有找到同盟的认知。他原本想拖过一阵等父母改变主意，或等到林巧南彻底放弃分手的念头，谁知两边同样意志坚决，让他夹在中间左右为难，他索性一不做二不休，决定带林巧南出席父母安排的“鸿门宴”，试试以毒攻毒能否收到奇效。

大家入座后，服务员按照顺序先上了冷菜。基于之前已在这里吃过两次，所以林巧南毫不意外地又看到了四喜烤麸、熏鱼、酱鸭、醉鸡、蔬菜色拉这些熟悉的菜肴。不过变化还是有的，许是出于健康考量，多了一道凉拌马兰头。

江学勤举起面前的小酒杯，开口道：“第一杯酒，敬振华兄。可惜他生前没机会和他一起吃顿饭。”

林巧南鼻子一酸，忍不住又热泪盈眶。就是那次探病，父亲和江学勤还约定过等他出院后两家人一定要抽时间聚一次，顺便商谈他们的婚事。可眼下除了林振华，所有人皆到齐了。

她端起杯子：“敬爸爸。”

不论杯中是不是酒，大家都喝了一口告慰林振华在天之灵。待众人放下杯子，江学勤又开口了：“小南，叔叔向医院的熟人打听过了，手术是在准备缝合的时候出了意外，他们打了五针肾上腺素都没抢救回来。”

“叔叔，您有没有问到究竟为什么会发生意外吗？”江学勤描述的情况在意外发生后她已知晓，真正不明白的是背后的原因。赵主任没给她解释，反倒鼓励她申请司法鉴定，一方面以示问心无愧，另一方面也希望找出死亡原因，为以后的手术做借鉴。

林巧南自然舍不得父亲被解剖，同时生出几分恼怒，于是毫不犹豫地拒绝了。所以，直至今日她始终不知是何原因导致了手术失败。

江学勤微微一怔，似是没料到林巧南会有此一问。他夹了一块鸭腿肉放到她碗里，惋惜地叹了口气：“小南，手术存在各种不可控的风险。

医生不是神，很多时候他们尽了全力，也不一定能救下患者。”

他说了等于没说，江睦远忍不住笑了一声，笑声短促却充满嘲讽，大家都听出来了。

江学勤的目光转向江睦远，扬起眉正要训斥他不识体统。蒋秀英连忙打圆场，招呼林巧南多吃点菜：“感觉你瘦了好多，最近没心情吃饭吧？”

做父亲的只好悻悻然瞪了儿子一眼，勉强压下怒气，他和蒋秀英今晚要说服的对象是林巧南，不能被其他事打岔。

他又夹了一块醉鸡给林巧南，附和地说：“多吃点，振华兄在天上也能放心。”

凡事只要扯上林振华，就好像点中了林巧南的死穴。她唯唯诺诺地低下头，努力消灭碗里的食物。她没有忽略江睦远那一声冷笑，隐隐觉得他的态度在暗示什么，前两次吃饭可从未见他忤逆过父母。

热菜吃到一半，服务员端上一道外婆红烧肉，这是必点的招牌菜之一，林巧南同样吃过两次了。然而这一次，肉香味刚传入鼻端，大脑就条件反射一般想起这是父亲的最爱，她不禁悲从中来，想到了自己在手术室外不断为父亲祈祷加油时说过的话：“老爸，你要努力活下来，你还有很多地方没去，还要看着我出嫁，还要大口吃红烧肉大口喝酒，你不能就这么走了……”

林振华显然没听到她的祈求，但也有可能因为此生过得实在太辛苦，他最终选择了放手。林巧南不相信麻醉中的人全无知觉，在生死攸关的时刻，父亲必然有所察觉。他只是不打算再努力了，想和先走一步的妻子、儿子在天上团聚。

她眨了眨眼，不想让眼泪流下来，可还是失败了，一颗泪珠不顾主人意愿，任性地逃离眼角，滑下她的脸颊。

林巧南尴尬地拿起纸巾，迅速擦去眼泪的痕迹。

一个男人突然出现在她旁边的座位上，表情忧伤地凝望她的脸，明知别人看不到冷岳阳，她依然慌张地看了看在座的三人，唯恐被他们瞧出端倪。

“小南，今天约你吃饭，其实是想和你商量一件事。”蒋秀英接到丈夫递来的眼色，清了清嗓子缓缓开口，却见对面坐着的儿子突然表情凝重，害得她心尖一颤，差点就说不下去了。

林巧南抬起头，捏筷子的手指紧张得发白了。

“什么事？”她以为他们和江睦远想的一样，今晚主要目的是逼婚。

蒋秀英先看了一眼丈夫，再看一眼儿子，两个人都面无表情地等着她继续。她叹了口气，心里不住埋怨儿子不听话，非得自己来做恶人，面上还得维持一团和气。

“小南，我和你叔叔觉得呢，你要不改一下名字换换运气？”

林巧南睁大眼睛蒙了半天，她一度以为自己真的产生了幻听，蒋秀英说的压根儿不是改名字的事儿。她还没反应过来，身边的冷岳阳已按捺不住，拍着桌子站起来大吼道：“荒唐！爹妈给的名字到底碍着谁了？”

江睦远震惊地看着林巧南拍案而起，他从来没见她发过这么大的脾气，可见父母荒谬绝伦的要求触犯到她的底线了。他刚要站起来表明自己的立场，只见她弯腰拿起背包，甩下一句“你们就死了这条心吧”，便头也不回地跑出了包厢。

她的反应完全出人意料，江氏夫妇不由得面面相觑，一下子不知所措，只是愣愣地看着她狂奔出去。两人其实也明白“改名字”的要求不近人情，他们打的如意算盘是让她知难而退主动提分手，但万万没想到看起来斯斯文文的林巧南发起火来竟然能量惊人，拍得桌上的碗筷全跳了起来。

“放肆，没家教。”江学勤回过神来，吹胡子瞪眼地指责林巧南缺乏教养不懂礼貌，“就这素质，我绝不准她进门！”

江睦远冷笑道：“我看没教养的明明是你们才对。改名这种事，你们自个儿想想就算了，居然还有脸提出来。”他故意拍了几下巴掌，“我今天就把话撂这儿了，除了林巧南，我谁都不娶。”

“不孝子！”江学勤气得要命，抓起酒杯朝他砸过去，“你还想看她害死我们一家不成？”

江睦远侧身躲过酒杯，眼神冷冰冰的，视线在父母脸上逡巡了一圈。

“不是她的错。”

江睦远转身就走，压根儿不理会蒋秀英在背后焦急的呼唤。他的心思全在林巧南身上，不确定这一剂猛药下去，她会做何反应。

林巧南一口气跑出了小南国，这家店位于世贸滨江花园小区内，外面布置着亭台楼阁、小桥流水。前两次来她都是吃午饭，穿行其间宛若置身于精巧秀丽的苏州园林，然此刻已接近晚上九点，昏黄的灯光照不透柳岸花遮，加上夜风一吹，恍似无数暗影中的低语传入耳中，唬得她心惊胆战。

冷岳阳牵着她的手跑到路灯下，回头望着长廊笑了笑道：“我竟然不知道小南国还有这样一家店。”

林巧南朝前方高高耸立的住宅楼努了努嘴：“他父母住这个小区，所以吃来吃去始终都是这一家店。”

冷岳阳吹了一声口哨，能看到江景的高层楼房，房价可想而知。他饶有兴味地打量着林巧南，头一次对她的私事产生了好奇心。

“哇哦，有钱人家啊。你男朋友的婚房不会恰好也在同一小区吧？”

林巧南苦笑着点了点头，知道他接下来会怎么想。冷岳阳“去”过她家，必定会像大多数人那样觉得她与江睦远的家庭条件差距显著，就连她自己也这么想过，没资格责怪别人多心。

他又吹了一声口哨，半真半假地叹息：“唉，有钱人就连运气都比普通人好。他能找到你，大概上辈子拯救了银河系吧！”他用网上流行的段子调侃他们，希望她能忘记在饭店里发生的不快。

林巧南“扑哧”一笑。她有自知之明，不会被冷岳阳的花言巧语迷惑得忘了自己有几斤几两。毕竟在大部分人眼里，她才是上辈子拯救了银河系的人。

“我爸常常说，要趁江睦远神志不清的时候赶紧嫁给他，免得将来他后悔。”

冷岳阳听着感觉不对劲，转念一想要是当面批评林父，说不定林巧南会翻脸。毕竟死者为大，一切过往皆已随风而逝，非议死者不厚道。他装模作样地咳嗽了两声，强迫自己咽下不满，那可是林巧南的父亲，岂容他反对？

“林巧南，你是个很棒的人。”他终究还是忍不住，为她打抱不平，“伯父肯定知道这一点，所以他才放心让你嫁给他认为很优秀的男人。”婚姻要求般配，这是冷岳阳的理解，自己父母便是“不般配婚姻”的前车之鉴。

为免在他面前落泪切断了超感，林巧南抬头仰望天空，一颗孤独的星星正在闪烁。她忽然想起先前他说过的话，脱口而出一句感慨：“冷岳阳，幸好你被生下来了。”

话一出口，林巧南即刻意识到不妥，奈何收不回来了。她不能给他任何“可以进一步发展”的暧昧暗示，这是乘虚而入，对他不公平。

“谢谢你的肯定。”他很快给出了回应，语气从容平淡。

林巧南鼓起勇气将目光转回冷岳阳的脸上，他俊美的脸神色平静，不起波澜，唯独眼睛泄露了秘密。

他看不见，她却能。

那双眼睛像是燃烧着烈火，仅仅望着就让她浑身发热。

林巧南心虚地避开他的视线，大脑敲响了警钟。

“冷岳阳，谢谢你在饭店里维护我。”她转移了话题，巴望着他尽快忘记她的话。

“我只是说出了你的心里话。”若非感应到林巧南的愤怒、委屈和不甘心，他绝不会越俎代庖。

江睦远的身影出现在长廊尽头，他四处张望寻找林巧南，终于在不远处的路灯下看到了她。他一面喊她的名字，一面抬起手挥了挥。

冷岳阳微微一笑，垂下头对她说道：“如果他站在父母那一边，不要犹豫，直接踹了他。”

“嗯，我会的。”她点头，煞有介事地拍了拍胸口。

江睦远见林巧南拍着胸脯，误以为她被方才的事气得捶胸顿足，连忙加快了脚步走到她面前。

“拜托，你又没多少肉，直接敲到肋骨不疼吗？”

手臂被抓住的瞬间，超感连接断了，冷岳阳消失在夜色中，林巧南有些失落。她近来越发惶恐，万一以后超感同步不了该怎么办？他们每一次都来不及说“再见”，假如某一天再也见不到面，不就永远没办法告别了吗？

江睦远的问题打断了她的胡思乱想：“我从那边看过来，你是不是在和谁讲话？”他边说边转头四顾，还特别留心观察了花丛及树影的后方。

别人看不到冷岳阳，就像刚才他们只当发火的人是她。

林巧南摆了摆手，不好意思地垂下眼：“我在自言自语，生气呀。”

江睦远长叹一口气，无奈至极：“对不起，小南，我代表爸爸妈妈向你道歉。”他实则在心里偷笑，以林巧南的逆反心理，八成不愿听命于人。

“我爸是生意人，迷信得很。我妈对他言听计从，就算反对也不敢提意见。你就当他们老糊涂了，别放在心上。”

他猜得很准，林巧南心里憋着一口气。她可以自认是“天煞孤星”害死了全家人，可是容不得他人说三道四。江睦远的父母命令她改名换运，摆明是认定她命不好连累了家里人。这就好比在她尚未结痂的伤口上硬生生地再插一刀，痛得她死去活来，所以她自然将他父母当成了“仇人”来看待。

她抬眼瞟着他，淡淡一笑，问：“那你怎么想？”

时机刚刚好，江睦远打出了决胜局的最后一球：“无稽之谈，我早说过我不信。”他俊秀的脸庞上挂着自信迷人的微笑，镇定自如。

“那么，我也不信了。”林巧南的手插入江睦远的臂弯，整个人靠上他的胳膊，呢喃道，“谢谢你一直陪着我，我们以后还要在一起。”

他低下头亲吻她的发顶，将她紧紧拥入怀中：“嗯。你饿不饿？要不去我那儿坐坐，我煮碗面给你吃，波波也很久没见你了。”波波是他的宠物，一条通体雪白的博美犬。

林巧南摸摸肚子，的确只是半饱，他所说的“那碗面”顿时堪比 TVB 电视剧里百试不爽的绝招，闪烁着诱惑的光芒。

“我真没吃饱。”

“那么巧，我也是。”

两人相视而笑，手牵手向前方的楼群走去。

4

黑魆魆的影厅内观众寥寥无几，尽管男主角凭借本片在几个月前成了奥斯卡新晋影帝，但它依然属于较为小众的文艺片，愿意购票进场的人不多。

冷岳阳是个例外，他那时兼职给一家自媒体写影评，在电影刚出不久便看过一次。谁能料到，几个月后他也像电影中的主角那样遭遇了人生最沉重的打击。有时候，命运会提前给一些暗示，只是没有人能领悟。

上海只有十家影院上映《海边的曼彻斯特》，他买了南京西路百美汇影城的电影票。选座位的时候，冷岳阳鬼使神差地挑了两个，等到付款完毕才反应过来，多买了一张票。

是多买了吗？冷岳阳心里清楚并不是。他想和林巧南一起看这部电影，即使哭得泣不成声也没有关系，他们能互相理解彼此的悲恸。

他没有再约人一起去，宁可身边多一个空位。不过按照购票时的空座情况看，他身边不止空一个位置，极有可能会空出一整排来。他也犹豫过是否要邀请吴韵诗同去，得知他失业后她连着请他吃了两次饭，加上他经常去她的店里骚扰小动物，确实应该轮到他回请了。可他好几次点开他们的聊天纪录想给她发消息，到最后都没发出去，潜意识里，他还是不希望和她一起去。

星期五晚上，冷岳阳一个人出现在嘉里中心，自动扶梯将他送上四楼。他的身前身后皆是腻腻歪歪的情侣，和他同一个目的地。

入场之前，冷岳阳还有些庆幸出票情况有了改善，等到真正坐下时，他才发现自己过于乐观了，候场的情侣明显是为了另一部国产喜剧。想想也是，谈恋爱的人哪里愿意看这种节奏缓慢、调子沉郁的电影?

他之前看过一遍，所以知道男主角经历了什么。渐渐地，荧幕上的人似乎变成了他的模样，他坐在下面看着自己无论怎样都过不好将来的人生，泪水充盈了眼眶。

如果一辈子都无法和内心的悲伤达成和解，该怎么办?时间抚不平所有伤痕，总有一两根顽固的刺会深深地扎进心里，最终与血肉相连。

有些事不是不能，而是不愿。冷岳阳完全可以没心没肺地活下去，反正以前父子俩关系不算融洽，见面吵架是家常便饭，他十天半月不回家亦是常态。他原来也不觉得自己对父亲的感情有多深厚，悲伤对他来说应该是很容易战胜的情绪，等忙碌起来，自然而然就能淡忘。

可他低估了悲伤的能量，那是一种说不出来的致郁感，沉沉地压住了感官神经。他丧失了对外界的兴趣，丧失了斗志和目标，甚至丧失了欲望。

虚幻、空无，这就是他的全部感受。当一条生命在眼前溘然而逝，大部分人会觉得人生苦短不能浪费，只有少数人会感到百无聊赖，从他人的生死意识到，生命的本质其实并无意义。

而这一次，冷岳阳不幸成了少数人之一，这份空虚紧紧跟随了他好几个星期，没办法挣脱。

电影里，男主角和前妻在街上重逢，因为他的疏忽大意，两个孩子在火中丧生，他流着眼泪语无伦次地说着“我心里什么都没有了”，冷岳阳忽然明白了林巧南为什么内疚。

接着他出现在小南国的包厢里，听到江睦远父母荒唐的提议，顿时整个人都不好了。一想到林巧南在世上孤苦无依，倘若将来真的嫁入江家，别说到了“生孩子保大人保小孩”的关头无人做主，就连平时肯定也要处处受气。他转过头见她满面愤慨咬着牙拼命忍耐的模样，心想这件事绝无和平解决的途径，必须彻底断绝对方的念头。

于是他不顾一切地爆发了怒火，明知别人看到的景象会是一贯温柔斯文的她发飙了。

“幸好你被生下来了。”这是林巧南对他的感谢，她说了以前从没有人说过的话。然而前提是冷岳阳只对她敞开了心扉，说了以前从没对人说过的话语。

他尽量克制自己，避免被她发现内心的悸动。他不确定是否瞒过了林巧南，但是她的表情不见异常，应该是成功了。冷岳阳松了口气，然后回到了影院内。

电影也演到了最后几分钟，男主角神情哀戚，他对失去父亲的侄子说：“我无法战胜往事。”他连续说了两遍，一遍比一遍无奈。

这真的不是一部励志电影，它只是告诉观众生活中必然会有一些痛苦永远存在，活着的人只能想办法与它共生。一旦痛苦消失，活着的意义将随之一同消亡。

此刻他的痛苦沉重如山，压得他喘不过气来。将来呢？前方犹如一团浓雾，冷岳阳看不到光。

唯一能确定的是，父亲的在天之灵不会希望他的人生就此被束缚，他和林巧南都需要向前看。

超感没有再度发生，大概江睦远很好地安慰了林巧南。冷岳阳走出电影院，随手将揉烂的电影票扔进垃圾桶。现在是晚上九点半，或许还有人没吃晚饭，他打算试着约一下。

冷岳阳在朋友圈里发了一条“约饭”的信息，同时发送了定位。以前他没有约会时经常这么做，自从冷子荣过世，他在朋友圈销声匿迹了许久，今天算是“重出江湖”了。

众人的点赞和评论纷至沓来，冷岳阳匆匆扫过，在一长串列表中看到了吴韵诗的评论。她说：“江湖救急，快点打电话救我！”

冷岳阳立刻联想到传销组织，赶紧拨打她的手机。令他稍稍放心的是，电话很快被接听了，而且是她本人。

“吴韵诗，什么情况？”他急忙问。

“啊，冷先生，好久不见了。什么，‘汤包’生病了？哦，好的，我一会儿回家过来看看它。”吴韵诗没理会他的问题，自说自话了几句，马上挂断电话。

冷岳阳看了看手机，情不自禁地露出了微笑。她才几岁呀，就已经到了被家里逼着去相亲的年龄了吗？

五分钟后，吴韵诗发来了语音通话的请求。接通之后，他开口第一句便是嘲讽：“我说吴韵诗啊，你才多大，这么害怕嫁不出去？”

她嘿嘿苦笑几声，转换话题问：“你在静安寺？”

“嗯，刚离开嘉里中心，正朝久光百货方向走。”

“我也在久光，一起吃饭吧。”吴韵诗语气急切，好像身后有追兵似的。

都这个点了，对方没请她吃饭吗？冷岳阳不便在电话里细问，先与她约定了碰面的地点，然后收起手机，快步朝前方走。

久光百货位于静安寺旁边，地铁二号线有一个出站口可直达其B1层，因而人流量总是很大。和上海其他大型百货公司一致，久光百货一层最外侧是化妆品柜台。冷岳阳一进门就被浓郁的脂粉香味包围，连打了两个喷嚏。

吴韵诗站在Tiffany店门口，胸前抱着背包，一脸快饿晕过去的样子。看到冷岳阳出现，她忙跑上前，拽住他的胳膊嚷嚷着要去吃日本料理。

冷岳阳被拖着走了两步，回过神揶揄道：“你是觉得男方太丑食不下咽，还是人家压根儿没请你吃饭？”他知道她属于外貌协会，过去出COS也尽挑长相好看的人物。

“他说去吃CoCo。”说着，她做了一个嫌弃的表情。

CoCo在久光百货B1层，它算是老牌餐饮企业，分店遍布全上海。说真的，冷岳阳并不认为她的相亲对象有何不妥，忙起来的时候，他常去CoCo吃咖喱饭打发一餐。

从冷岳阳的脸色解读出了不赞同，吴韵诗想起学生时代他们经常光顾CoCo的事，忙打圆场辩解道：“我不是指责CoCo不上档次，但是你不知道那儿有多少人在排队，它热门得很，我们总不能站在外面聊相亲的话题吧？所以我就建议换别的，结果那位先生给我的理由是今天的计划就是吃蛋包饭。”

冷岳阳忍俊不禁，不负责任地胡乱猜测：“他大概有强迫症，和《生活大爆炸》里的谢尔顿一样，每天吃什么有固定的菜单。”

吴韵诗耸了耸肩：“谁知道呢？也有可能他是迫于无奈来相亲，又恰好没看上我，就故意表现得奇葩点，让我主动回绝他。”

快节奏的都市，大家都挺忙的，第一面没有心动的感觉基本就判定对方出局了。正像吴韵诗找他打电话救场那样，男方到底是真奇葩还是借此拒绝，谁也不知道。

“你的客户里总有一两位单身男士吧，有机会发展一下。”冷岳阳笑了笑，继续不负责任地出谋划策。

吴韵诗心里一阵难过，猜想他说这些话的主要目的是暗示他们不可能。但她不说破，他就不能光明正大地拒绝。

这样一想，吴韵诗宛如报复般的心理平衡了。

“哦，谢谢你替我打开了新思路。”她皮笑肉不笑地回应。他的态度激发了她的好胜心，她决定和他死磕到底，看谁先忍不住投降。

“你想去哪家店？这顿我请，作为安慰。”冷岳阳对待女生一向大方，除了分手时比较冷酷，其他方面无可挑剔。

吴韵诗原本打算先敲他一竹杠好好吃一顿，弥补受挫的心灵，奈何看到了他的脸和无辜的神情，她又于心不忍，毕竟眼前这位失业在即。

“还是 CoCo 吧，我突然想念它家的炸猪排了。”

“你不怕那位仁兄还在等他的蛋包饭？”她和相亲对象分开不久，现在下楼说不定真的迎面撞上。他倒是不怕，就是担心她会尴尬。

吴韵诗搂紧他的臂膀，甜笑着说道：“那就麻烦你冒充我的男朋友喽。”心跳得飞快，这是她的第一步试探，她无法预测他的反应。

冷岳阳微微有些吃惊，他认真地看着她的脸，眼神复杂。他想到刚结束的电影，想到父亲生前的期待，想到自己不甘沉沦悲痛的觉悟……一瞬间，千头万绪呼啸而过，他回道：“好啊，我同意免费被你利用。”

她笑容满面，心头欢喜，那个风趣的冷岳阳回来了，他终于快要恢复正常了！

B1 层的 CoCo 依然需要排队，不过等待的人群里没有吴韵诗的相亲对象了。她站在门口朝里张望了几眼，里面也没有他。

尽管预想到了可能性，但是这样“被拒绝”的滋味依旧苦涩得难以下咽，让她怀疑自己或许真的很差劲。不论是冷岳阳还是只见了一面的相亲男，他们都看不上她。

吴韵诗深感挫败，情绪低落下去。她有气无力地笑了笑，自嘲道：“果然我说得没错，看他的样子就不像是谢尔顿。”

听她的语气像是不开心，神情也相当沮丧。冷岳阳不禁奇怪了，不就是双方都没看上对方吗，她怎么搞得像是世界末日到了一般？

“好啦，吴韵诗，别为了不值得的人难过。又不是你喜欢他，他不喜欢你！一个你本来就对他没感觉的男人拒绝你，有什么损失呢？”他讲的话字字句句戳心。

吴韵诗翻了个白眼，气呼呼地说：“当然是为了面子！本来以为是我拒绝了他，结果人家从一开始就拒绝了我，这个打击很大啊！”

“我坚持认为没必要为一面之缘的人生气，谁拒绝谁，先后顺序不重要，结果才是。”冷岳阳理性地做出分析。

他说的话不无道理，即使不甘心，她也不会为了当面拒绝男方再约他出来见一面。吴韵诗深吸一口气，心情慢慢平复：“算了，说他拒绝我可能更容易打发我妈。”

前几次她以“没感觉”为由回绝介绍人，母女间总要爆发一次小规模的争吵，母亲一直责怪她要求太高，这次换一种说法，搞不好还能得到一些安慰和鼓励。她眉开眼笑地想象着美好和平的前景，竟然觉得“被拒绝”也没那么糟糕。

她的乐观精神影响了冷岳阳。吴韵诗正是他现阶段需要的人，她能带他走出痛苦……他伸出手，将她脸颊旁的碎发别到耳后，又摸了摸她的头。

亲密举止点燃了吴韵诗希望的火苗，“摸头杀”是很久以前交往时他常做的动作，她眼睛一亮，甜甜地笑了。

服务员招呼两人进店，落座后冷岳阳为她点了炸猪排、鱿鱼须咖喱饭及香辣鸡翅，全是她过去爱吃的。吴韵诗又激动了，认为这代表他心里有她。她捏了捏拳头提醒自己要保持冷静，不要破坏好不容易取得的进展。

“对了，上次在外滩遇到的那两个人，后来你和他们联系过吗？”她记得那个俊秀斯文的男子，还记得给了他一张名片，“他没给我打电话，他找过你吗？”

那一日在外滩和林巧南、江睦远分开后，吴韵诗重新提起了平行世界的话题，令冷岳阳大吃一惊。在殡仪馆里她见到的不过是背影，竟然能就此认出他们，看来绝不能低估女人的观察力。

“我给他名片，目的是在他们的世界里留一个不属于他们的东西，搞不好以后还能打开平行空间。”她压低嗓门，神秘兮兮地告诉他自己给江睦远名片的用意。

冷岳阳啼笑皆非，只怪当初他说得笃定万分，况且平行世界本身具有十足的戏剧性，她想不记住也难。

“根本不存在平行世界。我后来做了调查，那天在四楼同时举行了一场追悼会，逝者姓林。”他避重就轻地回答了她的疑惑。

吴韵诗当时深信不疑，顺便感慨“好巧啊，居然在外滩又遇见了”，他以为这件事就此翻篇，怎料这会儿她忽然又想到了他们。

他的身体向前倾，看起来像是要和她说悄悄话的架势，她不自觉地凑近，凝神屏息等着听秘密。

冷岳阳忍着笑，一本正经地说道：“那是客套，小姑娘。双方都明白，除了你。”

后知后觉被捉弄的吴韵诗用调匙打了他的手背，娇嗔道：“你好讨厌啊！”口气倒是一点不带“讨厌”的意思，仿佛恋人之间在打情骂俏。

他朝后靠上椅背，微微勾起嘴角看着对面的女生，刹那间宛若时光流转，回到轻狂岁月。

那一年，父亲尚在人世，他带着眼前的女生回家改善伙食，冷子荣特意给他们做了炸猪排，她连声大赞“好吃”。

炸猪排被端上了桌，日式的，被切成了几小块。

冷岳阳拿起筷子，潇洒地夹了一块猪排送进口中，下一秒却痛苦地捂住了嘴，皱着眉抱怨：“我……我咬了舌头。”

吴韵诗能感觉到自己的舌头下意识地缩了回去，她头皮发麻，心想冷岳阳的舌头一定被咬得很疼，否则怎么会痛得掉眼泪呢？

你看，往事其实不会放过任何人，只要你还记得。

5

林巧南被荷包蛋的香味唤醒，她睁开眼睛看到对面的建筑，才慢慢反应过来自己身在何方。

江睦远家的客厅正对着黄浦江，落地窗展示着无敌江景，她以前来过几次，这还是破天荒头一回留下过夜。

波波蜷缩在沙发左侧的角落里，乌黑发亮的眼睛闪烁着兴奋的光芒，摆出一副“陪我玩”的卖萌姿态。或许是主人严令它不准吵闹，这条通人性的小狗一直在乖乖地等她醒来，见她翻身而起，才兴奋地挺起身子，随时准备冲过来求抱。

厨房的玻璃移门没有关紧，不断传出诱惑的味道，引得她饥肠辘辘。昨天晚上回到他家吃了一碗榨菜肉丝面才睡下，按道理不会那么饿呀……

沙发上的林巧南摸摸肚子，探身从茶几上拿来手机，点亮的屏幕显示时间为 9 月 2 日上午九点。

她掐指一算，惊讶自己竟然睡了近十一个小时。从睡眠质量来看，这十一个小时接近昏睡程度，她没有在半夜惊醒，没有流泪，也没有做梦，安安稳稳睡到了饱。

自 8 月 15 日以来，她第一次睡得深沉、香甜、无忧无虑。

林巧南放下手机，心情极为复杂。一方面，她庆幸自己恢复了正常睡眠；另一方面，又深感对不起父亲，害怕自己的潜意识已经放弃了哀悼。

波波跳上了毯子，呼哧呼哧喘着气想往她怀里钻。被它一打岔，她分心了，思绪转到波波身上，她一把抱起小狗，亲昵地蹭蹭它的鼻子。

“波波吵醒你了？”江睦远端着早餐走出厨房，放到了餐桌上。餐厅和客厅是相通的，他自然看到了她。

“不好意思，书房里没有床，只能委屈你睡沙发了。”他又一次道歉。

他的住所是两室两厅的格局，一间主卧之外，另一间卧室被改造为书房。昨晚她决定留宿时两人就“谁睡卧室”互相谦让了好一会儿，最终林巧南以“我的身材更适合睡沙发”赢得了胜利，当时他就已表示过歉意。

“不用在意啦，我有时在家也会睡沙发。”林巧南抱着波波离开沙发，她穿着一件“男朋友衬衫”，两条又白又细的长腿一览无遗。

没错，这是一件真正的男朋友衬衫，昨晚江睦远拿了一件不再穿的衬衣给她临时做睡衣，此刻她就穿在身上。

江睦远不自在地移开视线，委婉提醒她赶紧换上衣裤：“空调开着，你穿太少了。”

林巧南低头看看自己，顿时又羞又窘，脸蛋绯红。她急忙放下波波拿起衣裤冲进浴室，关门落锁，又连做了几个深呼吸平复狂跳的心脏。

江睦远在她家陪住的那些日子，她每天早晨都穿戴完毕了再走出卧室，从未以这般慵懒撩人的打扮面对他。林家家教甚严，若不是两人吃面的时候哈欠此起彼伏，一个比一个更困得不想动，她也不会在此过夜。

她用最快的速度洗漱完毕，顶着湿漉漉的头发回到客厅。江睦远正在看波波吃饭，听到脚步声回头看到她头发是湿的，连忙走到储物室拿出一条干毛巾和吹风机，同时为自己的粗心道歉：“对不起，我疏忽了。”

他递给她的吹风机是戴森的。林巧南咽了口唾沫，想想自己之前换电吹风时，在松下和戴森中间纠结了半天最终向价格投降。而他身为一个男人，用得居然比她更讲究，林巧南霎时汗颜。

她接过吹风机，发现他已经装上了一个风嘴，正好适合她半长不短的直发。

“需要帮忙吗？”江睦远绅士地问，相当乐意施以援手帮她吹干头发。

林巧南从小到大习惯自己搞定一切，尽力不给别人添麻烦，所以第一反应是拒绝，差一点就对他说“不用了”。幸好她脑筋转得快，看出了他很想帮忙的意愿，于是改口道：“好啊，麻烦你了。”

江睦远吹头发的技巧媲美专业发型师，他利用梳子和吹风机将她的直发吹得蓬松有型，立式穿衣镜里的她显得脸更小了。他看着镜子里的女人，一脸心疼：“你看看你，瘦得都快脱形了。”

林巧南抬手扯了扯脸上的肉：“睁眼说瞎话，明明还有肉。”

“没肉的，那叫骷髅。”他用上了强调的语气，一边收起电吹风，一边自责没照顾好她，有负林振华的嘱托，“我对不起伯父，他把你托付给我照顾，结果你越来越瘦。”

“你说什么？”林巧南抓住了重点，急切地问，“老爸什么时候对你说的？”

江睦远去探病的时候她基本在场，没记得父亲单独和他讲过话啊。

江睦远有些迟疑：“我不确定现在是不是告诉你的好时机，怕你误会。”

林巧南瞪大了眼睛，满脸写着不可思议：“拜托，那是我爸爸，我有什么好误会的？”

听她这么一说，江睦远下定了决心：“好吧，那我说了。伯父手术前一天，我下班后去过医院，和他聊了一会儿。他说不知道明天的手术结果如何，万一出了什么事，希望我照顾好你。”说着说着，他低下了头，不想让她看到自己内疚的表情，“我没想到真的会出意外，总觉得会不会因为那晚的对话带来了不好的兆头。我很抱歉，小南，真的很抱歉。”

她抱着波波，忍不住流泪。深受负疚感折磨的林巧南明白江睦远内心的恐惧，生命太沉重了，他承受不起。

“爸爸的意外和你没关系，我不怪你。”她发自真心地安慰他，语带哽咽，“只是你为什么不肯告诉我？他不在了，和他有关的任何事我都想知道。”人一旦死去就不会再制造新的回忆，她只有依靠挖掘别人回忆里的父亲来补充自己的记忆库存。

江睦远弯下腰低头，靠在她的肩膀上。镜子里两人一狗，画面亲密、和谐。

“我怕你误会我是因为伯父的拜托才向你求婚，又怕你胡思乱想，以为这是我编造的借口。”

林巧南泣不成声，她的声音被眼泪吞没，说不出话来。镜中的江睦远亦是忧伤满面，他从背后环抱住她，让她倚靠着自己哭。

她怀里的小狗突然骚动不安，喉咙里发出低低的咆哮声。她顺着波波的毛试图安抚它，谁知它一转头，张口就要咬她的手掌。

“你疯啦！”江睦远反应迅速，一把抱起波波把它扔到沙发上，转身再奔向林巧南，蹲下身抓起她的手仔细检查有无咬伤的痕迹，“你被咬到了吗？”两只手均完好无损，他仍不放心地追问。

林巧南挣脱了他的手：“没有，你放心啦，波波应该是在玩闹。”她擦擦眼泪，朝镜子里飞快地瞥了一眼。

江睦远下意识地抬头望向面前，镜子里只有他俩的身影，一个坐着，一个蹲着，她在看什么？

怀疑挥之不去，他不止一次发现了林巧南的异常，她有时候会走神发愣，有时候会自言自语，有时候举止怪异，包括昨天晚上与父母针锋相对，就完全不符合她平时的行径。他揪心地联想到“中邪”“人格分裂”这些有的没的，琢磨着用哪个借口带她去精神科做一次检查。

“我去吃早饭了。”林巧南起身走到餐桌旁。她拉开侧边的椅子，在坐下前又拉开了旁边的一把座椅。

江睦远走过来，若有所思地瞧着另一把没人坐的椅子，轻声道：“我吃过了。”即使他没吃饭，他也会选她对面的位置或主人位，不太可能坐到她身旁。

“呃……”她反应过来，手忙脚乱地将椅子复位，“我以为你还没吃。”

她的说辞不出意料，他正欲询问林巧南最近是否感觉到哪里不寻常，波波又跑了过来，冲着她呜呜咽咽地叫唤。自从熟悉了她的气味，它从不曾乱叫过。

波波叫得很凶，胆小的女生恐怕吓得直接躲到江睦远背后了，林巧南却不慌不忙捡起地上的耐咬球，朝波波身后扔了过去。

“它大概生气了，嫌我不和它玩。”她如此理解小狗的反常行为。

“别理它，你安心吃饭，我带它下去遛一圈。”江睦远招呼叼着球跑回来的波波跟自己下楼，转身对她比了一个“心”。

防盗门关上后，林巧南放下了刀叉。她凝望着靠窗站立的男人，叹口气说道：“冷岳阳，这样下去迟早瞒不住他，我们怎么办？”

冷岳阳的脚下是上海的象征——黄浦江。它不是苏州河，这套房子也不是面对某条不知名小河沟却被地产商吹得天花乱坠的“水景房”，而是实实在在的一线江景房。

昨天听林巧南说起江睦远一家住在同一小区，冷岳阳已有了心理准备，但是亲眼见到外滩的一部分矗立在眼前，游轮在江上慢速驶过，江鸥展翅高飞……他免不了和自家“老、破、小”的房子做了比较，再次印证了“人与人是不一样的”。

“江睦远是很不错的结婚对象。”他开口说，“以我去年在人民公园相亲角卧底采访得出的经验，他绝对属于抢手货。错过他，是一个错误。”

她前不久信誓旦旦地说过“要一个人活下去”，然而经受了昨晚的打击，冷岳阳猜想她会改变主意。

她方才的态度似乎也验证了他的揣测，倘若仍旧打算分手，根本不必在乎江睦远发现超感连接的反应。她心虚胆怯的原因，莫过于担忧他的存在妨碍了自己的恋情。

“爸爸在手术前拜托江睦远照顾我。”她嗫嚅着说出刚刚获悉的内幕，“他担心我误会，一直忍着不说。”

冷岳阳拍了拍手：“那不是正好，我祝你们白头偕老。”

林巧南盯着他看了半晌，原以为自己只对逝去的家人有愧，怎料对冷岳阳竟也生出一份愧疚感。他帮她撑过了最艰难的日子，而她居然一度谋划着切断超感连接，日后与他老死不相往来……她背弃了盟友，即使仅在想象里，同样不可饶恕。

“对不起，冷岳阳，我们就当这次对话没发生过吧。如果江睦远发现了超感的秘密，我负责解释。”她诚心诚意地表达歉意。伤心的人是敏感的，冷岳阳一定从方才的对话中感受到了她的退缩，他会觉得自己再度被命运舍弃，她同样会如此。

“你不怕被当成疯子吗？”冷岳阳轻轻一笑，满是讥诮，“没有亲身经历过的人，百分百接受不了超感的存在。你确定要冒险？”

她沉思片刻，脑海里浮现出各种各样的场景，可是哪一种更符合实际情况，她现在没把握。

“我唯一可以确定的事，是我会选择和你共进退，因为世上只有你能和我的悲伤共鸣。”林巧南慢慢说道，一字一句郑重其事，脸上是罕见的严肃表情。

暖意流过心田，尽管只是口头的承诺，尚未付诸行动，依然感动了冷岳阳，他走到餐桌前，摇头叹息道：“林巧南，你不用担心，我以后真的不会再难过了。”他没有忘记前一天晚上和自己的约定，他要向前看了。“我决定把悲痛埋在心底，以后我不会再为老爸流泪。”

她默然许久，一口气堵在心间，不上不下难以安生。“那这一次超感，你为什么哭？”倘若以后再也见不到彼此，最后一次的超感连接，她希望尽最大努力给予他安慰。

“我昨晚梦见了老爸，他对我说他是第一次做爸爸，很多事不知怎么处理，让我多多包涵。”仿佛回到昨夜的梦境，他的眼神渐渐迷离。

冷子荣坐在院子里，单手拿一片西瓜，另一只手摇着蒲扇，潇洒自在的神情一如往常。在梦里，他忘了父亲已不在人世，因为很久未见还分外高兴，他走上前和父亲打了一声招呼，在旁边一把躺椅上坐了下来。

“爸，我回来了。”他是这么说的。

“爸爸呢，也是第一次做爸爸，很多事不知道该怎么办，你多多包涵。”冷子荣笑眯眯的，风马牛不相及地来了这么一句。

他已经很多年不曾听到这句话了，好像一下子回到了叛逆的少年期。他惭愧地笑了笑，拿起一片西瓜，咬下一口。

西瓜应该很甜，看色泽便知。然而到了他的嘴里，甜蜜化作了苦味，他马上吐了出来，再抬起头，没有院子也没有父亲了，他被无垠的黑暗包围着，呼吸困难。

冷岳阳就此惊醒，睁开眼睛。房间里黑暗无边，和梦里一样，他起身去厨房倒了一杯冰水，喝了一大口。

要是冷子荣看到，保证会念叨几句喝冰水对肠胃的坏处，而他也必然会以“老古板”回敬。

冰水赶走了睡意，冷岳阳索性从干燥箱里拿出摄像机，开始回看录下的内容。

去年冷子荣做六十大寿，亲戚拍下了当时的场面。他那天错过了父亲的寿宴，自我安慰到了真正的六十岁再替他庆祝。然而命运格外冷酷，他和冷子荣都等不到这一天了。

冷岳阳一遍遍地按下回放，家用摄像机的屏幕分辨率并不出色，画质本身也非高清，观看体验让眼睛提出了“抗议”。他揉了揉眼，安抚似的说道：“再看一次，再看一次就不看了。”

电量耗尽，东方的天空泛起了鱼肚白，他打开了父亲卧室的门——那扇葬礼结束后再也没有打开过的门。大概是因为他一直抱着荒谬的想法，好像门一开，父亲去世就成了无可辩驳的事实，所以只要能坚持住不开门，冷子荣或许就还在这扇门背后生活着。

冷子荣的房间很小，衣柜、橱柜再加一张单人床就把空间占得满满当当的。当初单位分了这套房子时，冷子荣就说过要把大房间给冷岳阳住，因为主卧能放下书桌让他写作业。冷岳阳那时不知轻重，既然父亲这么说了，心里也满是要住大屋的欢喜，压根儿没有为父亲考虑过。

到他工作后搬出去住，终于有了体恤的意识。他曾经提出交换房间的想法，想让父亲住到宽敞一点的主卧，结果父亲以“习惯”和“太麻烦”为由拒绝了他，而他竟也愚蠢地轻信了父亲的托词。

此刻，冷岳阳回想起几年前发生的事情，他终于明白冷子荣不肯换房间的原因——就好像他仍住在家里一样。

房间仍维持着冷子荣出事当天的样子，折叠整齐的衣物摆在床头，旁边是他的竹枕和毛巾被，恍如主人只是出了趟远门，迟早会回来。

冷岳阳推开门走进房间，先走到窗边打开窗子透气。冷子荣喜欢一切自然的元素：风、阳光、雨水……来自大自然的风吹动轻薄的窗帘，到了夏天，每个房间的窗帘都会统一换上纱制布料的，到了冬天，又换回天鹅绒质地的，四季轮回从窗帘就能区别。

这些事，以前全不用冷岳阳操心，他连下一季要替换的窗帘放在哪里都不清楚。

他沮丧地在床沿坐下，手指划着凉席的纹路，自言自语："爸，你在那边还好吧？"

无人回答，冷岳阳露出了苦笑，明知不可能的事，为什么死不了心？

"我很好，你不用担心。"他轻声说着，眼泪不知不觉地滚落。

冷岳阳不认为一大早会发生超感现象，便由着性子肆无忌惮地掉泪，不料没几秒钟就听见了犬吠声，抬头只见一条通体雪白的博美犬正对自己"虎视眈眈"，抱着它的女主人与男主人则耳鬓厮磨，让他浑身不自在。

林巧南安静地听冷岳阳描述梦境，听他讲述落泪的缘由，她的心感受着相同的刺痛，呼吸变得缓慢而悠长，宛若用尽全力在克制，避免惊扰又一次睡去的悲伤。

"我也做过一个梦，梦见了爸爸、妈妈，还有哥哥。"轻柔的声音如梦如幻，奈何她的梦一点儿不美好。

"不知为什么哥哥要追杀我，我只好拼命逃跑。逃走之前，我对爸爸和妈妈说了'再见'。"

6

林巧南在林振华葬礼当天的早晨做了这个梦。

她的梦里除了父亲，还有久未梦见的李裕芬，一家三口高高兴兴地在公园里闲逛。林振华的脖子上还挂着相机，他总是快走两步，接着回过身抓拍她俩走路的镜头。

父母脸上笑容满满，那是不容置疑的幸福感。林巧南望着他们，阳光正好，两个人眼里都有彼此，她开心地笑起来。

然后，枪声乍响，惊起树上休憩的小鸟，她和父母疑惑地朝四周张望，只见一个男人从树林中走出来，一把枪赫然在手。

“是哥哥吗？”林巧南试探地叫了一声。她轮番打量父母的神色，他们表现得十分镇定，显然知道他正是林健辉。她激动得又哭又笑，一家人终于团圆了，“哥，我是林巧南，是你妹妹！”

她向前跑了两步，愕然地发现林健辉举枪对准了自己。

“哥，你不记得我了？我是你妹妹，真的！”她大声喊道，焦急地表明身份。

枪声又响起，子弹打在她的脚边。她拼命往前奔跑，不知道跑了多远，直至喘不过气来，公园的出口才出现在眼前。她猛地停下脚步，回头看着身后的父母。

“爸，妈，对不起，我要走了。”她一手拉着一个，眼眶慢慢湿润，“你们要好好相处，不要吵架，照顾好哥哥。”

梦戛然而止，林巧南睁开眼睛呼吸急促，心脏在胸膛里剧烈地跳动。她用力按住胸口，挺直身体坐了起来。

梦是有寓意的，否则弗洛伊德也不用辛辛苦苦写那本《梦的解析》了。林巧南回想梦里的所有细节，为自己人生中的悲剧默默流泪。

梦是她内心极度的渴望与强烈愧疚的投射。在兄长林健辉意外溺亡之后，周围的人投向他们的眼神从羡慕转为同情。李裕芬受不了剧变，变得暴躁易怒，她选择躲在家里，特别抗拒一家三口一同出去，那会让她联想到再也找不回来的儿子。某一天深夜，她这么对丈夫哭诉着，凑巧被睡不着起来喝水的林巧南听到了。

从那时起她就自觉压制渴望，林巧南懂事得不像一个孩子。她知道父母心痛难过，他们表面若无其事，其实会像自己一样痛哭流涕，偏偏害死他们宝贝儿子的人正是亲生女儿，这一事实使得他们的愤怒无处发泄，因此悲痛始终得不到纾解。

林巧南没有告诉江睦远自己做过这样一个梦，却轻而易举对着冷岳阳说了出来。

“爸爸、妈妈，还有我，从来没坐在一起谈论哥哥的意外。那些年我们假装一切正常，假装什么都没发生。然后外公走了，妈妈走了，外婆走了，直到爸爸也离开了我。”她用叉子划拉着白瓷餐盘，金属和瓷器撞击的声音不太美妙，冷岳阳走过来按住了她的手。

“整整二十一年，我把哥哥、妈妈、外公、外婆藏在看不见的角落里，装作毫无亏欠，装作活得很轻松，很开心。同学和朋友们都以为我是一个爽朗、乐观的人，我一直告诉自己，悲伤会成为别人的负担，但欢乐不会，所以一定要把往事藏起来。”林巧南仰起脸凝视他，眼里的星辰黯淡了光芒，她诚实地吐出了心里话，“可是过去不会消失，视而不见的伤口不会自己痊愈，那个轻松活着的人并不是真正的我。”

林巧南在他面前毫无保留地剖析了自己，冷岳阳无法不动容，他握着她的手，听她接着说下去。

“冷岳阳，你刚才说不会再为伯父流眼泪，可难过就是难过，它不会因为你满不在乎地笑一笑就变成真的开心。”

“我知道。”他叹了口气，松开她的手，“我只是不打算再用超感和你见面了。”

她有自己的生活，他有自己的人生，超感纵然像是神赐的特殊礼物，但他们依旧是现实世界里的陌生人。

林巧南明白他的心意，这个男人肯定知道她放弃了“一个人活下去”的念头，所以做出了远离她的决定。

“心里难受的时候就用大声说话分散注意力吧，那样就不会哭出来了。”林巧南忽然说道，没注意音量提高了，“这些年我就是用这个办法骗过了自己。”她又夸张地笑了两声。

冷岳阳心里一动，只觉她强颜欢笑的样子甚为可怜。电光石火间他诞生了一个大胆的想法，他建议道：“我们在地铁站见一面，你带上伯父的手机，我也会带我老爸的。”

“嗯？”她困惑不解，眨眼的频率加快了。

“见面时再告诉你为什么。”他故意卖了个关子，不肯立刻告诉她。

林巧南白了他一眼：“哪个地铁站见？哪一天？以及具体的时间。”

“宜山路站，下星期一……”他正要说出碰头的时间，房门猛然打开了，一人一狗出现在门口。江睦远使用最先进的指纹密码锁，完全做到了无声无息地开门。波波率先跑进屋子，直接奔向餐桌，然后狂吠不止。

冷岳阳无奈地摇头，为了防止江睦远看出端倪，他不能再和林巧南对话了，好在餐桌另一端放着便笺本和笔，他伸长手臂拿了过来，在黄色的便笺纸上写下 9 ： 00。

江睦远走过来命令波波不得吵闹，委屈巴巴的小狗睁着湿漉漉的眼睛，乖乖地趴在桌边。

江睦远警惕地看了看四周，未见任何异常，稍稍放下心，注意力遂转回开门瞬间。他亲眼看到林巧南本来正好端端地在吃饭，忽地丢下刀叉拿来纸笔开始涂写。

“小南，你在写什么？”不待她开口，他先拿起了便笺本。

方方正正宛如一块豆腐干的纸上仅仅写了一个时间。

江睦远不明所以，看了一眼便笺纸再看看她。他问：“九点早就过了，难道有什么事忘了做？”

“不是啦。突然想起下星期一早上有个电话培训，记一下自我提醒。”林巧南面不改色地撒谎。

林巧南的公司虽然上下班时间有弹性，然而有时亦免不了一大早要开会，她的解释听上去合情合理。

江睦远刚要放下便笺本，一丝疑惑又蹿了上来，9 ： 00，令他感觉违和的地方就是“9”的笔迹。他眼前的数字宛若两个半圆拼凑而成再拖出一条小尾巴来，他记得林巧南以前明明不是这样写“9”的。

优秀的记忆力从未辜负主人的信任，他的眼前闪过一幕画面——

灯火璀璨的外滩，一个男人递给他一张手写的名片。在手机扫一扫就能添加好友的时代，递名片是极为克制的社交方式，它代表大家默认交友的主动权在对方那里。

江睦远抬手掠过前额，抹下一手汗：“遛得出汗了，我先洗个澡，再送你回家。”

他走回卧室，从床头柜抽屉翻出吴韵诗的名片。果然，冷岳阳留下的电话号码里，所有的“9”与便笺纸上的数字如出一辙。

江睦远心跳骤然加快，在床沿坐下，盯着手里的名片发呆。

他知道林巧南身上必定发生了某些超乎想象的状况，但具体是什么，一时半会儿完全理不清头绪，混混沌沌的大脑中飞过无数记忆碎片，有件事倒是让他重新在意起来。

江睦远第一次见到冷岳阳是在殡仪馆的后楼梯。林巧南首先问他是否“看得到楼梯旁站着的男人”，之后再告诉他先前所说“走错楼层的”正是此人。他当时没觉得异样，此刻再想到那一日，他记得十分清楚——当自己发现林巧南的时候，她正一个人站在角落里喃喃自语，但是她却对他说：“我刚才在和一个走错楼层的男人说话。”

江睦远最初认为林巧南悲痛过度产生了幻觉，然而看到冷岳阳那一刻，他确信对方是真实存在的人，因此判定她声称的情况属实。毕竟他不了解殡仪馆的建筑结构，也许看似死角的位置另有隐蔽的安全通道也未可知。

此时的他重新捡起曾经的怀疑，并且将其升级到了指定的对象。

江睦远坐立不安，掌心一收，揉烂了名片。

干脆直接问林巧南？他做了一个起身的动作，不过马上又坐下了。

不行，还没到时候。他对自己说，除非掌握确凿的证据，否则她不会承认。

手心里成了一团“球”的名片给了江睦远解决问题的线索，他重新展开摊平，看着“吴韵诗”三个字若有所思。

周末是宠物店生意最好的时候，预约从早排到晚，吴韵诗和玲子忙得连轴转，连午饭也只是匆忙扒拉几口饭菜，然后继续接待下一位客户。

吴韵诗送一位客户和她的马尔济斯犬出门。做了美发的小狗像可爱乖巧的小公主，在主人怀中得意扬扬展示着美貌。她低头和小狗挥挥手，笑着说：“下星期再见，小公主。”

客户离去后，吴韵诗交握双手高举过头，在阳光下做了一个伸展动作，又转了转脖子缓解颈椎的压力，向左转时，一眼瞥见身材高大的男人正朝自己走来。她一怔，没想到会在这里与他重遇。

“江睦远，你好啊。”她扬起手，率先和他打招呼。

江睦远吃了一惊，说实话，他没认出站在门口的人就是吴韵诗。那天晚上他的心思全在林巧南、冷岳阳两个人身上，忽略了冷岳阳旁边的女生。仅此一面之缘，她居然记得他！

“你还记得我的名字啊。”那天收了吴韵诗的名片，按正常的社交礼节他应该回给她一张，可惜名片夹空了，他只好尴尬地道歉了事，想不到对方不仅记住了他的模样，连名字也记得准确无误。

“冷岳阳给我看过一次你的名片，知道名字怎么写，我就能记住。”她对这项能力颇为自得，说得眉飞色舞。

“小南也是，看过一次别人的名字就能记住。”江睦远偏不解风情地提起自己女友，说着又笑了，“不过她有点脸盲，有时会认错人。”

他说到林巧南的时候，眼睛会发光。吴韵诗羡慕极了，想想冷岳阳对自己半冷不热的态度，又心酸得不行。她清清喉咙，转移话题：“我进去工作了，不打扰你。”她以为他只是凑巧路过，顺便打个招呼而已。

江睦远连忙走前半步：“我有事想请教，可以去那边的咖啡馆坐一会儿吗？”他抬手指了指不远处的咖啡馆。

吴韵诗疑惑地歪着脑袋，寻思自己和他的日常有没有交集的可能性。

“不好意思，我现在走不开，今天的预约全满了。”她抱歉地笑了笑。

“是我不打招呼就过来，给你添麻烦了。这样吧，我去咖啡馆等你下班。”江睦远神情温柔，让人很难说出“不”字。

吴韵诗想了想接下来的预约，小心翼翼地说：“可能要等很久哦。”

“没关系，我今天很空。”

江睦远指定的咖啡馆距离冷岳阳租住的白领公寓更近，不过这两天他又住回了自己家，应该不会突然出现。

吴韵诗见江睦远一脸诚恳加期待，心想对方要“请教”的事情肯定非同寻常，否则谁愿意花这么长时间等一个不相干的女人呀。

“我大概五点半结束。”她不再推辞。

“好，一会儿见。”江睦远做了一个“请”的手势，“你先忙，我去喝一杯咖啡。”

她进了店，回头却见他仍站在原地目送自己，顿时心里一甜。

唉，长得帅的男人，为什么总是名草有主了？

吴韵诗遗憾地叹着气，换成她目送江睦远离开了。

江睦远在咖啡馆一直等到五点四十分，吴韵诗才姗姗来迟。她走得有点急，气喘吁吁地站在桌边，连声道歉：“对不起，对不起，客户临时给小狗增加了精油按摩的项目，所以来晚了。”

他起身为她拉开对面的椅子，口中却道：“快到饭点了，要不我们去吃饭，边吃边谈？”

江睦远不提还好，一提“吃饭”她顿感饥肠辘辘，肚子应景地“咕咕”叫了两声。她羞得涨红了脸，声音轻得像蚊子在哼：“好呀，我正好饿了。”

“你来定吧。”江睦远深知女生的习性，问她们想吃什么，多数会收到“随便”二字，索性交给吴韵诗决定。

吴韵诗当即拿出手机点开 App 搜索附近不用排队等位的餐厅，一会儿抬头问他：“重庆火锅行吗？”

“我可以。”他笑了笑，伸手将椅子复位，“呃，忘了问你需不需要吃块蛋糕垫垫肚子？”

“有火锅就可以啦。”吴韵诗笑眯眯地说。

她的笑容颇有感染力，能让人心情愉快。江睦远刚进广告业遇到的前辈常常私下点评客户方的美女，对于长相可爱甜美的女生，他喜欢用“长了一张没有受过欺负，也没有经受过生活磨难的脸”来形容，他觉得吴韵诗正是此类。

一踏进火锅店的门，江睦远就被空气中浓烈的花椒味熏得连打了几个喷嚏。吴韵诗取笑完他，从背包里掏出纸巾递过去。

“谢谢，我有手帕。”江睦远婉言谢绝，从裤子口袋里摸出一方米色的亚麻手帕，按住自己的鼻子。

真讲究啊！吴韵诗在心里感慨，对他来找自己的原因更加好奇了。所以两人落座后她先不着急点菜，而是问他究竟所为何事。

“你来找我，到底有什么事呀？”

被她这么一问，江睦远反而有些难以启齿。他的猜想太不可思议，有时觉得自己可能疯了才会产生如此疯狂的念头——他居然认为冷岳阳和林巧南能够通过幻觉进行交流。

“你有没有发现冷岳阳最近有哪些不寻常的地方？”

即使江睦远谨慎地选择了措辞，他关心冷岳阳这件事本身仍然令人生疑，他们不是朋友，在外滩相遇的时候两人均表现得十分明显。

吴韵诗果然用奇怪的眼神打量他，她吞吞吐吐地问：“你……你该不会是想说因为冷叔叔过世对他打击太大了，他开始对男人感兴趣了吧？”

江睦远差点把一口茶水喷出来，好在她这一闹多少打消了他的顾虑，他决定开门见山：“我的女朋友林巧南，我怀疑她和冷岳阳私下有联系。”这不是最令他头痛的，更可怕的是接下来他要揭穿的真相，“在幻觉里。”

吴韵诗的嘴巴张得很大，能塞下一整个鸡蛋。就在江睦远暗忖不妙，以为她十有八九要把自己当疯子看待的时候，她开口了：“所以，他能见到她这件事是真的吗？”

江睦远不知所措了，猜想被证实并不能使他好受一些，他本来指望吴韵诗能彻底扼杀他的异想天开，谁知她竟然来了这么一句。

他沉默不语，拿着木头铅笔在点菜纸上胡乱勾选了所有带大拇指推荐的菜品再交给服务员。做完这些事，他的视线终于转向了她，平静地问：“你什么时候知道的？”

“冷叔叔葬礼结束后，他告诉我说你们是平行世界里的人，他能进入你女朋友所在的空间。”吴韵诗一五一十地说了当天的情况，“我当时希望平行世界真的存在。”她还记得冷岳阳说想对爸爸说一声“再见”时伤感的表情，让她由殷切的期盼变为无比诚挚地祈祷他愿望成真。

林巧南第一次产生“幻觉”是从医院回到家，她在浴室里大喊“小偷”的时候。江睦远想起了这件小事，暗暗懊悔当时盲目自信，以为那是她过于悲痛所致。想来那时候出现的人，也是冷岳阳无疑了。

“我们该怎么办啊？”吴韵诗从没遇到过类似情况，茫然地望着江睦远等他拿主意。

她突然对林巧南产生了强烈的嫉妒，这个女人已然拥有出色的男友，为什么还要与冷岳阳纠缠不清?

江睦远也六神无主，却不能在女人面前示弱。

“先找到证据迫使他们承认，再要求他俩切断联系。”他提出了笼统的想法。

“我加入。”吴韵诗看着他的脸认真地说，“不管你打算做什么，我都支持。”

他点了点头，不管吴韵诗和冷岳阳关系如何，她肯定比自己更能接近对方。这样一枚安插在“敌人”身边的“眼线”，不用白不用。

江睦远端起了茶杯：“敬你，盟友。”

两只茶杯发出清脆的碰撞声，一个秘密联盟就此宣告成立。

Chapter 04

你赔我的初吻

1

星期一是林振华的“三七”，他离开人世已经整整二十一天了。

林巧南依然有一种恍若做梦的不真实感，她的时空感知能力经常发生错乱，总是觉得 8 月 15 日其实还没有到，一切全是自己的想象，命运只是预演了“失去”的结局，所以她还有机会补救。

冷岳阳是有资格对她说“我们都一样”的人，他灵魂的一部分也停留在 8 月 15 日，终日冥思苦想究竟哪一步出了差错，导致父亲撒手而去。

在某一次超感连接时，他俩曾经一起畅想假若时光能倒流回到那一天，究竟要做哪些事才可以阻止悲剧的发生。冷岳阳推算了半天，最终说道：“那天我不上班了，寸步不离跟着我爸，我倒要看看老天爷还打算怎么玩我？”

林巧南无端想起一部经典的恐怖片，身为凡人所做的努力皆是白费功夫，命运总有千百种方法让你无路可走。她打了个寒战，禁止自己过分悲观的想法，微笑着说：“我会在老爸进电梯对我挥手说‘一会儿见’的时候，冲上去将他打包、带走。”那是父亲看向她的最后一眼，然后电梯门就合拢了，从此他们分隔在两个世界。

他和她相视大笑，自信满满有能力改写命运的剧本，笑着笑着两人又一同哭了。

林巧南出门前带上了父亲的手机，小心翼翼地收进背包的夹层口袋里。父女俩都是念旧的人，家里至今留着李裕芬和林健辉的遗物。现在，轮到她负责保管他们三人的东西了。

江睦远送她回家后，林巧南试过用超感联系冷岳阳，想确认他想干吗，奈何他非常坚定地实践了“不再用超感和你见面”的诺言。超感始终不能成功连接，她只好自个儿琢磨他的用意，大致明白了他想做什么。

林振华过世当晚，林巧南用他的微信账号和自己进行过一场对话。后面几天，当她被后悔情绪逼近崩溃边缘，她也会假借父亲的名义自我安慰。这种自欺欺人的做法短时间内的确有效，但是当理智逐步接受父亲已逝的结果，她就再也不能使用这个办法了。

把手机交给一个能够理解自己痛苦的人，在快撑不住的时候获取些许慰藉，这或许是软弱的体现，可是沉浸在悲伤中的林巧南完全和鲁迅先生笔下的祥林嫂一样，她看不见世界的其他部分了，失去的就是她的全部。

林巧南不是不肯向江睦远求助，在林振华过世之后的前七天里，他也颇有耐心地听她翻来覆去念叨命运为何如此不公平，质疑手术过程是否出了差错，他每一次都竭尽全力想表现出与她同等级的伤感。然而，和祥林嫂的故事发展惊人地一致，当一桩悲剧被当事人反复诉说几十次，周围的人对此只会感觉厌烦。江睦远亦是如此，尤其是到头七结束他觉得应该向前看的时候，偏偏林巧南不肯放下，仍旧时不时泪流满面哭一场，或抓着他一个劲追问做手术的决定有没有错。她能感觉到他的耐心正逐渐消失，回应也变得敷衍。

男朋友尚且这般，其他关系更浅的人可想而知。林巧南识相地收起了真实情绪，和别人正常地交谈、微笑，让大家以为她已经恢复了。

这样假装没事的她，无法抗拒冷岳阳抛来的救命稻草。

九点的宜山路站人头攒动，络绎不绝的人拥向自动扶梯，冷岳阳不禁担心林巧南能否在人堆里发现他。他只说了时间和站台名，忘了约定是在车头还是车尾的位置碰头，上班高峰时间进进出出的人又多，不像空的时候一眼就能将站台从头望到尾。

冷岳阳的习惯是站在车尾，因为自动扶梯通常安放在站台的中央位置，大多数人候车时都会选择就近的几扇门，愿意往头尾走的人不多，相对来说那里会比较空。

他给江睦远留过联系方式，电话号码就是他的微信号，不过一直不曾收到江睦远或林巧南添加好友的通知。冷岳阳不以为意，他并没有和林巧南在现实中频繁见面的打算，即便到现在，他仍抱着如此看法。

“冷岳阳。”他听到有人叫自己的名字。

他转过头，林巧南站在两步开外的地方，不仅穿了一身黑，还拎着一个黑色的手提包，整个人看上去暮气沉沉。

“早上好。”冷岳阳上前打了个招呼，“手机带了吗？”

他背着黑色的电脑包，上身穿黑白格子的短袖衬衣，标准理工男的配置。

林巧南嫣然一笑，说道：“不了解的人还以为你是修手机的呢。”

“不了解的人，随便他们怎么想了。”冷岳阳扯开嘴角笑了，眉眼飞扬，神采奕奕。林巧南一下子想到“风流倜傥”四个字。

她点点头表示赞同，从提包里拿出林振华的手机。

“你觉得交换手机有用吗？”

“我爸走的前一天给我发了消息，让我回家拿煮好的玉米，可我竟然吝啬到连‘知道了’三个字都不肯写给他。”

笑容从冷岳阳脸上消失，黑曜石一般晶亮的瞳仁蒙上一层水汽，湿漉漉的，淋湿了她的心。

“我后来发了很多条‘对不起’，但是再没有人可以回复我了。”

冷岳阳从林巧南的神色中判断她应该也做过同样的事，接着就听她说：“我做得比你更彻底，我会用老爸的手机回复自己。说起来，我脆弱的理由可比你充分多了。”她自嘲了一句，把手机递向他，“你要好好对待它，要是弄坏了，我找你拼命！”

“放心吧，我把我爸的手机押在你这里。”他用开玩笑的口吻，接过手机放进电脑包里，又拿出冷子荣的手机和一张字条交到她手里，“这是开机密码。”

“195434，我爸的密码就是他的出生日期。”

“他们差了四岁。”冷岳阳迅速心算出林振华的年龄。林振华比冷子荣大四岁，总算享受过几年的退休生活。照林巧南的说法，她的父亲还常常一个人出去旅行，日子过得甚是潇洒惬意。

这么一比较，冷岳阳忍不住又为冷子荣打抱不平了，命运真是不公平。

“我爸以前说过退休后要周游世界，他本来这个月退休。”

“世事难料。”她说了四个字，低下头看看冷子荣的手机，“以后不管我去哪里，一定会带着伯父的手机，在朋友圈发只有你能看到的风景照。

你就当作伯父去了远方，有生之年不能再见而已。”

“谢谢你。”他的声音被列车驶入站的轰鸣声盖住了。

林巧南只看得到冷岳阳的嘴在动，却听不见声音，她提高音量问道：“你说什么？”

尽管林巧南自我感觉是在吼，但外界的声音明显压倒了一切，连本人都无法听清说出来的是哪四个字。

冷岳阳凝视着她的脸，薄薄的嘴唇快速翕动，他又说了一句话。

“我说‘喜欢你’。”明知她听不见，他才有机会说出口。他喜欢她，不过也就到此为止，他维持不了长久、稳定的关系。

林巧南依旧听不清楚，睁着一双明亮如星辰的眼睛试图分析他的口型。她不是唇语专家，也不能看录像似的让他一遍遍重复，几乎立刻意识到这个方法行不通，她放弃了，无奈地摊开手，耸了耸肩。

列车终于停下，林巧南的耳朵总算恢复了清静，她长舒口气，眨着眼睛饶有兴味地追问冷岳阳：“刚才你对我说什么呀？就列车进站那会儿。”

“代表我爸谢谢你。”冷岳阳神色从容，镇定如常。他并没有说谎，她确实只问他第一句说了什么。

林巧南压根儿没想到冷岳阳两次所说的话天差地别，心思又飘回交换手机这件事上。

“不客气，我相信你也会为我做同样的事。”

“当然。”根本不用她暗示，冷岳阳提出交换手机的想法时就如此打算了。既然他们都把父亲的离世当成他们去了远方，好歹得拿出点“远方”的证明才可以。

她欣慰地笑了，是那种如释重负的微笑。

“谢谢你。时间有点紧张，我得去上班了。”

“我也是。”他顿了顿，突然与她挥手作别，大声说，“林巧南，以后我们不会再见面了，你要过好这一生！再见！”

林巧南一怔，恍然大悟他索要父亲手机的另一层用意，他真的要切断他们之间的超感，再也不“见”她了。

她咬了咬牙，毅然转身走向上行的自动扶梯，举起手朝背后的他挥了挥。

“再见！”

林巧南做不到面对着冷岳阳说出“再见”这两个字，那种宛如诀别的心情，她不想再度体验了。

就这样吧，如同普通的告别，期许还能够再次相见。

她踏上自动扶梯，与仍然留在站台的冷岳阳渐渐拉开距离，直至他看不见她的背影。

在自动扶梯下方，吴韵诗小心地躲藏在扶梯与地面形成的夹角处，鬼鬼祟祟地朝外张望，从她站立的位置刚好能看到冷岳阳。

上个星期六江睦远特意约她见面研究冷岳阳与林巧南的诡异行径，两人一致认为最好能抓个现行让他们无法抵赖。临别时江睦远忽然提到“下星期一九点”，他摸着下巴思索的样子像个哲学家，老神在在地说道：“小南说下星期一九点她要开会，但写在纸上的时间明显是冷岳阳的笔迹，我认为他们会在那个时间见面。那是她当时情急之下想的借口，必然有部分真实信息来不及掩盖。”

“幻觉还是现实？”吴韵诗心想要是幻觉就麻烦了。星期一上午冷岳阳要进报社开例会，早上九点他要么在地铁上，要么已经到了报社，她不可能待在他身旁打探情况。

江睦远微皱眉头，若有所思道：“如果是幻觉，他们应该随时可以相见，不需要特意约定九点钟。”

他的分析不无道理，吴韵诗不由自主地点了点头。

“这样吧，我先打听好他这两天住在哪里。反正不管是他家还是公寓，我一大早先去门口蹲守，等他出门就跟着他，看他是不是和你女朋友见面。”

“好，那就拜托你了。我不方便跟踪小南，被她发现的话，很难解释。”江睦远俊秀的脸庞露出为难的表情，让人不忍指责他的自私。

吴韵诗理解江睦远的难处，他是林巧南的男朋友，万一对方发现自己被跟踪了，肯定会爆发信任危机。她就不一样了，她和冷岳阳不是男女朋友，没有那么多顾虑。

她伸出手掌，自信洋溢在脸上，微笑着说：“放心吧，我一定不辱使命，顺利完成任务。”

江睦远高举胳膊和她击掌，笑容满面地鼓励她：“第一次行动，加油哦。”

……

吴韵诗觉得自己被江睦远的笑容迷惑了。不然她当时怎么会神经短路，竟然觉得跟踪是一件轻而易举的事?

这一路跟着冷岳阳，吴韵诗经历了差点暴露行踪，差点跟丢目标，差点被人挤出地铁车厢等艰难困苦，深刻认识到成为一名私家侦探有多不容易。所幸最终她的行动取得了成功，在宜山路站抓拍到了两人碰头的关键画面。

前方没遮没挡，倘若吴韵诗再靠近一点就会暴露自己，所以就算拍摄角度不够理想，并且总是有人挡在他们前面，她依然勉为其难地拍了几张照片。

吴韵诗低头回看相册，泄气地发现仅有一张两人同时出现在镜头中，明显不能当作铁证。

外滩有成百上千的人，冷岳阳都敢假装巧合上前攀谈。区区一个地铁站，他肯定会再次使用“巧遇”为借口，她和江睦远抓不住他的把柄。

吴韵诗再度探头望向前方，她要等冷岳阳离开才能从藏身之地出来，可令她意外的是，他没走，一动不动地站在原地。

起初吴韵诗以为冷岳阳又一次出现了幻觉，就像她见识过的几次走神一样。很快她发现了不同之处，他不是魂游天外，而是痴痴地凝望着上行的自动扶梯，舍不得移开目光。

那是林巧南离去的方向!

她的心仿佛被重重一击，霎时胸闷气短、呼吸困难，摆在眼前的事实撕碎了最后一丝幻想，她对他的关心体贴换不来爱情，他对她的柔情不屑一顾，他坚持视她为普通朋友的原因是早已钟情于另一个女人。

吴韵诗气得想哭，一方面羞恼自作多情，另一方面痛恨冷岳阳的狠心。事实上，对方既没有给过她丝毫暧昧的表示，也没有说过重新开始之类的话，指责他“狠心”有点勉强，可是她必须迁怒于某个人，方能让自己解气。

她打开相册点击林巧南的照片，放大了仔细观察林巧南的五官。

这个情敌最多称得上长相清丽，按说能让两个大帅哥倾心，怎么也得是个倾国倾城的大美人吧？就她这样的水准，又不是拍电视剧!

嫉妒占了上风，掺杂着求而不得的怨恨，她憎恶地删掉林巧南的照片，眼不见为净。刚删完所有的单人照，江睦远给她发来语音通话的请求。

吴韵诗迟疑了几秒钟，提示音一声比一声急，仿佛在催促她赶紧接听。她舔了舔嘴唇，邪恶的念头浮现在脑海，她想好如何应付他了。

“喂。”吴韵诗接通了电话，不等他开口，直接告诉他结果，“不好意思，我跟丢了。”她故意装得苦恼无比。她决定隐瞒今天发生的事，给足林巧南和冷岳阳培养感情的时间，到最后再让江睦远知晓真相。

江睦远估算过成功率大约只占三成，她的失败在他意料之中，何况吴韵诗属于自告奋勇一人挑起了重担，他怎么可能责怪她？

江睦远好声好气地安慰她无须自责，自己不该只让她独自行动。

“谢谢你的信任。”吴韵诗的声音又恢复到元气满满的状态，“下次我们一起行动。”

“嗯，密切观察，他们一定还会露出马脚。”

挂断电话，吴韵诗冷冷一笑。她要想尽一切办法让林巧南一无所有，先失去江睦远，再失去冷岳阳！

走着瞧吧，林巧南！你霸占两个男人的心，天下哪有这么好的事？

吴韵诗怨恨地转过身，搭上回程方向的地铁。

走在大街上的林巧南一连打了好几个喷嚏，动静大得让路人退避三舍。

她抬起头仰望天空，喃喃自语：“老爸，你是不是在提醒我做错了事？”

车水马龙的大街喧嚣无比，却没有人可以回答林巧南的疑虑。

漫漫人生路，她只能独自往前走了，无论对错。

2

林巧南再一次收到“父亲”发来的消息是在星期一晚上十点十分，与第一次超感连接发生的时间相差无几。那晚她在浴室里痛哭流涕，情绪仍然陷在绝望和难以置信的深渊里。她对赵主任的团队充满信心，从没想过手术会失败，所以这个打击近乎致命。

她的眼前总是浮现出父亲的遗容——他双目紧闭，脸上的皮肤苍白中泛着青色。她伸出手指轻轻触碰他的皮肤，冰凉的触感告诉她眼前这个人已经死了，他身上的血冷了，心脏也不会跳动了。

冷岳阳后来告诉她，在同一时刻他因为内疚、惭愧流下了眼泪。这份后悔的心情既无法传递给死者，也无法让身边的人感同身受，于是大脑在七十五亿人口中找到带有同样悔恨潜意识的脑波，在他们之间建立起一种深刻的、源自内心最真实情感的连接。

他如此解释为何偏偏是他俩被选中，从而避免了自己和她纠结于“命中注定的相遇是否害死了父亲”的假设，没有人会给出正确的答案，最明智的做法莫过于选择能让大家都好过一点的那个答案。

现在，又是他率先给她发来了消息。

林巧南点开对话列表，最新的一条在页面最下方。

他说：“有些事我们无能为力，不怪你。”

她勉强笑了笑，手指滑动屏幕继续往上翻。

8 月 14 日下午 3 ：49，她给父亲发了一个微笑的表情。这是父女俩开始对话的习惯，收到的人会回一个问号。

林振华按惯例回了她一个问号，林巧南遂接着写道：“一到车站就来了一辆回家的车。”

父亲给她发了最后一条回复：“好兆头。”

两人正常的对话终止于此，此后种种不过是自我安慰，她想得到谅解，想从愧疚中解脱，却每一次都无法彻底说服自己。

“你不是主刀医生，你也进不了手术室，这件事和你完全没有关系。”新的消息又进来了，林巧南紧紧咬住嘴唇，她想要坚强地面对内心的脆弱。

“不是所有人都愿意担负起另一个人的生死，你肯为我签字，我很欣慰，谢谢。”

这些话冷岳阳曾经对她说过，然而此刻他用林振华的微信账号发送，宛如父亲在对她诉说一般。

一瞬间，她感到自己被治愈了。

待心情稍稍平复，林巧南拿起冷子荣的手机，输入密码 1990221。

冷岳阳没有明说密码的含义，不过从数字判断，理论上是他的出生日期，他和她同一年出生，比她大一个月。

冷岳阳没有像她那样将聊天记录置顶，所幸他在冷子荣通讯录里的备注名就是“儿子”，找起来也方便。找到之后林巧南顺手做了置顶处理，女人的感性体现在细枝末节，一个置顶的动作似乎就能区分开父亲与众人，即便以旁人的眼光来看他们无论做任何事都太迟了。

冷子荣和普天下的大多数父母一样，最关心的事不外乎子女身体健康、成家立业。他发给冷岳阳的信息能看到各个时期盛行的“流言”，林巧南毫不意外地看到好几篇父亲同样转发过的文章。她起先还回复一个“哦”字表示已阅，后来索性装作没看见。冷岳阳做得比她更过分，对于这些消息从来不回复。

林巧南对冷岳阳有了更进一步的认识，她把自己想象成他，充分感受到自己内心的悔恨有多深。没有人回应的道歉俨然是变相的惩罚，它不留情面地提醒你“时光追不回，错过了就是永远”。

所谓父母子女一场，同样“有今生无来世”，就算说了“下辈子再见”又如何，其实谁都明白此生已矣，终究不会再重逢。尽管如此，它依然无比重要，因为它代替了“我爱你”这三个字。

只因感恩此生有缘成为彼此的亲人，才会祈求来生再聚。这份平时说不出口的感谢必须让弥留的人听见，让他们知道这一生的付出是值得的，让他们能够带着满满的爱意离开人世。

可是冷岳阳和她被剥夺了机会，没能亲口对自己的父亲表示感谢。命运欠了他们一场郑重其事的告别，也欠了冷子荣和林振华一个圆满的完结。

“不要太难过，早点睡吧。”林巧南写给冷岳阳的话，自带“家长”气息。她浏览了父子俩所有对话，“早点睡”和“回家吃饭吗”出现的频率最高，可想而知这个儿子有多让父亲操心。

林巧南心里忐忑，不确定这是不是冷岳阳想要的安慰，她自我感觉大段的抒情或心灵鸡汤似的感悟都不符合冷子荣的风格，倘若沿用林巧南式的说话方式，也就失去了交换手机的意义。

“好。”冷岳阳很快回复。简单的一个字，令她放下了心。

林巧南的思绪回到他们“遇见”的第一个晚上，那日夜已深，冷岳阳仍在院子里喝酒。当时她不懂，后来才知他是借酒浇愁。

今天很难熬，他会不会再次祭出用酒精麻醉自己的招数？林巧南心神不宁了，决定再发一条消息给他。

“我不在的日子里，你知道，照顾好自己就是对得起我了。”

冷岳阳不敢保证交换手机的方法一定管用，但至少值得尝试。林巧南是一个与自己处境相似的人，她会比其他人更加胜任掌管父亲微信账号的角色。

他在地铁站告别林巧南之后，就启动了林振华的手机。开机密码输入完毕，出现在他眼前的手机屏幕是一张风景照，看太阳的位置和光线的亮度，应是夕阳西下的时刻。

他外出采访人物几乎都要配照片，出于工作需要，他对摄影也略有研究，一眼就能分辨出作品的好坏，林振华手机屏幕使用的照片让他眼睛一亮，冷岳阳迫不及待地点开手机图库，想看看其他作品。

图库里有好几个相册，分别命名为人物、风景、动物、昆虫、花卉等。他随手点开“昆虫”相册从第一张扫到最后，的的确确没有一张不切合主题。冷岳阳想起林巧南说过林振华的职业，如此严谨细致的归类，倒是颇符合档案管理的要求。

以冷岳阳的眼光来看，林振华的摄影水平绝对不是林巧南口中“随便拍拍”的程度。他怀疑林巧南要么不懂装懂，要么就是不太待见自己的父亲。但他直觉倾向于后一种可能，因为他也犯过相似的错误。

他再打开林振华的微信，置顶的聊天记录是一个奇怪的昵称，不过一看就能猜出对方是何许人也。林巧南的头像是一个手绘的女生形象，和本人有些相像，昵称叫作“国境之南的巧克力”，把自己的名字嵌入其中。

林振华清理过聊天记录，保留下来的对话最早发生于 6 月 23 日，他给林巧南发了一条“我住院了”的消息。从时间上看，林巧南没能马上回拨语音电话，她在下午一点左右才做出反应，在三个“对方已取消”的提示信息之后，是一条显示“通话时长持续 20 分钟”的记录。

后面的聊天记录便是反反复复地安慰，患病的人仿佛退回童年，需要亲人不断地安抚，需要无条件的爱与支持。冷岳阳看到林巧南说了很多次“老爸你安心治疗，不用担心钱，我会好好照顾你”，他真心觉得她比自己懂事孝顺多了。

等她看过他们父子间的对话，林巧南一定会奇怪她竟然会和他这般薄情寡义的人产生超感，冷岳阳羞愧得无地自容，担心被她鄙视。

接下去，他看到了她说过的那一段。

8 月 14 日下午 3 ： 49，林巧南先给林振华发了一个微笑的表情，他回了一个问号，接着她说：“一到车站就来了一辆回家的车。”

林振华回复她："好兆头。"

悲伤骤然击中心脏，他已知晓结局，因此在看到充满希望的词汇时格外难过。他们都不知道，命运写好了剧本，就等着上演生离死别。

今天是父亲离开的第二十一天，同样也是她父亲的"三七"，冷岳阳可以预见林巧南会有多难过，他不禁懊恼自己过早做出斩断超感连接的决定，起码等到"五七"结束大家重归正常生活也不迟啊。

可冷岳阳不敢再见林巧南，害怕一不小心当着她的面暴露了秘密。

没错，他现在的确喜欢林巧南，认为她是世上唯一能理解自己的异性，然而三个月之后呢？当时间最终麻木了心灵的创伤，他还会不会将她当成独一无二的存在？他不能再一次毁了林巧南的生活，尤其在她明明有更好的选择的情况下。

超感将他们带到彼此面前，让他们互为镜像，看清楚突如其来的悲剧给自身带来的毁灭性打击，他看到她对周围的人充满抗拒，她看到他用冷漠掩盖崩溃的内心世界……他们的生活在 8 月 15 日那天崩塌了，从对方身上可以清楚地看到怀疑、颓废、怨恨等种种负能量，然后奇迹出现了，他们开始互相拯救人生，重燃"活下去"的热情。

冷岳阳以前认为超感连接的前提是悔恨与悲伤，现在他考虑到另一个可能——那一刻，他们的灵魂发出了相同的求救信号。

冷岳阳犹豫了整整一天，到底要不要以林振华的名义安慰她。他知道林巧南不喜欢麻烦别人，万万不可能主动向他求助，如果自己不先迈出一步，她只会傻傻地独自熬过今天。

他给她发了消息，连续三条，她没有给予回应。

冷岳阳不禁惶恐，也许自己的做法冒犯了林巧南，她这会儿正在暴跳如雷地诅咒他。

通讯录里有她的电话号码，他正打算拨过去赔礼道歉，自己的手机抢先发出收到新消息的提示音，他拿起一看，来自父亲的账号。

她对他说："不要太难过，早点睡吧。"殷殷叮嘱，像是为孩子操心的家长。

冷岳阳哑然失笑，他当真没想到林巧南会给自己发这样一条消息，小小的感动在心里流淌，果然他没信错人。

他听话地爬到了床上，将手机放在床头柜，关上灯。现在才十一点不到，他以为自己肯定睡不着，谁知躺下不过五六分钟，睡意就袭来了。

“我不在的日子里，你知道，照顾好自己就是对得起我了。”在他临睡前又收到了新的消息。

冷岳阳做了一件从来没做过的事，他对“父亲”说了“晚安”。

“晚安。”

林巧南看着屏幕上黑色的汉字，脑袋里钻来钻去的瞌睡虫被赶跑了。她从头看了一遍父子俩的对话记录，确定无疑这是破天荒头一回收到“晚安”的问候。

她不自在地想起曾经看到过关于“晚安”的解读，因为其汉语拼音 wan an 恰好与“我爱你，爱你”每个字的拼音首字母组合起来一致，所以一度流传过爱一个人就每天对她 / 他说“晚安”的说法。

林巧南感到自己的脸颊发烫了。躺在床上辗转反侧的人容易胡思乱想，她已经想到万一冷岳阳对她表白，自己该如何委婉又不伤人地拒绝他了。可所有想象的基础，仅仅是她收到了“晚安”两个字。

不，这又不是对你说的，你清醒一点吧！林巧南拍了拍脸，骂醒了自己，冷岳阳的问候是给身在天堂的父亲，和你本人没有半点关系！

她冷静下来，把冷子荣的手机放回床头柜，不再回复他。慰藉点到即止，多说无益。

"And I'll tell you all about it when I see you again……（再次见到你，我会告诉你一切……）" 查理・普斯深情婉转的歌声划破了黑暗的空间，手机屏幕同步被点亮，是她的手机。

林巧南拿起来看了一眼，江睦远的名字赫然在目，她立刻接了电话：“这么晚了，找我什么事呀？”

“问问你今天过得好不好。”他的声音低沉忧伤，“我知道这几个星期一你都过得不容易。”林振华在星期二过世，每到星期一即是七天，习俗中的“头七”“三七”“五七”正是按此计算的。

手机那头是她的正牌男友，她的心里话应该对他说。

林巧南张开嘴，像在岸上搁浅的鱼，呼吸变得异常艰难，她说：“我还是很难过，他所有的指标都正常，为什么手术会失败？”

又来了！江睦远无声地叹了口气，他查阅过心理学方面的书籍，知道悲伤的五个阶段会反复交替更迭，有时候前一天看起来能平静“接受”了，结果第二天又回到了协商阶段。林巧南就属于无法顺利跨过各个阶段的那类人，她的五个阶段在不断地循环并且还经常打乱次序。

“小南，有些事我们无能为力。”他柔声说道。

江睦远说的这句话，二十多分钟前在她的手机屏幕上出现过。林巧南的呼吸顺畅多了，他的回应没让她失望。

“我会一直陪着你渡过难关。”江睦远又开口了，“不管发生什么事，我都在。”

她敏锐地抓住他语气里的一丝异样，立马心慌意乱：“江睦远，还会发生什么事？”

“没有啦，你不要瞎想，看来我根本不会哄女孩子。”他连忙自嘲，紧接着轻笑道，“但是也不能说完全没事，我爸妈又想约你吃饭了。”

上一次不欢而散的饭局距今不过三天，难道他父母打算再接再厉说服她接受吗?

林巧南翻了个白眼，没好气地说道：“我不可能同意改名字。”

“听我妈的意思，大概想给你赔不是，他们已经明白改名的要求太无礼了。”他想娶她，势必要过父母那一关，现在是时候缓和双方关系了，“看在我的分上，你就原谅他们的狭隘吧。”

江睦远低声下气代父母求原谅，林巧南也不好意思苛责无辜的他。扪心自问，她不也曾经为了虚无缥缈的命理坚决要和他分手吗？只有他坚定不移守护了感情，这个面子必须要给江睦远。

“不会又要去小南国吧？”她故意用嫌弃的语气，掩盖妥协的事实。

他“扑哧”一笑，声音里的笑意藏也藏不住：“好吧，我一定转告老爸，请他换换口味。”

这也算是一个小小的反抗，表明她不会任人搓圆捏扁。可脸上的笑容尚未成型，她忽然想到今后的处境，愉快的情绪顿时消失得无影无踪。她孤身一人，而他们是一家三口，江睦远现在能支持她，将来呢？尤其等到他父亲的企业上市，在巨额家产面前，他能否再做到不偏不倚、公正无私？

“江睦远，我听同事说了，伯父的企业在准备上市吧。那他最近一定很忙，要是会影响他的应酬，就别见了。”她的话里藏着试探，想知道他对康健集团上市一事的看法。

他轻轻一笑，讥诮的意味十分明显："他就是其中一个合伙人，能忙到哪里去？你放心，我会妥善安排，不让你为难。"

江睦远的回答就事论事，无法作为判断的依据。林巧南忽然笑了，莫非这就是传说中的杞人忧天？他对她情深意笃，她不该随便投下怀疑票。

"好的，那就交给你安排。很晚了，你早点睡，晚安。"她以前也没对他说过这两个字。

她猜测江睦远应该知晓"晚安"的潜藏意思，否则他的语气不会带着些许激动。

"晚安，小南。"

通话结束，手机屏幕暗了下去，室内又被黑色笼罩，她闭上眼睛，对天堂里的人说"晚安"。

晚安，爸爸！

晚安，妈妈！

晚安，哥哥！

晚安，外公、外婆！

3

林巧南发现康健集团的销售情况有问题是在两天后，她收到了第三方合作机构发来的超大附件，全是她索要的发票扫描件。

她一张张核对，发票上的产品批号与销售数据是一致的，显然数据录入及上传时并无差错。林巧南想了想，觉得问题或许出在经销商上报库存数据时搞错了批号，把仓库内的产品和已销售的搞混了。

林巧南瞅准张峰开会的间隙，抓紧时间向他汇报比对结果。这位老大最近连着中了两个新股，几乎每天都是哼着歌走进办公室的，心情好得不得了。他飞快地朝林巧南的笔记本屏幕扫上一眼，随口说道："你找负责的销售去查一下库存，核对准确后让经销商重新上传库存表。"

"这……销售不理我怎么办？"商务部一项日常工作是核实销售的业绩数据，经常因为统计数据与销售自己的记录不符影响到销售人员的奖金数额而遭投诉，所以她这个部门不太受人待见。

张峰又瞟了她一眼，一副"你这是讨打"的表情："自己想办法。"

林巧南讨了个没趣，快快地走回办公桌。邻桌的孙妍凑过来给了她一颗巧克力：“Lynn，帮一下忙，吃了吧。”

孙妍给林巧南的是从意大利进口的樱桃酒心巧克力，据说还是世界排名第三的品牌货，是孙妍的追求者送的，每天送她一颗。

“又来啊。”林巧南拆开包装送进口中，“这位销售仁兄真是精打细算，一包巧克力怎么也有二十多颗，每天一颗起码能送二十几天，天天让你想起他这个人。”

孙妍朝天翻了个白眼，摇着头做不可思议状：“真的不要太无语哦，我都不知道他脑回路什么构造，又不是每天送一包巧克力，才一颗，大概就是随便追追的意思吧！我也没办法，说了好几次对他没兴趣，他偏偏死活听不进去。”

林巧南被“随便追追”四个字逗乐了，差点把巧克力呛进气管。她夸张地咳了好一阵，咳得飙出了眼泪，好不容易才止住。

“亲爱的，你想害死我啊！”看在对方帮忙拍背顺气的分上，她只是口头谴责一句，接着感慨，“唉，现在的男人也很现实，搞不好他外面已经有了女朋友，但是觉得你更好，就先试着追一下。”

孙妍叹了口气：“早知道会招惹烂桃花，当初就让你帮他查销量了，让你家江睦远往他面前一站，保证绝了他的念头。”说到最后，她语气里的羡慕简直能闻到酸味。

林巧南不知该说什么，她要是故作谦虚挑剔江睦远不好，势必会让孙妍感觉自己在炫耀；要是顺势夸奖一番，同样也有炫耀的嫌疑……沉吟了几秒钟，她闷闷不乐地开口：“我也帮不了他，那几天我请假了。”

孙妍立刻意识到失言，赶紧赔着笑脸说道：“我这是被气糊涂了随口乱说的，你别放心里去。”说完，她赶紧滑动椅子溜回自己那一边。

林巧南低下头拿起了手机，樱桃酒心巧克力本是甜的，她却感到心里阵阵发苦。她打开微信，点击置顶的联系人——林振华给自己取的名字叫作“海中一粟”。

“爸，我刚反应过来，今天一上午都没有想起你的事，我很害怕将来有一天我不会再为你难过，也不会再惦记哥哥和妈妈了。”

过了好一会儿，她的手机振动了一下，冷岳阳给她发来了回复，对她说：“你长大成人了，要飞到更高的地方才能看清人生。有些事一直放在心上就好像在无形中加了重量，会影响飞行的高度。”

参加父亲葬礼的亲戚朋友怜悯林巧南年纪轻轻便孑然一身，纷纷以“经历过生离死别意味着真正的长大成人”劝慰她鼓起勇气。当时的她心里憋屈，表面上故作坚强地微笑，实则恨不得对所有说这句话的人大吼“要不换你家孩子试试”。她知道一旦说出来会得罪所有人，并且还会给父亲抹黑，所以拼命咬牙忍下满腔愤恨。

“不放在心上，能放哪里？”她问，再补充一句，“我不想忘记你们。”

这一回她等了更久，那个握着父亲手机的人一直没有回复。她从抽屉里取出冷子荣的手机看看，也没有收到冷岳阳的消息。

林巧南只得先把注意力放到工作上，在系统中输入经销商的名字搜索对应的销售员，有一个名字出现的频率比较高。她算了算，出问题的十几家经销商一大半都由他负责。她瞅着名字越看越眼熟，脑袋里猛地闪过一道光，她想起是在哪儿听过了！

她转动椅子凑近孙妍，问道：“Emmy，追你的那个销售员是不是叫王硕博？”

对于林巧南突然关心起自己的“烂桃花”，孙妍深感奇怪，她疑惑地眨眨眼，回道：“是啊，他有什么问题吗？”

想到张峰交给她的任务，林巧南无奈地笑了笑：“他没问题，是我有麻烦，估计要请人家吃饭才好开口拜托他去盘库存。”

“得得得，这事别找我，当我没听过。”孙妍急忙划清界限，免得被牵扯其中，导致王硕博产生误会。

林巧南啐了一口，假装生气的样子，戳着她的胳膊恨恨道：“没义气的家伙，明天不帮你吃巧克力了。”

孙妍笑得风情万种，抬手一掠头发，说道：“好吧好吧，我替你打声招呼。至于他肯不肯合作，你自己搞定。”

林巧南点点头，她不能强求别人完成自己的工作。她回到电脑前，发现旁边的手机屏幕亮了，有一条新的消息。

“林振华”回复了她。

他说：“放在我这里。”

冷岳阳整个上午都泡在吴韵诗的店里，她进了几只新的宠物，星期一发消息让他有空去参观。他那天刚和林巧南交换了手机，只回了简单的“哦”表示收到，拖了两天才想到过去看看。

店里来了一只新的萨摩耶，和“汤包”长得很像。

“它叫阿 T，因为一进门先打了个喷嚏，就叫这个名字了。”吴韵诗向冷岳阳隆重地推出了这只也会“歪头杀”卖萌的小萨，他果然毫无抵抗力地缴械投降了，本来打算看两眼就回公寓写稿，结果变成一上午都舍不得走了。

吴韵诗又旧事重提了，劝他把阿 T 领回家，还拿“汤包”举例：“你和‘汤包’有缘，结果你没珍惜，‘汤包’去了别人家。难得阿 T 也和你有缘，千万别再错过。”

冷岳阳微微一笑，慢条斯理道：“‘汤包’走了之后我仔细考虑过了，长久稳定的关系果然不适合我。”

吴韵诗被扫了兴，淡淡地“哦”了一声，转身回柜台内算账。

这家伙，真是无情。她这样想着，心里空荡荡的，像是什么都没了着落，抬眼瞥向正与阿 T 玩得不亦乐乎的男人，忽然想到林巧南也会受到一视同仁的待遇，她的心情马上阴转多云了。

吴韵诗自然又想起江睦远的嘱托，他要她多接近冷岳阳以便找到他俩利用“幻觉”见面的规律。就她观察所得，这几个小时冷岳阳表现得极其正常，根本没见他走过神。不过，她转念一想，林巧南应该正在上班，八成是没空跟他“见面”的，由此可推断下班后到第二天上班前这段不可监控的时间才是重点。

如此一来吴韵诗便无能为力了，她与冷岳阳并非情侣关系，左思右想也找不出理由强行和他共处一室。她挫败又烦躁地叹了口气，打算把这个棘手的任务踢回给江睦远。

吴韵诗走回冷岳阳身边，把牵狗绳递给他：“你有没有兴趣帮忙遛一下阿 T 和肥皂？”肥皂是一只比熊犬的名字，是这家店里他第二喜欢的小狗。

冷岳阳正要接过，裤袋里传出了“嘟嘟”的提示音，这个声音来自林振华的手机，不是他的。

“不好意思，稍等一下。”他的手改变方向伸向了裤子，取出手机看了一眼。

吴韵诗一眼就瞧出这不是他常用的苹果手机，像是安卓的机型。

“你换手机了？”她假装不经意地问了一句。

刹那间，他的表情有些不自在。

“呃，这是工作用的。”他将手机放回去，接过了牵狗绳，“阿 T，肥皂，我们出去玩啦。”

笼子里的小狗似是听懂了他的话，发出了兴奋的叫声。冷岳阳莫名联想到在江家看到的波波，它很敏锐，一下子就“抓”到了他。

他带着阿 T 和肥皂在街角的小花园遛了几圈，趁着捡狗屎的空隙给林巧南回了消息。经她提醒，他也发现自己整个上午都没想起父亲的事。悲痛潜入了心底，工作、琐事、朋友、金钱……一样又一样曾经分散过他注意力的事物再度占据了主导，时间重新开始向前走了。

生活不会永远停在原地等你，当你拒绝前行，它会生拉硬拽拖着你走，并且简单粗暴地直接填满时间的缝隙，逼迫你忘记不开心的事。冷岳阳明白林巧南的心情，对于心怀愧疚的人，遗忘无疑是对亡者的背叛。

他写给她的文字同样是给自己的，没想到她接着问他：“不放在心上，能放哪里？”

这一问倒是难住了冷岳阳，他毕竟不是林振华，有些话父女之间可以直言不讳，他作为外人来说就有点古怪了。他苦恼地坐在休闲椅上，望着阿 T、肥皂与其他小狗互相追逐闹成一团，由衷地羡慕起宠物们无忧无虑的生活。

手机发出了收到消息的提示音，是苹果自带的“新闻快讯”铃音。冷岳阳从另一边裤兜掏出手机，吴韵诗问他要不要一起吃午饭。他看了一下时间，不知不觉竟已到了中午。

“阿 T，肥皂，我们回家喽。”他站起来呼唤两只小狗的名字。

旁边椅子坐着的美女抬起头，悠闲地打了个招呼：“你家的两只狗很可爱。”

倘若平时，冷岳阳一定会借机搭讪继而衍生一段新的罗曼史，然而最近他实在缺乏心情，于是相当不解风情地回了一句：“它们是前面宠物店的狗，我是负责遛狗的。”

“哦？”美女挑高了尾音，兴味不减反增，她眼波流转，言笑晏晏，“那我能请你帮忙遛狗吗？”

冷岳阳蹲下身给阿T、肥皂重新套上牵引绳，他拍了拍两个小家伙的脑袋，站起来冲着美女风流倜傥地一笑，干脆利落地拒绝：“抱歉，我女朋友不会同意。”说完，他也不管对方面子是否挂得住，牵着狗头也不回地走出小花园。

他心里有了一个人，纵使不能在一起，这个人也已经深深影响了他的生活。

冷岳阳在踏进店门前快速回了一条消息给林巧南，他对她说：“放在我这里。”

那些人，那些悲伤的回忆，他统统愿意为她保管。

但愿她可以飞得更高一点，与能够带给她幸福的人去往彼岸。

“放在我这里。”

这五个字反复出现在林巧南眼前，仿佛自带浮力似的在脑海里飘来飘去，走到哪儿都无法驱散它们。

吃午饭时，林巧南觉得症状更严重了，不仅仅文字像是“活”了，还给她配上了影像。韩少杰去医院拜访客户尚未回来，就他们三个一起吃饭，蔡晓敏趁机抢过发言主动权，对着林巧南和李永程滔滔不绝“安利”昨晚追的电视剧。李永程低头猛吃饭，有一搭没一搭地回应。而她的脑袋里却闹哄哄地拉开幕布上演起了狗血的三角恋，男性角色的脸自动替换成了江睦远和冷岳阳。

她浑浑噩噩地回到办公室坐下，屈起手指敲着脑袋，怀疑自己大概不正常了，竟然以为这句话背后藏着一片说不出口的深情。没错，从“见到”他开始，整件事就没正常过！

林巧南狠狠揪住头发，一不留神拔下了几根。

“哎哟，你嫌自己头发太多吗？”孙妍一转头恰好看到她的自残行为，戏谑地说。

林巧南当然不敢吐露实情，索性再拿工作当挡箭牌：“头好痛，想不通怎么会有那么多家的库存出问题。”

“我马上替你发邮件，免得你变秃头。”孙妍回到电脑前，三下五除二写了一封电邮发给王硕博。王硕博倒也爽快，没多久就回复她下午会进公司，可以和她见一面。

她再回到林巧南面前，邀功似的说道：“我替你约好了，明天要是再有巧克力，继续帮我消灭哦。”

“多谢。”林巧南心虚地低下了头。想不到孙妍这么快就帮忙安排了会面，这也算是无心插柳。

可惜，前提是她说了谎话。

停止，你不能再惦记他！理智发出了警告。

这是一个同等级悲伤的灵魂，这是一个理解你悔恨心情的朋友，这是一个和你一起对抗遗忘的盟友，你不要把他牵扯进复杂的感情旋涡，OK？

OK，我同意。她和理智达成了共识。

下午五点，王硕博用公司内部通信软件给孙妍发了消息，告诉她自己正在名为“华山”的会议室。

孙妍转头对林巧南说道：“喏，他在‘华山’，我就不去了。”

“嗯，谢啦。”林巧南连忙抱起笔记本电脑，拿着咖啡杯就朝会议室走。

隔着磨砂玻璃，隐约可见有个胖胖的男人坐在椅子上，她推开门先做自我介绍：“你好，我是 Emmy 的同事林巧南，她帮我约了你。”

王硕博面露疑惑道：“找我有什么事？”

“有些经销商的库存有问题，想麻烦你确认一下。”她将笔记本放在会议桌上，连接了投影仪展现给他看，“这十几家经销商都是你负责的吧？”

他盯着名单仔细看了一会儿，才点头确认无误：“没错，是我管的。是库存数量不对吗？”

“批号不对，发票登记的批号仍然在库存里，我找出了已销售却还在库存内的产品批号。”她打开了另一个表格，产品型号、中英文标识、批号、销售日期等明细一目了然。

这件事一看就相当麻烦，况且涉及十几家经销商，难度更大。王硕博摆出为难的神色，想推托了事：“经销商应该不是故意的，有些产品直接放在医院仓库，可能是医院填错了出库单。医院的库房，不会让人随随便便进去。”言下之意，盘库存这事基本没戏。

“退换货的时候，不也可以去清点吗？”公司每半年会搞一次退换货，以便经销商将过期的医疗器械更换至最新批号。她深知医院库房并不是完全不肯配合，王硕博只是怕麻烦。

王硕博脸上堆了笑："这不六月刚盘过库存，再来一次人家也不愿意啊。"

"正因为盘库之后发现了那么多错误，所以才要及时更正。"林巧南好声好气地说，"老大说了，库存不对的经销商以后不准退换货，他们也不愿意白白损失吧。"张峰其实并没说过这话，她临时想出来这句，威慑他合作。

"你们商务部每天净琢磨着怎么折腾经销商，折腾销售员，也不想想你们的工资奖金还不是靠我们一家家医院跑出来的。"王硕博恼火了，夹枪带棒地一通嘲讽。

林巧南心里慌乱了几秒钟，马上放弃了自己处理此事的念头。

就在她打算合上笔记本起身走人之际，她猛然想起了林振华。

不能退！这是父亲的座右铭，他从不向困难屈服。

她的手转了个方向，拿起咖啡杯慢条斯理喝了一口，淡淡说道："不盘库也没关系，那就把原来上报的销量全部作废，我会给你的部门老大写邮件详细汇报此事。公司现在对库存批号管得很紧，你老大总不会为了保你一个和公司政策对着干。"

销量多少关系到奖金额度，是销售员们的死穴。王硕博无奈地叹气，冷哼道："行行行，我配合还不行嘛？你把这两张表发给我，有消息了我再回你。"

"多久可以给结果？"她没被他敷衍过去，执着地确认返回时间。

他翻了个白眼，气呼呼地扔下一句话："两个星期，不能给你全部，至少也有一半。"

得到这个结果已经超出了林巧南的预期，她满意地抱起电脑，嫣然一笑："谢谢你的配合。对了，酒心巧克力味道不错，我每天都吃。"顺便，她帮了孙妍一个小忙。

王硕博气得脸都歪了，碍于她打开了会议室的门，外面有人经过不好发作，只好自己生闷气。

林巧南走出会议室，手机振动了一下，她急忙低头看，是江睦远发来的消息，约她星期六中午和他父母一起吃饭。

她快速回了一个“好”字，把些微失望的情绪压了下去。

她本来希望发信人仍是“海中一粟”。

4

星期五傍晚，吴韵诗哼着歌锁上了店门。玲子在一旁暧昧地笑着，调侃道：“老板娘，冷记者不就约你吃个饭吗，至于高兴成这样吗？”

吴韵诗隔着玻璃冲猫猫狗狗招招手说“再见”，然后转过身一本正经地纠正她：“这可不是普通的一顿饭，是他亲手做的。”

“说得好像冷记者是米其林大厨似的。”玲子继续调侃。

她笑得十分开心，朝白领公寓的方向努了努嘴：“我现在就去吃米其林大餐，不和你争辩了，明天见。”

“去吧，去吧。”玲子摇头笑，冲着她的背影嚷，“老板娘，加油哦！”

吴韵诗高举拳头摆出“加油”的姿势，心情愉快地往前走去。她本来正发愁除了邀请冷岳阳来店里看小狗之外还能用什么办法接近他，一点头绪都没有的情况下，他倒是先提出请她吃饭，并附加声明因失业在即，所以不得不自制晚餐。

她一看到“自制”二字，比去米其林三星餐厅更激动，当场捧着手机转起了圈圈。

一个男人肯为你亲手下厨，至少证明你比较特别。

吴韵诗步履不停，走过两条马路便看到白领公寓矗立在眼前。它位于居民小区的前侧，是一栋独立的高层建筑。吴韵诗曾经考察过这里，早在他们重逢之前。那时父母不同意她辞职开店的计划，她生平第一次动了搬出去住的心思，一有空便四处看房，既看出租的商铺，又看住的房子，找着找着就找到了现在的铺子及冷岳阳住的公寓。

她十分心动，奈何两笔租金加在一起压力太大，她不得不放弃其中一项，可惜了，她差一点就能和冷岳阳成为邻居。

她走到公寓楼入口，从玻璃门可以看到宽敞的公用厨房区域，一个熟悉的身影正在忙碌，让她油然而生一种幸福感。

“叮咚——”她按响了门铃。

管理员老六过来开了门，吴韵诗来看房时就由他负责接待，她当时被他脸上的刀疤吓了一跳，可他对她倒是没什么印象了，堵在门口问她找谁。

“我是冷岳阳的朋友。”她指了指厨房。

老六让开，请她入内。

吴韵诗道了声谢，随即走向冷岳阳：“我来了，需要帮忙吗？”

这番对白似曾相识，冷岳阳回头看了吴韵诗一眼，今天她没有穿白裙子。

“洗一下西蓝花吧，再切两个土豆，我负责腌牛排。”

厨房是西式的装修风格，岛台占据了相当大的空间。设计者的初衷是方便多名住户同时处理食材，甚至配备了多套高档的厨具、锅具，但实际上使用厨房的人相当少。因为这栋公寓几乎都是早出晚归的单身人士，一日三餐多数在外面解决，难得的休息日也通常交由外卖搞定。真正有闲情逸致给自己捯饬一顿丰盛佳肴的屈指可数，冷岳阳勉强算一个，这还是因为他的工作自由度比较大，不用天天去报社点卯，才时不时下厨。

冷岳阳打开公用冰箱的门，找到贴有自己名字标签的西蓝花和土豆，他已提前解冻了牛排，稍作处理即可进行腌制。

“话说我以前来这里看过房子，只差一步就租了。”吴韵诗一边切土豆，一边以闲聊口吻说起曾经。

“哦，现在也可以租啊。”冷岳阳淡然回应，丝毫不觉得这是什么大事。他更关注手里的活儿，银色的牛排锤有节奏地落在肉块上，得尽量保证两面受力均匀才好。

吴韵诗抬头望着岛台对面的他，大胆地问：“那你会不会觉得我有意接近你？”

自两人重逢，这是她最接近“表白”的一次。

冷岳阳抬起头，望着她微微一笑：“我会觉得你生意不错，两份房租都能轻松应付。像我就不行了，为了节流，决定从这个月底开始回家住。”说着，他心里难过起来，一直等自己回家的人不在了，只剩下他一个人，何以成“家”？

他掩饰得很好，表情看不出破绽，语气也正常，吴韵诗被瞒了过去，关注点落在他所说的“节流”上，忧心忡忡地问他：“找工作不顺利吗？”

纸媒虽然没落了，但是自媒体兴起了，以他的文笔和眼光，只要找准一个热点炮制一篇转发量“10 万 +”的文章，以后机会多得是。吴韵诗之前充分相信他的能力，没怎么替他担心过找工作的事儿，如今看来情况貌似有些不妙。

他刚整理完小说的大纲，灵感基于自己和林巧南之间的“超感”。

关于此事，冷岳阳当然不会随随便便告诉别人，含糊其辞道：“我还没想好，暂时先回家思考人生。”

她“嗯”了一声，低头继续切土豆。

“要是经济上有困难，我可以帮忙。”她说得轻描淡写，不想令他产生误会。

“谢谢你，吴韵诗。”他凝视眼前的女子，心情复杂，“你是个好姑娘。”这不仅是他的肺腑之言，也是父亲的感想。

那年冷岳阳带吴韵诗回家吃饭，冷子荣大赞吴韵诗懂礼貌，会体谅人，是“90 后”里不可多得的好姑娘，让冷岳阳不要辜负吴韵诗。结果没满三个月冷岳阳就换了女朋友，把冷子荣气得不行，痛骂他是个花花公子。

冷岳阳误会林巧南属于平行世界那会儿曾有过一个疯狂的念头，只要能把平行宇宙里的冷子荣带回来，让他马上娶吴韵诗为妻也没问题。他看穿了她竭力想隐藏起来的感情，知道她不会拒绝结婚的请求。

她被他利用了，包括“汤包”、阿 T、肥皂及所有被他喜欢过却最终放弃的小猫小狗，统统是他利用的对象。他一直如此，赢得感情填充内心的空虚，随后弃如敝屣。

吴韵诗又抬起头，心道莫非这就是传说中的“好人卡”升级版？她不动声色，等他继续说下去。

“我爸知道你开了宠物店，总是说你又善良又有爱心，才能做这一行。”他家里的书桌台面常年扔着没用的名片，冷子荣收拾房间时看到了吴韵诗那张，以为他俩有再续前缘的可能，遂铆足了劲儿夸奖她。他那时装聋作哑，此时即使愿意听从父亲的安排，也为时已晚了。

吴韵诗听到夸奖的话，心里先是一甜，接着想到称赞自己的人已逝多日，不禁眼眶酸胀，掉下几滴眼泪来。

“冷岳阳，别说了，想到冷叔叔我就难过。”她用手背擦抹眼角，担心勾起了他的伤感情绪。

“嗯，不说了。”他扯开嘴角勉强笑了笑，转移了话题，“西蓝花我来洗吧。”他的逃避不是因为吴韵诗流下了眼泪，而是怕自己破坏了承诺。

他对林巧南的承诺。

城市另一侧，黄浦江东岸。

火烧云点燃了半边天空，映红了江面，沐浴在金色夕阳中的林巧南看起来就像一幅画。只是她站得太高，隔江相望的窗户太远，谁都看不清画中人的模样。

波波在她脚边趴着，一同享受今日份的太阳余晖。它年纪不小了，除了对出门溜达保留了一点兴趣，平时宁愿趴着也不想动一动。她盘腿坐下，一面替它捋毛，一面说着它完全听不懂的话：“波波啊，你能住在这种地方，每天欣赏价值千万的风景，真的是‘狗生有幸’！”

波波听到了自己的名字，配合地“汪汪”叫了两声。她拍拍它的脑袋，伤感地低语：“波波啊，我爸还没见过你就走了。以后等到你离开，我会烧张照片给他，让他在天上替我们照顾你的。”

它又听到了自己的名字，继续叫了两声，倒像是听懂了似的。

“我的哥哥、妈妈，外公、外婆，还有从没见过面的爷爷、奶奶，他们都在。”她掰着指头数数，“一共七个人。波波啊，你说我是不是很命苦，身边没有一个亲人了。”

第三次，它不肯再叫了，发出“呜呜”的抗议，似乎在埋怨她为何频频召唤自己。林巧南挤出微笑，抬手拭去眼角的泪。她不想在江睦远面前露出破绽，尽管此刻他正在厨房准备挑战意大利千层面，没有闲工夫出来看顾她和波波。

炒洋葱的香味透过移门的缝隙飘了过来，波波打了个喷嚏，兴奋地支起前爪。

“我们去看看他好不好？”说着，林巧南从地上爬起来，招呼波波跟着自己往前走。

厨房里的男人可是它的正牌主人，于是它没理她，撒开腿欢快地跑了过去。可惜玻璃移门挡住了它的去路，它在门口抓上挠下，苦恼地“汪汪”直叫。林巧南一声长叹，瞧它蹦跶的样子，应该不会那么快去见她的一家子亲人。

她打开移门让波波进去，靠在门框上凝望江睦远的背影。倘若时光能回到8月15日之前，毫无疑问这就是“幸福”的模样，可现在一切都改变了，她的幸福从此不再完整。

江睦远回过头，俊秀的面庞上挂着宠溺的微笑。

“饿了吗？冰箱里有葡萄、酸奶。”他手上动作不停，抄起旁边的碟子，把切成小块的小番茄放入锅中一同翻炒。

“要帮忙吗？”她本来的任务是帮他看着波波，以免它进厨房捣乱，眼下既然任务完成不了，怎么也不好意思袖手旁观任他一人忙碌。

“暂时不需要。”电磁炉灶右边摆放了一瓶番茄沙司，在它旁边是一碟又一碟将要入锅的食材，他排得十分有条理，用完之后全部放置到左手边，绝不会影响后续的动作。

林巧南走了过来，把用过的碟子拿到水槽：“那我先把用过的洗掉。”他做事井然有序，前面用过的砧板、刀已全部清洗干净，没留给她发挥的机会。

“你陪我说说话就好。”他忽然凑到她跟前，飞快地亲了她一下。

林巧南吓了一跳，慌忙用湿漉漉的手捂住嘴巴，瞪圆了眼睛。愣了大约十秒钟，她才突然反应过来，大叫着抗议：“江睦远，你赔我的初吻！我不要在厨房，在水槽前面，一点也不浪漫！”

他原以为这是他俩之间的“初吻”，可是她如此愤愤不平，显然是生平第一次被异性触碰了嘴唇。他不禁又惊又喜，虽说他没有处女情结，但女朋友洁身自爱到连初吻都不曾有过的地步，的确满足了他一部分的虚荣心。

“对不起，我太草率了。”他郑重其事地道歉，“刚才的事能不能一笔勾销？”

她实在不习惯讨论这种事，脸涨得通红，期期艾艾道：“你，你还是，还是先看着锅，别烧煳了。”

“至少要煮十分钟酱才会浓稠，所以放心吧。”他说明了情况，一心想修正方才的“错误”，“我们有充分的时间解决问题。”

林巧南心虚地笑了笑，摇手婉拒：“我不觉得这是问题，你不用在意，真的。”

江睦远不说话了，一眨不眨地紧盯着她的脸，看得她心慌无比。

“呃，我……我去遛狗。”她咽了口唾沫，打算先溜之大吉。他的眼神过于撩人，她有点抵挡不住了。

林巧南离开了水槽边，从他身旁走过，举手招呼波波跟自己下楼。她手刚举起一半，他出手如电扣住她的手腕，拖着她径直走到客厅巨大的落地窗前。

对岸的天空晚霞犹在，华灯已点亮。他凝视着她的眼睛，低语的声音温柔如梦：“站在这里，浪漫吗？”

她脸颊发烫，呼吸急促，胸膛剧烈地起伏。

“有多少女生站在这里听你说过这句话？”她硬着头皮负隅顽抗，不能让他觉得自己可以操控一切。

可她的抵抗在他看来不过是欲擒故纵的小把戏，他微微一笑，修长的手指托起了对面女人尖尖的下巴。

“只有，你！”话音落下的同时，温软的嘴唇降落在她的唇瓣上。

原来这个世界上，依然有人爱着她！

林巧南幸福地闭上了眼睛，沉浸在他热烈的亲吻中。

可惜幸福，仍旧缺了一个角。

江睦远的千层面做得相当成功，毫不逊色于他们曾光顾过的意大利餐厅的出品。他对此颇为自得，另一件让他感到满意的事则关乎感情。

事实上，在“一吻定情”之前，江睦远被冷岳阳搞得危机感十足，时刻担心林巧南投向他人怀抱。不过那一吻给了他信心，无论是幻觉还是现实，他确信冷岳阳和她的关系是清白的。

“明天中午吃饭的主题，你有没有数？”林巧南甩着手上的水走出厨房，抛了个问题给沙发上的他。

江睦远摇摇头，拍着旁边的垫子示意她坐下。

“再过十几小时谜底就揭晓了，不着急。”

她走过去落座，旋即被他拥入怀抱。

“我想提前做好心理准备，免得像上次那样被一个从天而降的炸弹炸得完全找不到北。”她絮絮叨叨重提旧事，在他怀中找到最舒适的姿势。

“不要怕，你上次的表现很棒。”他轻笑，听不出话里的奉承是真是假。

林巧南侧过头瞟了他一眼，哼哼唧唧道：“反正，反正你做好思想准备就是了，说不定又得掀桌子。”对于即将到来的饭局，她并不乐观。

江睦远把玩着她的手指，云淡风轻道：“不如今天留下来，我们一起讨论怎么对付他们？”他的神态漫不经心，语气里带着几分引人浮想联翩的暧昧。

她又吓了一跳，从他的暗示联想到的画面令她心动加速。纵使过去几个星期两人都有在对方家里留宿的经历，但始终是分开睡的，从来没有此刻欲说还休一切尽在不言中的旖旎氛围。

林巧南没做好更进一步的准备，乃至连初吻的发生都有些措手不及的感觉。林振华离开还不到一个月，她的感情生活就从量变进展到质变，这也未免太快了！

她脑海里千回百转，面上不过淡淡一笑：“兵来将挡呗，我可不是好欺负的。等我回家好好睡一觉，保证明天战力百倍。”她挥舞拳头给自己打气，假装不懂“留下”的潜台词，不露痕迹地表示拒绝。

“好，那我赶紧送你回家，明天就靠你了。”他将失望情绪掩饰得一干二净，微笑的表情与平时一般无二。

危机解除。林巧南松了一口气，总有一天她会和他成为一体，然而肯定不是此刻。

江睦远开车送林巧南回家。星期五晚上的交通状况没多大改善，拥堵依旧，他足足开了一小时车，才到她家楼下。

“你回去吧，不用送我上楼了。”她打开车门准备下车，又回头叮嘱他，“明天中午吃饭的地方有地铁，我自己过去。”

江睦远本想拒绝，话到嘴边改口道：“嗯，到时见。”

林巧南的一只脚已踏到了地上，忽然又收回来，转身凑到他面前。

“晚安。”

她飞快地亲了他一口，害羞地逃下了车，“砰”一声关上车门。

江睦远下车，手扶着车门观望楼道灯一层一层亮起，直到她家的窗户被灯光照亮。他弯腰拿起驾驶座上的手机，找到吴韵诗的头像，给她发了一条消息：“不用再担心，我这边没问题了。”

5

吴韵诗收到江睦远的消息时正在电影院，她忘了调成振动模式，刚好荧幕上的片段既没台词又没背景音乐，她的手机铃声显得突兀又刺耳。

嘘声四起，吴韵诗手忙脚乱地从包里翻出手机，先把铃声关了，屏幕显示最新收到的信息。江睦远对她说："不用再担心，我这边没问题了。"

吴韵诗一愣，本能地琢磨这条消息背后的意思，屏幕的光亮打在她的脸上，显得异常诡异。

冷岳阳侧过头，附在她耳边轻声问道："是重要的事情吗？"

见她迟迟不把手机收回去，他猜想或许有事发生。即便如此，他依然恪守不偷看别人手机屏幕的原则。

耳畔吹拂的气息拨弄着吴韵诗的心弦，她出其不意地转过头，他的嘴唇擦过了她的脸颊。

"不重要的事。"她压低了声音回答他，被他触碰到的皮肤留下了深刻的记忆——温润、柔软。

近在咫尺的嘴唇撤离了阵地，他在椅子上坐正身体，继续目不转睛地盯着荧幕。敦刻尔克的海滩上，英国人开始亡命奔逃，呼啸而过的弹片瞬间穿透血肉之躯，被击中的人倒下了，宛若命运之神随手丢弃的玩偶。

生与死的距离，从来仅隔一线。

吴韵诗不知江睦远所谓的"没问题"依据何在，既然他这么说了，自己似乎也没理由再坚持下去。毕竟最近几次见面，冷岳阳看起来十分正常，几乎没再出现过走神的状况。至于他和林巧南在地铁站见面一事，她可以说服自己那是"偶遇"。

她不知道此时此刻身旁坐着的男人因为感悟到生死无常掉下了一滴伤心的眼泪，这滴眼泪可以连接另一个悲伤的灵魂，他们再一次相见了。

林巧南坐在冷岳阳另一侧的空座上，《敦刻尔克》上映到第八天，热度退却了不少。这一次克里斯托弗·诺兰用海、陆、空三种不同视角展现"二战"中最著名的那场大撤退，沙滩上的一星期、海上的一天、空中的一小时交叉剪辑而成的叙事风格，难免令一些观众发出"看不懂"的抗议。因此它的评分忽上忽下，导致口碑也呈现出两极分化。到了第八天，影院上座率已经下降了，晚上十点多的场次看的人更少。

林巧南在冷岳阳旁边安静地看电影，没有人开口说话，就像影院里偶然坐在一起的陌生人，不需要多余的言语，超感的发生即是证据——他和她，谁都没有真正放下。

“血缘”二字代表生命中最为紧密的一份联系，那不是说放下就能放下的感情，越是克制，它的反弹就越厉害，而且往往选在你全无防备之际。

冷岳阳目不斜视，吴韵诗知道他的隔壁座位没人，她在电影开始前还打算把包放在那个空位上。他若是向林巧南转过脸或者发出声响，一定会引起她的怀疑，谁没事会对一个空座位自言自语啊？

他只能坐着，等待林巧南自动消失。

一声悠远的叹息传入耳中，林巧南的声音轻如蚊蚋。她说：“冷岳阳，其实我不介意超感的存在。”

他终于转过头，那个位置空无一人。

“怎么了？”吴韵诗察觉到他的举动，也跟着朝他旁边的座椅看了一眼。

冷岳阳转了回来，顺手把她的身体一同扳正。

“没事，就是脖子被风吹得有点冷。”他压低嗓门，近乎耳语。

有风吗？我怎么感觉不到？吴韵诗狐疑地看了看他，荧幕光照下，人人面色煞白，那张俊美的脸也不例外。

他气定神闲，看不出有何异样。

根本就是你多心了！理智发出了警告，再这样疑神疑鬼，小心这个男人掉头就跑！

吴韵诗赶紧把注意力集中到影片上，倘若结束后冷岳阳询问她的观后感，而自己哑口无言，那就非常尴尬了。

冷岳阳送吴韵诗回家的路上果然提了一个问题，却无关电影。冷岳阳以一种超级认真的语气发问，让她顿觉此事非同小可，必须以同样认真的态度回答。

“是的，我舅舅是骨科医生，你问起他干什么？”吴韵诗以为他哪根骨头疼，立即联想到最糟糕的情况。

“我有个朋友，他的骶骨部位长了一个肿瘤，想麻烦你舅舅看一下是否必须动手术。”冷岳阳知道林巧南跨不过难关，很大一部分原因在于她认为是自己害死了父亲，这份心理负担一日不卸下，她的余生肯定过不好。她又不敢向专家求证，明知手术是林振华唯一的出路，偏偏做不到理直气壮地相信。

他决定出手帮林巧南一把，翻遍名片册之后才想起以前听吴韵诗说过她舅舅是某家医院的骨科主任，这正是今天他请她吃饭、看电影背后的动机。

吴韵诗连“骶骨”长在哪里都不清楚，只听到“肿瘤”二字便吓白了脸，再加上她坚信“我有一个朋友”不过是当事人的托词，越发疑心冷岳阳得了重病。

“你说的骶骨，它在哪里？”

冷岳阳第一次听林巧南说起“骶骨”的反应与吴韵诗如出一辙，他明智地没有当场提问，而是回家上网自行搜索答案。

“连接腰椎和尾骨，由五块骶椎组成的骨骼。”他用手在身上比画了一下，“大概在这个位置。”

她疑心不减，眉头紧皱担忧不已：“有检查报告和 X 光片吗？”

他回答得不假思索：“有。”林振华在动手术之前必定做了细致的检查，拍 X 光片是最基本的一项。

这事十有八九和他有关！

吴韵诗不禁悲从中来，叹息他多舛的命运——父亲才过世没多少日子，自己又被查出骶骨肿瘤，他心里该多痛苦啊！怪不得他拒绝豢养宠物，皆因自觉时日无多，不能长久地陪伴它们。

她咬咬牙克制住悲伤，冷岳阳既然不挑明，必然有他的考量，她最好装作不知道，免得加重他的思想负担。

“你尽快把诊断报告、片子交给我，我拿给舅舅看看。”她只敢表现出朋友之间互相帮助的义气，尽量避免给他留下过度关心的印象。

吴韵诗的热心让冷岳阳大为感动，父亲没有说错，她的确是个善良的好姑娘。

“那我代朋友先谢谢你的帮忙。”他的感激溢于言表，听声音居然微微带着哽咽。

吴韵诗心疼不已，瞬间把顾忌抛到了九霄云外，猛地上前半步抱住了他，脑袋也埋入他宽阔的胸膛，呢喃道：“阳阳，让我抱抱你。”

被吴韵诗出其不意抱了个满怀，冷岳阳正莫名其妙，突然听到她唤自己的小名。

自从父亲过世，没有人这么叫过他……

想推开她的手改变了方向，冷岳阳紧紧地拥抱了她，仿佛这是一艘救援的船，能够带他行至感情的彼岸。

林巧南回到家没多久，可能楼下的江睦远还来不及发动汽车，超感就再一次连接上了。

她开灯的同时听到父亲房间里传出了声音，那是被她解读为“回来”讯号的声音，她期待已久。

林巧南迫不及待地打开卧室的门，冲进一团黑暗里，窗子仍保持着半开的状态，轻薄的窗帘飘扬在半空中，宛如被风鼓起的白色翅膀。

她按住墙上的电灯开关，天花板中央的吸顶灯照亮了房间每个角落。她很快发现声音的来源——林振华的充电式手电筒躺在地上，她在门口听到的就是它掉落发出的声音。

这是林振华带去医院的几样东西之一，他之前外出旅行时身边总是带一个以备不时之需。当时林巧南不理解，现在的病房都有了卫生间，房间和走廊里也有应急灯，带手电筒去医院简直多此一举。后来她整理遗物时又看到了它，醍醐灌顶一般明白父亲执意带上的含义，那是健康的身体和自由生活的象征，他应该是希望看着它激励自己打赢这场仗。

可惜，输了！

她捡起手电筒，愕然发现灯罩的玻璃摔裂了一条缝。她如遭重击，本已掩埋的愧疚再度被翻起，她颓然坐倒，抱着摔坏的手电筒嘤嘤哭泣。

大气磅礴的音乐不期然地在耳边响起，那绝对不是某位邻居突发奇想半夜听交响乐所致，只有一个可能，冷岳阳违背诺言，超感又连接上了。

她抬起头，眼前正在上演“二战”中最著名的一次撤退。她的目光随即转向身边的男人。在荧幕的光照下，他眼睛里的泪光在闪烁。

林巧南轻轻叹了口气，她明白冷岳阳拒绝超感是为了让她回归正常生活，并且如同正常人那般感受喜怒哀乐，为此他不惜压抑自己的感情。

他用心良苦，她不能心安理得。

“其实，我不介意超感的存在。”她轻声道。

她没等到冷岳阳的答复。

一道白光闪过，林巧南回到了熟悉的房间。她已积累了丰富的经验，超感的断开多数是因为某一边有了突发状况，比如被人拍了一下肩膀打招呼，或者谁弄出了惊天巨响把逃离的思绪拉了回来。犹如此时头顶的灯因附近电压不稳开始忽闪，正好与荧幕上闪过的白光波长重合，就将她带了回来。

林巧南站起身把手电筒放进斗柜的抽屉，最上面放了一本相册，底下是和旅行相关的一大包资料、门票、车票……父亲对她说过收藏这些东西是为了以后走不动路时可以写游记。如今游记永远不会再有了，她也不敢打开细看。

她狼狈地推上抽屉，似乎里面藏了一头巨兽，一会儿就要扑出来吞噬自己。回忆有时很残酷，它会把生命中的遗憾无限放大，最终让人溃不成军。

这场战争没有援军，且无路可退。

林巧南关上灯，关上门，把回忆锁在门的背后。

明天还要应付江睦远的父母，早点睡吧。她对自己说道。

星期六早晨，天色阴沉欲雨。

林巧南六点不到就醒了，睁大眼睛盯着天花板发呆。几小时后的饭局令人心烦意乱，她原先并不反感江睦远的父母，只是觉得他们有一点有钱人的傲慢，看不上自家的条件而已。虽说她不愿妄自菲薄，但差距是明摆着的事实，连父亲也不得不承认。

她第一次见过江睦远的父母之后，林振华特意对她说：“小江人再好，他爸妈要是不好相处，也只能算了。老爸舍不得你受委屈。”

那时候她有后援，想着受了委屈还有父亲做主，谁知没多少时间就落得孤立无助的地步。眼下她既与江睦远分手失败，少不得要打起精神和他父母周旋到底。

她从床头柜拿来手机，向“海中一粟”吐槽道：“老爸，中午要和江睦远的爸妈一起吃饭，不知道他们又会提什么奇葩要求。”

发出去她才察觉时间太早，说不定扰了冷岳阳的睡眠。她刚打算祈祷他开了飞行模式或调了静音，回复先一步到了。

“改名这么过分你都能搞定，其他肯定没问题。”

她莞尔一笑，心情轻松不少。

“好，起床，准备迎接挑战！”林巧南握起拳头给自己打气，就像老爸说的那样，大不了就算了，干吗要受委屈？

“叮咚——”新的消息又进来了。

“星期一见一面，有事和你商量。老地方，老时间。”

林巧南咬着拇指盖满脸困惑，不解冷岳阳要求见面所为何事。除了手机，难道还有什么东西可以交换吗？

冷岳阳不喜欢剧透，从他那里打探不出他究竟想干什么。她心里揣着疑问，竟一心盼望周末快点结束，以便早一些知道谜底。

即使今天马上结束，中午这顿饭仍然避无可避。林巧南泄气地在脸上涂涂抹抹，化了淡妆的她气色明显好多了。

这一次江学勤总算摆脱小南国的影响力，选了一家法国餐厅。林巧南一听吃法国菜，就知道百分百出自江睦远的主意。他那位古板的爸爸不喜欢西餐，从来都是中华美食的热烈拥护者。另外，江学勤让步的举动释放出了和解的信号，她也不能再强硬下去。

林巧南穿了一条庄重优雅的小黑裙前往餐厅，既与就餐环境相配，也符合服丧期的要求。她甫一露面，先到一步的江学勤就皱起了眉头，批评她“穿得老气横秋，不大方”。

江睦远嘴角挂着嘲讽的浅笑：“老爸，小黑裙是Coco Chanel的经典设计，已经流行几十年了。嗯，确实比较‘老’。”他刻意在“老”字上加重语气，生怕父母听不出不满。

服务生带着林巧南走到桌前，即使江学勤气得不行，他也不好当场发作。林巧南不知前一分钟风起云涌，礼貌地问了好：“叔叔、阿姨，你们好。对不起，地铁中间停了一会儿，我迟到了。”

“没事，我们也才刚来五分钟。”蒋秀英轻推丈夫的手肘，示意他不要再和江睦远争执。家里就这两个男人，总是针尖对麦芒，互相看不顺眼，她夹在中间甚是为难。

服务生拉开椅子方便林巧南入座，待她坐下后递上了四本菜单。她翻开菜单，从前菜一直看到甜点，加起来的价格还不如点一个主厨推荐划算。

“我想试试主厨推荐。”她小声对江睦远说。

主厨推荐的奇妙在于你根本不知道接下来会吃到什么，只有当服务生揭开盘盖才见分晓。江睦远笑了，手指一掀合上菜单，说道：“这么巧，我也是。”

江学勤不爱吃西餐的原因之一就是菜单的描述过于复杂，看了半天还是一头雾水，端上来的成品经常和想象的相去甚远，他懒得再考虑是吃鱼还是吃牛排，跟着他俩一起点了主厨推荐，同时吩咐蒋秀英：“已经三个人一样了，你也点这个。”

“好。”蒋秀英没有异议，把菜单交回给服务生。

林巧南打了个寒战，从点菜的细节中她发现了一个始终被自己忽视的事实——在江睦远父母的婚姻里，他的母亲毫无地位。

家庭是社会的缩影，江学勤和蒋秀英两人淋漓尽致地体现了马克思在《黑格尔法哲学批判》里强调的“经济基础决定上层建筑”。林巧南不禁揣摩康健集团上市后的情况——江学勤一定会比现在更颐指气使。

以江学勤的见地，他绝不会做出捐家产的善举，这份家业将来肯定会留给江睦远继承。她一想到身旁座位的男人可能会变得像他父亲一样，就浑身起鸡皮疙瘩。

“小南，小南。”蒋秀英有话对她说，叫了她的名字却没反应，不得不连着叫了她两声。

林巧南一边品味着龙虾肉的细腻，一边担心着未来，没注意蒋秀英要和自己说话，直到江睦远用胳膊肘推了一下，她才反应过来。她连忙放下叉子，赔着笑脸道歉：“对不起，好吃得让我忘乎所以了。”

闻言，大家都笑了起来，一派其乐融融的样子。蒋秀英笑得特别慈祥，闲话家常似的说道：“小南啊，我和元元爸爸今天想征求你们的意见，在你爸爸百日之内先办婚礼。”

林巧南错愕地瞪大了眼睛，果然不出所料，今天又是一场“鸿门宴”。

6

蒋秀英的话说完了，林巧南有好几分钟没接话，场面一度非常尴尬。默不作声也是一种态度，表明在这件事上她不愿意合作。

令林巧南意外的是江睦远的沉默，起先她以为他和自己一样觉得蒋秀英的提议荒谬绝伦，但他一直没发声就显得不寻常了……假如他真的与她立场一致，由他提出反对更加合适，毕竟那是他的父母。

她不禁慌乱起来，想象中“以一敌三”的场面提前出现，而她却什么准备都没做。

服务生上前收走了前菜的盘子和刀叉，摆上汤匙。他的出现暂时缓和了气氛，林巧南拿起水杯喝了一口气泡水。她的喉咙被冰水滋润，减轻了干涩感。她放下杯子，舔了舔嘴唇开口：“叔叔，阿姨，我爸连‘五七’都没过，现在谈这事太早了吧。”

她很快意识到委婉的拒绝是一个错误，传递出去的信息模棱两可，会让对方以为这件事可以继续商榷。

“再不开始筹备，就来不及了。”蒋秀英掰着指头算到底有多少事亟待进行，“拍婚纱照，找婚庆公司，做礼服，订酒席，一堆事情要做。最麻烦的还是酒席，好日子早就被抢光了，你叔叔还得托人想办法。”

林巧南迅速瞥了一眼江睦远，只见他低着头认真喝汤，一副装聋作哑的姿态。很明显，他们是同伙！

她的怒火被点燃了，他一定早就知道会有这一出，昨天晚上竟然还敢在她面前装无辜！

“阿姨，我的意思是结婚这件事太早了。”她不得不澄清自己的想法，客气地解释。

江学勤放下汤匙，皱着眉头神情严肃：“小南，根据我们那儿的习俗，错过百日之内，你们就要等三年才能办喜事，我和他妈妈想早点抱孙子。”

这年头，逼人结婚的借口都没有新花样吗？林巧南暗中鄙夷，脸上仍挂着礼貌的笑容：“三年后我们三十岁，对于婚姻、家庭、孩子各个方面都会考虑得比较成熟，我觉得那时候结婚正好。”

“三十岁之后生孩子，宝宝的质量是一个问题，大人能不能恢复好也是问题。”蒋秀英苦口婆心地劝说她改变主意，“以我们家的条件，生两个、三个都养得起，当然越早生越好。”

林巧南捏紧了汤匙，在桌下狠狠踢了江睦远两脚，传达自己的愤怒，他一声不吭到底是什么意思？

江睦远终于抬起头正视眼皮子底下发生的争执，他先用眼神示意父母到此为止，再转向林巧南，用亲昵的语气说道：“亲爱的，咱们先不谈这事，好吗？”

他说“先不谈”，意思是以后还要谈。证据确凿了，这一次他和父母站在一边，串通起来逼她就范。

林巧南闷闷不乐地吃着接下来的主菜。

主厨推荐的几道菜式所用食材的确新鲜美味，摆盘也别具一格，然而她的心思全然不在“吃”上，她迫不及待想离开餐厅出去透透气。

可是，法国菜最令人抓狂的就是“慢”，服务生要等每个人都放下刀叉并确认“不需要”之后再端走盘子，然后换上一套新的盘子和刀叉，等待下一道菜上桌。更令她郁闷的是源源不断，光主菜就上了三道，可以想象甜点必然也得好几道。

“别看量不多，一道又一道，吃着吃着也就饱了。元元，我的甜点，你和小南分了吧。”上第一道草莓分子料理甜点时，蒋秀英直接把自己那份推给了江睦远。她不敢向身旁的丈夫求助，宁可舍近求远交给斜对面的儿子。

林巧南头也不抬，干脆地拒绝：“不用给我，我能吃完自己的就不错了。”她的语气不太友善，听着像有一肚子气没处发泄似的。

这一顿饭持续了近两小时，林巧南备受煎熬，尽管大家默契地不再谈论与结婚有关的话题，但对于她来说，被算计的感觉始终挥之不去。

吃完饭，大家客客气气地道别，努力不让旁人嗅出“不欢而散”的味道。江睦远带着林巧南走向自己的车，一远离他的父母，她就开始质问：“江睦远，你爸妈的企图，提前跟你说过吧！”她不用疑问句，直接甩出感叹句。

“是，我知道。”他爽快地承认，没有为自己狡辩。

她静默了几秒钟，好像在努力消化他的坦率。

“所以你这次选择和他们一条心，赞成马上结婚是吗？”林巧南冷笑，实则内心茫然无措。她仅剩的后盾就是他，这下也丢了。

江睦远回头望了一眼，父亲的奔驰正驶离停车位，他停下了脚步，正色道：“你不会看不出这是我爸妈的诡计，迫使你主动和我分手吧？”他迅速判断了形势，打出早前隐藏起来的“真相牌”。

昨晚的亲吻使得江睦远确认了林巧南的心意，她心里是有他的，于是，他觉得可以大胆下注。

“他们知道你必定不同意，而且为了不让我夹在中间为难，你会选择离开。”他这么一分析，颇有几分道理。

林巧南不好意思承认自己没看出背后藏着的阴谋，讷讷道：“可要是你愿意等我三年，我俩情比金坚，不管他们怎么施压都不会起作用啊。”她并不糊涂，抓住了他的漏洞。

他叹了口气，说出了心里话：“其实，我觉得没必要拖三年。”

父母想用逼婚迫林巧南提分手，背地里的心思不会摆到明面上，恰好可以为他所用，他是真心打算早日娶她进门，以绝后患。

她愣了愣，大声问：“为什么？”

“伯父既然把你托付给我，我当然要以一纸婚约回报他的信任。”他祭出最大的法宝，说得理直气壮。

林巧南果然语塞，好半天才找回自己的声音：“老爸辛辛苦苦把我养到二十七岁，我就算遵守一些习俗守孝三年也不过刚刚抵他付出的九分之一，你居然跟我说‘没必要’！”她从鼻腔哼出冷笑，语调极尽挖苦。

微笑从俊秀的面庞消失了，江睦远慢条斯理地说：“林巧南，假如你打定主意嫁给我，为什么不能早一点？我想名正言顺地照顾你。”说着，他的眼神变得犀利，刺向了她，“除非，你准备用三年时间考虑其他人。”

林巧南胸闷气结，活像胸口被人捶了一拳。

“江睦远，你是得到我爸认可的人。只要你不改主意，将来我肯定会嫁给你！”她咬牙切齿，表情狰狞，明亮的眼睛冒出怒火，那是受了冤枉后的不甘，“但绝对不是现在！”

话音刚落，她怒气冲冲地掉头就走，又扔下一句掷地有声的话：“别跟上来，我自己回家！”

身后的男人，始终没有追上来。

林巧南沿着东安路漫无目的地往前走，她心烦意乱，只觉人生从 8 月 15 日开始就一片灰暗，再没顺心过。

路过名为“海尚·上海”的楼盘，林巧南放慢了脚步，这是又一处能望见黄浦江的楼盘，能入住此处的人自然身价不菲，就像江睦远的家庭。

站在旁观者的角度，林巧南也深感自己的拒绝透出一股傻气，她在茫茫人海中遇见江睦远，得到他的青睐，运气堪比中了彩票。然而到了最关键的节骨眼上，她第一时间不是想着终于拿下了绩优股，反倒连着拒了他两次，简直够格竞选全球傻瓜之最了。

可是不行，不能让步！她坚定了决心，迈开大步走了过去，前方豁然开朗，滨江大道安静地陪伴在黄浦江身侧，宽阔的视野让人心旷神怡。

林巧南在跑道上快步走着，仿佛保持这个速度就能甩掉软弱。她不能总是麻烦冷岳阳帮自己解决烦恼，尤其是牵扯到感情问题，估计他也没辙。

脚上的鞋子不适合在塑胶跑道上行走，没走几步林巧南便意识到了，她又勉强走了两分钟，实在受不了那股别扭劲儿，索性把鞋子脱了光脚走。

双脚脱离了高跟鞋的束缚，欢畅得想要跑起来，她克制了冲动继续快步走。跑道粗粝的颗粒摩擦着柔嫩的脚心，微微的刺痛，倒是非常贴合她此刻的心境。

林巧南不是第一次来徐汇滨江。

去年 5 月，林振华老友之子的婚礼在附近的游艇会举办，她跟着父亲一同来喝喜酒。父女俩特意提前了半个多小时到达，两人沿着滨江大道走走看看拍拍照，他的手机相册里还留着当天给她拍的照片。她找到那时候拍照的铁轨了，它仍藏身在草丛里。那一日，她惊奇地发现了与周围环境格格不入的它。林振华随即露出惊喜的表情，招呼她站到铁轨上，声称要帮她拍一张文艺范的照片拿去相亲用。

成像效果确实相当文艺，像是离家出走的茫然少女。她朋友圈发出去不到十分钟，一堆人留言问她要和谁私奔，她立刻转头严正告诫林振华万万不可将这张照片发给介绍人。

这是她的私人珍藏，是珍贵的记忆，怎么能随随便便留在别人的手机里？林巧南点开相册找到一年多前的照片，风景依旧，拍照的人却已不在了。

触景生情，眼泪如断线的珍珠滚滚而下，她用双手捧着手机拍下空空的铁轨发给“海中一粟”，接着发去去年拍的那张。

五分钟不到，冷岳阳出现了。天空阴沉沉的，酝酿了半天的雨还储存在云朵里，舍不得落下。

林巧南哭得上气不接下气，她伤心地指着铁轨说不出话。冷岳阳无奈地拍拍她的肩膀，对她张开了双臂：“来吧，到我怀里哭。”

林巧南使劲瞪了他两眼，拒绝了他的提议，低下头寻找包里的纸巾，愤愤不平道：“我爸去年还在这里给我拍照，今年就成了人面不知何处去。为什么偏偏是他？”

“那我老爸岂不是更委屈？”冷岳阳双手环胸迎风而立，轻声说，“你爸爸怎么说也是因为生病才去了医院，我爸的意外就完全属于无妄之灾了。你说你不能接受，我更不能！”

林巧南边擦眼泪边掂量冷岳阳的话，冷静下来细想两位父亲的遭遇，她不得不同意冷子荣的离世更加让人措手不及。

她擤了擤鼻涕，一脸悻悻然：“我们非得比谁更难过吗？”

冷岳阳叹口气，收起了亮出的尖刺，林巧南不是他的敌人，挑衅她，战胜她，都无法平息他的愤怒。

“你不是在和江睦远的父母吃饭吗，他为什么扔下你一个人在这里？”他强行转移了话题。

她纠正了他的说法：“是我扔下了他。”事实的确如此，她要求江睦远别跟上来，他就真的没跟上来。

林巧南把江氏夫妇逼他们在百日内举办婚礼的事原原本本告诉了冷岳阳，包括江睦远的想法也说了。末了，她以期待的眼神看着他，问道：“你评评理，他们一家三口是不是太过分了？”

冷岳阳回避了她的目光，他望着对岸的建筑，若有所思道：“这次，我站江睦远这边。”

“啊？”她大吃一惊，嘴巴张得能塞下一个鸡蛋。

“这几天我把伯父的朋友圈及他和别人的聊天记录全部看了一遍，除了病人会有的迷茫、恐惧，他总体来说是个豁达的人。这样的性格，他不会在乎你是现在嫁人还是三年后再嫁。更何况伯父在世上最后的牵挂就是你，你找到了好的归宿，他开心都来不及，怎么可能怪你？”

林巧南无言以对，他的话句句在理——林振华根本不在意她什么时候结婚，她真正过不去的是自己心里的坎。

“说真的，要是我现在愿意和谁领证结婚，我老爸在天上保证高兴得昏过去。”冷岳阳自嘲了一句，视线回到林巧南的脸上，用前所未有的认真语气说，“结婚这件事没有时间表，所谓正确的时机，不过是两个人对于新的生活达成了共识。不管一年、两年、三年还是现在，只要你没做好准备，你就有权利拒绝。”

冷岳阳的安慰在林巧南意料之中，他表明立场时她就猜到会听到什么了，那也是理智对她说过的话，只是借由另一个人再次说出而已。但是这一段，她没有想到。

一股热流在心中涌动，林巧南低下头用手指擦了擦两边的眼角，指腹的潮湿令她惊讶。她忽然反应过来自己被他打动了，这是她为他流下的眼泪。

林巧南惶恐不安，偷偷揉搓裙角擦干手指，万一被冷岳阳发现就太尴尬了，今后还怎么心平气和地与他相见啊？她的内心有个声音在呐喊，提醒理智赶紧出来遏制冲动。

“谢谢，我心情好多了。”她轻描淡写道了一声谢，装作和平时一样。接着，她又问他为何提出星期一见面，“有什么事要星期一见？”

超感的再次连接不在冷岳阳的预计中，是以才约她星期一面谈，眼下倒是省了不少事，倘若能征得她的同意，星期一就能把材料转交给吴韵诗。

“我有个朋友，她的舅舅是骨科医生，我想让他看看伯父的病历和X光片。”他说了因由，她的脸色在听到“骨科”时就变了，到最后变得相当难看。

“不用了。”林巧南一口回绝，然后弯下腰穿好高跟鞋，挺直了身体，七厘米的鞋跟拔高了海拔也增强了气场，面对一米八五的冷岳阳，她丝毫不落下风。

冷岳阳深知此乃她的家事，被拒绝一次就应适可而止。他沉思了几秒钟，决定把自己的理由告诉林巧南，让她自行抉择。

“林巧南，我不是骨科专家，无论我对你说多少遍做手术是正确的选择，同时也是伯父的自我意志，你仍然会因为结果质疑我是故意为你开脱。”她的心思，他掌握得一清二楚，“我希望由别人告诉你，这不是你的错。”

她的态度明显软化，从表情可见一斑。

林巧南勉强一笑，神经质地反问：“假如结果是我错了呢？”她不是没有渠道求证，公司业务虽然不包含骨科方面的，但她可以托销售请相熟的医生到骨科询问情况。即便公司方面没有门路，她还能求助江学勤帮忙。她迟迟不行动，是真心害怕有个“万一”。

“我给你机会求证。”他的目光中带着温暖的鼓励，“知道真相，我们才有勇气跨过去，世间事莫不如此。”

林巧南默然不语，她咬着大拇指盖，焦虑从灵魂深处偷跑了出来。不，不要听他的！怯懦的自我在拼命抵抗。

汽笛声远远传来，一阵风吹过，冷岳阳不见了，她的手机即刻响起消息提示音，“海中一粟”说道：“你来或不来，星期一我都在。”

她握紧手机，像是捏住了忐忑不安的心脏。

Chapter 05

他们之间的信任瓦解了 

1

人来人往的宜山路站，星期一早上九点。

林巧南手提大型购物袋出现在冷岳阳面前，她的脸上写着纠结，甚至在走过来的时候还短暂停下了十几秒。

“早上好。”冷岳阳扬手与她打招呼。

林巧南站在一步开外，她深深吸了口气，把购物袋递过去。

“这是我爸在新华医院拍的片子，陪他看病时用了这张。”她考虑再三，不希望别人通过 X 光片上的滨海医院联想到赵主任，对方是上海有名的骨科权威，手术失败这么大的事，想来各家医院都有所耳闻。

冷岳阳瞬间明白了她的顾虑，滨海医院骨科主任赵永齐在业内名声响亮，倘若吴韵诗的舅舅听说过他手术失败的事，或许就没办法坚持客观中立了。

冷岳阳点点头伸手欲接，发现她把背带紧紧拽着，死活不肯松手。他用了一点力，不料对面同样加了力，购物袋没能交接成功。

冷岳阳瞪了她一眼，严厉斥责道：“林巧南，你不愿意的话就算了，不要浪费大家的时间。”

“我……”林巧南颓然放手，将购物袋给他，“冷岳阳，不要弄丢了。”

无论结局有多凄凉，这终究是父亲的一部分人生，她必须妥善保管。

他冲着她比了一个 OK 的手势：“有了结果我再联系你。”他挥挥手，转身朝下行方向的站台走去，打算搭乘下一班地铁去报社。

林巧南忽然叫住了他：“冷岳阳，你等一下。”

“嗯？”他停下脚步，回头看着她，“还有事吗？”

林巧南盯着面前的俊颜，专注地看了一会儿。有个问题盘桓心头，她一直想不通他为何不再给他父亲的账号发消息，害她终日担心是不是无意中让他的心情雪上加霜，导致他单方面终止了互帮互助的行动。

话到嘴边，林巧南又问不出口了。潜意识里她觉得自己的担心是多余的，倒是另一种之前被她刻意无视的可能浮现脑海，她觉得还是不要追问为好。

“再见！”她提高音量大喊了一声，在周围人群的注视中迅速冲向上行的自动扶梯。

她在台阶上转过身，朝着他的方向举起手，有节奏地挥舞着。

好可爱，像招财猫！这是冷岳阳的第一反应，接着他开始咳嗽，意在提醒自己保持距离。他什么都给不了她，就让她安安稳稳地和江睦远天长地久吧。

想到此，冷岳阳不禁对自己嗤之以鼻，说得好像你想追就一定追得上似的。想想江睦远那套江景房，你直接被甩出了十万八千里，醒醒吧！

江睦远还拥有一项他这辈子难以企及的优势——他是得到她父亲认可的人，而自己永远没机会了。

疾驰的列车到达了下一站目的地，有时候冷岳阳会感慨缘分来得不是时候。他一年前跟着报社搬到漕河泾开发区，林巧南恰好也是一年前跳槽到了宜山路的新东家。过去这一年里，他与林巧南也许无数次擦肩而过，偏偏那时相逢不相识。

人生啊，多的是阴错阳差，哪有那么多命中注定！他悠悠叹息，跟着人群下了车。

离职的人越来越多了，冷岳阳每个星期到报社开会，都会发现有座位空出来。他记得刚入职的时候报社“人丁兴旺”，跑外勤的记者没有固定的座位，星期一早上为了抢个好位置，大家都争先恐后提早上班。

很快，纸媒衰落了。

冷岳阳见证了开始，从报纸为了增加收益不断扩充广告页面，到金主纷纷撤离转向自媒体，只用了两年不到的时间。领导层也曾想过一些自救的招数，还专门搭建了新闻门户网站，并组织团队运营公众号，这两个小组成立的初衷都是为了紧追热点和突发新闻，可惜到了最后形同虚设，沦为周报的陪衬。

小美也离职了，她走的那天叫了王昊还有一些相熟的同事吃了散伙饭，但没有叫冷岳阳。冷岳阳是后来从王昊口中得知此事的，或多或少有些遗憾。在小美表白之前，两人属于“非常不错”的朋友，他还荣幸地成了小美的紧急联系人之一，没想到结局不欢而散，他满心不是滋味。

他们做不成朋友了，一头热的感情得不到回应的结果就是再也不见。他由此联想到自己与林巧南，更加确定维持现状是正确的做法。

小美的情感专栏由王昊接手，在人手不够的情况下，身为主编也不得不亲自上阵炮制无病呻吟的情感短文。《申江壹周》的生命进入倒计时，采访预算就取消了。一些投入成本较大的选题只能搁浅，领导层的宗旨相当明确，安安稳稳熬到停刊，不惹是非，不搞争议，不求反响。

趁四下无人，冷岳阳在座位上打开购物袋，里面有一个医院放射科装X光片的袋子。他抽出林振华的片子，对着光线研究了一番。以他贫乏的医学知识亦能看出横生在骶椎之间巨大的肿瘤极具威胁，她怎能对此视而不见？

有人朝他的方向走来，他收起了X光片，从电脑包里拿出林振华的手机，重读父女俩的对话。

冷岳阳终于理解了林振华字里行间的焦虑。林振华深知这将是一个耗时漫长的高风险手术，却不能在亲生女儿面前流露出一星半点的软弱，不得不装作乐观。文字和他表现出来的样子自相矛盾，让林巧南彻底没了方向，最终让她说出懊悔终生的话语：“不管做不做手术，将来都有可能会后悔。”

语言不仅有杀伤力，而且还会反噬。他也如此，经常想起自己口不择言时让父亲伤心郁闷的情形，那些绝情的话语字字如刀，报复似的割着他的心。

冷岳阳又看着手机发呆，置顶的联系人修改过备注名，显示为“老爸”。

林巧南是个善良热心的人，不管冷岳阳回不回复，每天兢兢业业转发一篇养生类的文章给他，或提醒他早点休息不要熬夜，如同父亲再生一样。他承认自己得到了预期的安慰，然而超出预期的心动感觉同时也找上了他，令他寝食难安。

他拿起手机点开对话列表，最新的一条消息是昨天晚上收到的，关于肝脏排毒时间的辟谣。林巧南很固执，纵使他从不回复，她依旧将这件事当成每天必须完成的仪式。

“老爸，我对一个女生有了好感。要是你还在就好了，也许这一次可以满足你让我结婚生娃的心愿。”他在输入框里写下这些，再一个字一个字地删除。

“冷岳阳，开选题会了，别再玩手机啦。”同事抱着电脑进会议室，路过他的座位时踢了一脚他的椅子提醒道。

“知道了，马上就来。”他按下手机的屏幕锁，抄起笔记本电脑跟在别人后面朝会议室走去。

被他塞进裤兜的手机屏幕又亮了，一条新的消息出现在聊天记录的最后。

“老爸”问他：“将来你有什么打算？”

但是不到一分钟，这句话消失了，仅仅留下“老爸撤回了一条消息”的提醒。

林巧南懊恼地放下冷子荣的手机，她咬着嘴唇拍拍脑袋，不明白自己到底想干什么。

和冷岳阳在地铁站分别之后，她的脑海里再也甩不掉他的身影。说来奇怪，通过超感他们见过好多回，在现实生活中碰面也并非第一次，偏偏就今天让林巧南觉得那个男人看起来寂寞又可怜。

她在自动扶梯上转过身，挥手告别的本意是警告冷岳阳切勿弄丢父亲的 X 光片。要不是这一次转身，她也不会见到如同电影一般的场景——人群像潮水似的淹没了他，又像潮水似的退去，唯独他孤零零地留在了原地。

那一刹那的画面充满寂寥萧索的意味，定格为永恒的黑白印象。记忆会慢慢模糊，无数散落在时间长河里的平凡琐事最终会被河水冲入遗忘的海洋，但是每个人一生总会留下一两个难以忘怀的时刻，在相关者的回忆里栩栩如生。

林巧南烦躁地抓着头发，又被刚走进办公室的孙妍看到了，她大惊小怪地嚷道：“Lynn，你真的嫌自己头发太多吗？”

“很烦。”手指卷起几绺头发，在脑袋旁打着旋，和咬大拇指盖一样属于她愁眉苦脸时的招牌动作。

孙妍将身上背的鲶鱼包往桌上一扔，笑眯眯地追问：“烦工作还是烦感情呀？”

她当然不会对认识江睦远的人透露自己在为另一个男人担心，保不准传到他耳朵里，解释起来要人命。

“坐在办公室里面，要是不烦工作，老大肯定会说‘对不起公司给你的薪水’。”

“得了吧，一大早的烦工作，人生多无趣啊。”孙妍轻啐一口，拿起水杯和手机，“我去洗杯子，你要不要一起？”

“不了，我刚冲了咖啡。”林巧南婉言谢绝孙妍的邀请，避免在来回茶水间的路上被她继续盘问隐私。

孙妍瞟了一眼她的杯子，看到了褐色的液体。

“你最近不太喝茶了哎。”她随口说出自己的观察，话音刚落，她又发现林巧南桌上的茶叶罐全都不见了。

以前林巧南经常带各地的茶叶到公司，桌上一摆就是五六个茶叶罐，整个部门也间接受惠，大家每天的习惯就是到她桌前“借”茶叶。此时空荡荡的桌面让孙妍困惑了，她坐下来拖着椅子凑到林巧南身边，压低声音问：“你不会是打算离职吧？”

林巧南的表情写满诧异：“没有啊，难道有谁说过我要离职？”

孙妍尴尬地笑了笑，不好意思承认自己从消失的茶叶罐产生了联想，只道：“你看看，一罐茶叶都没了，感觉就像收拾好东西准备离开的样子。”

林巧南的心抽痛了两下，她自上星期开始陆续将茶叶罐带回家收进橱柜，到了最后一罐也不见的时候，终于被发现了。

“这是我爸带回来的，以后再也没了。”她揭晓了谜底，表情和声音都是淡淡的。

孙妍不只是尴尬，甚至产生了一丝罪恶感，觉得自己无意中朝林巧南的伤口撒了一把盐。她急急忙忙起身，重新端起杯子和手机，不自在地说：“嗯，是应该好好保存。我先去洗杯子，一会儿人多了，咖啡机要等很久。”说完，她落荒而逃。

孙妍离开之后，其他同事一个接一个进了办公室，分散了林巧南的注意力。她微笑着回应别人的问候，打开电脑准备新的工作周计划，没空再惦记冷岳阳了。

策划会议结束之后，冷岳阳被王昊单独留下谈话。起初他以为是上星期的稿子出了偏差，没想到王昊开口问他是否愿意合作搞自媒体。

“你想做哪方面？”冷岳阳自认此时起步有些晚了，他熟悉的领域都已有人涉足，而且做得相当出色。

王昊笑了笑，望了一眼玻璃外面的大办公室：“人间观察，不论大事小事，只要我们感兴趣就追下去，挖出新闻背后的故事。”

冷岳阳曾经对王昊建议过公众号的发展方向，其中一条与他方才所说的有着异曲同工之妙，看来这正是王昊找他加盟的原因，把当初未竟的事业继续下去。

他的内心蠢蠢欲动，差点一口答应。可是另一边的文学梦扼住了他的喉咙，他十分清楚一旦自己按下暂停键，再次启动的时间将是未知数。到底哪一样更能带给他成就感，此刻谁也说不准。

“让我考虑一下。”他没有立刻答应，但也没拒绝。

他已经过了单凭个人崇拜就言听计从的岁月，这是王昊的理解。

“你放心，待遇方面绝不会亏待你，同我谈合作的朋友有意朝文化产业发展，至少前两年他的投入不会少。”若理想无法打动人，那就只有靠金钱了。

冷岳阳难以做决断的理由根本不在于“钱”，他对王昊的反应略为失望，不过没表露在脸上。他说：“我需要时间好好规划将来的事业，这不是钱的问题。”

话说到这份上，王昊自然明白不可强求：“懂了，我这边其实不急，公司目前还处于筹备阶段，我们的首要任务是把剩下几期做完，圆满结束这一段。”他自己找了个台阶下，终止了谈话。

冷岳阳回到桌前，望着王昊走向主编室的背影，他想追上去告诉对方真正的原因是自己意志消沉，对于“将来”欠奉热情。可念头一闪而过，他迅速地放弃了。

冷岳阳在办公室逗留半天，午饭时间就告退了。带着林振华的 X 光片，他匆忙赶到宝贝乐园，把它交到了吴韵诗手上。

“这是？”吴韵诗心头掠过不好的预感，结合他气喘吁吁的模样，她觉得冷岳阳有可能病入膏肓了。

“我朋友的 X 光片，麻烦你舅舅帮忙看一下。”

又是“朋友”！吴韵诗在心里叹气，到了这个节骨眼上，他还死鸭子嘴硬吗？她又怨又气，外加几分心疼，眼里蓄满了泪水。

“你干什么啊？”冷岳阳被她的表情吓住了，往后退了一步，“怎么啦，你哭什么呀？”

她从袋子里取出 X 光片，举在手里，表情异常严肃：“你老实告诉我，这是不是你的？”

原来，她是为这个哭啊！冷岳阳啼笑皆非，感动却在心里翻涌不止。

他上前一步，再上前半步，几乎贴着她的身体站立：“小傻瓜，说了是朋友的，你为什么不相信？你看我活蹦乱跳的，像是饱受病痛折磨的人吗？”

“真的？”她半信半疑，盯着他的眼睛仔细研究他有没有撒谎。

“X 光片上有名字啊，作不了假。”冷岳阳示意她对着光线举起片子，指给她看角落的拼音，“看到没有，根本不是我的名字好不好！”

那个拼音是“Lin Zhen Hua”，果然和他没有关系！

吴韵诗放下心头大石，长长地舒了口气：“冷岳阳，你差点吓死我！”想到自己闹出了笑话，她不禁窘迫起来，低下头不敢再看他。

她是真正关心着你！冷岳阳的脑海回荡着这句话，仿佛教堂的钟声在响。

“谢谢你，韵诗。自从爸爸过世，你就一直在我身边，谢谢你。”

听到冷岳阳不断地道谢，吴韵诗深感惭愧，急忙抬头想对他说这是朋友应该做的事。等她刚抬起头，等候多时的薄唇精确地俘获了她的唇，她被他吻了。

她感觉自己飘上了云端，又好像躺在棉花糖那样细软的沙滩上，被甜蜜重重包裹。

冷岳阳的亲吻热情如火，当他的嘴唇离开，她仍眼神迷离，脸颊酡红如喝醉似的，修长的手指描摹着她的唇线，冷岳阳的神情透出几分古怪，他吻上去的时候十分清醒对方是谁，不过很快吴韵诗的影像就模糊了，他幻想着柔软湿润的嘴唇属于另一个女人，她的舌头香软嫩滑，笨拙地挑逗他攻城略地，吸引他投入全部的热情。

该死！他对自己的软弱无比愤怒。

“阳阳，”吴韵诗呼唤着他的小名，她依偎进他的怀抱，用双手环住他的颈项，“我们，可不可以重新开始？”

2

接到吴韵诗电话时，江睦远正在和客户开会。那位汽车公司的美女市场总监Amanda颐指气使，训起人来堪称六亲不认，连自家员工也会一起骂。她的坏脾气直接赶走了原先负责的客户经理，老板亲自伺候了一回之后马上出卖了江睦远，将这个难缠的大客户“踢”给了他。

所以这是他们的第二次见面。

脚踩十厘米细高跟鞋的Amanda从气势上就压人一头，出电梯时还在滔滔不绝地指责下属工作不给力。不过一见到江睦远，她立刻像换了个人似的，说话的声音变得娇滴滴的，面部线条瞬间柔和下来。

从策划、创意到文案，每个部门的同事包括客户公司市场部的员工，大家都对江睦远佩服得五体投地，他是温润如玉的贵公子，再刁蛮任性的女人都不好意思冲着他的脸发火。

手机在桌面上振动，江睦远扫了一眼来电显示的名字，不解吴韵诗有何事要找自己，他已经明确和她说过“停止”，两人不该再有交集了。

他拒绝接听她的来电，意思表现得相当明显。可她不屈不挠，又一次拨打了他的电话。

这回，正在训斥下属为什么不安排广告公司的人去体验自家新车的Amanda转过脸看了看他的手机，嫣然一笑道：“怎么，和女朋友吵架了？”

江睦远也笑了，淡淡道：“是个无关紧要的人，随她去吧。”

手机振动了一会儿终于停歇，会议再度进行下去，Amanda的下属愁眉苦脸地为自己的“失职”辩解：“老板，新车还在美国的工厂，还没下生产线。”

江睦远连忙轻咳一声，暗示同事千万不能笑出声让客户难堪。

“新车没到位不是问题，广告卖的是什么，就是想象力。Amanda反复强调推背感是这款新车的卖点之一，广告的切入点就应该选这个。至于推背感是怎样的感觉，建议大家先上网查一下定义。”

“唉，Kim啊，要是你们公司的人都跟你一样脑子清醒，我就不用每次来都找气受了。”Amanda拍着心口长吁短叹，指望江睦远再出声安慰几句。

可惜，短短几秒的工夫，江睦远就被其他事分散了注意力。他的视线停驻在笔记本电脑屏幕上，仿佛石化一般对她的话充耳不闻。不止 Amanda 露出了困惑的神色，会议室的其他人同样面面相觑，不知向来彬彬有礼的江睦远为何突然对客户置之不理。

下一秒，他甚至失态地站了起来，拿起手机扔下一句“我有个重要的电话，马上回来”，就径直走了出去，全然不顾 Amanda 脸上的惊讶和扫兴。

令江睦远大惊失色的是出现在微信网页版上的一个问题，来自吴韵诗。

她问他：“林振华和你女朋友有关系吗？”

江睦远转身推开另一间闲置会议室的门，他回拨了先前被自己拒绝的号码。吴韵诗很快接起，他定了定神，尽量让声音听起来轻松：“你发给我的消息，什么意思？”

吴韵诗也不卖关子，干脆利落地公布了答案：“冷岳阳给了我一张 X 光片，上面的名字拼音读起来是‘林振华’。我不知道这三个字有没有写对，但是这个姓，最近在他身边出现过的人只有你的女朋友了。”

她静下心来才发现内有乾坤，迅速联想到姓氏拼音与此一致的林巧南。那天她在地铁站亲眼见到他们碰面，两人貌似做出过类似传递东西的动作。她当时因为隔了一段距离和人群看不真切，加上私心作祟没有对江睦远吐露实情，想来给了他们后续发展的可能。

吴韵诗的最新发现摧毁了之前两人亲吻留下的美妙感受，她甚至怀疑冷岳阳是为了帮林巧南才迫不得已“出卖色相”。

疑云在吴韵诗的心头不断堆积，沉甸甸地压得她透不过气，她只得找江睦远求证。

手机那头的江睦远一下子没了声音，恍若受到了沉重的打击。她心里同样不好受，一种受骗上当的挫折感和懊恼使得她心烦意乱，做任何事都提不起劲儿，恨不得此刻就“杀”到冷岳阳的公寓，逼迫他交代清楚自己和林巧南的关系。

他吻了她，这不是随随便便就能搪塞过去的事情，要是不想被定性为“性骚扰”，此举就得被纳入情感范畴来考量，必然是出于某种感情才会促使大脑发出“吻她”的指令。

“江睦远，你好歹说句话呀。”吴韵诗等得不耐烦了，遂出声提醒他。

那边先传来一声悠长的叹息，然后是他的声音：“林振华是林巧南父亲的名字，但是不排除恰好有同名同姓的可能。”他好像置身于空旷的原野，声音通透敞亮。

世上哪有如此恰好的事情？吴韵诗冷笑两声，不屑地瓦解江睦远的负隅顽抗，“有件事我骗了你，那天在地铁站，其实我看到他俩了。”

她无从想象那个男人此时的表情，唯有再一次漫长的沉默说明真相令他吃惊不小。

半晌，他的声音再度响起，失去了从容，听来竟有几分咬牙切齿的感觉：“吴韵诗，冷岳阳给你 X 光片，他想干什么？”

吴韵诗将冷岳阳的请求一五一十地告诉了江睦远，最后加上自己的注解：“我觉得以他的性格，或许确实是想帮朋友一把，有问题的应该是林巧南。”她采取了自我暗示的方法，缓解焦虑的心情。

江睦远闷闷不乐地说：“她拒绝了我的求婚。”

吴韵诗心跳加快了，小心翼翼地问：“和冷岳阳有关？”

“不确定，她给我的理由是父亲刚刚过世，没心情考虑结婚的事。”他本来认为正常的理由，因为冷岳阳的出现，统统变了味。果然，她有了新的选择，所以不肯现在就嫁给他。

吴韵诗叹了口气，不知该说什么安慰他：“那我们怎么办呀？”她莫名联想起电影《花样年华》里被背叛的苏丽珍和周慕云，他们发展出了一段荡气回肠的感情……也许，报复确实是一个能让心情好转的手段。

“你先咨询你舅舅的意见，有了结果之后你要求直接转告当事人。他没办法，肯定只能让你们见面。林巧南这边，我也会想办法要求陪同。等四个人碰头，我们当面拆穿他俩的关系，看他们怎么解释。”江睦远暂时没有更好的主意。另外，他私下里盼望吴韵诗的舅舅可以帮忙驱散林巧南心头的阴云。

“好，就听你的。”吴韵诗爽快地答应了。

挂断电话，江睦远在无人的会议室里枯坐了一分钟。

两人自星期六在停车场吵架后一直没有联系，他原以为冷处理能够让林巧南看清形势——世上只剩他最关心她了，万万没想到需要看清形势的人居然是他。

“冷岳阳”这三个字在江睦远脑海里浮浮沉沉。天涯何处无芳草，他为什么非要横刀夺爱呢？莫非因为第一次见面时自己抓住他衣领的举动让他不爽了，于是他就打算从林巧南处下手打击报复自己？

想到此处，江睦远生生地打了个寒战。

手机再次振动，这回是同事急急忙忙打电话来找他“灭火”的，Amanda在会议室久等不见他回去，自然冲着剩下的人大发雷霆。

“我马上回来。”江睦远一边接电话，一边匆忙起身朝会议室门口走去。这是他选择的工作，忍气吞声也要继续做下去，除非他愿意回家做个听话的继承人。

林巧南永远不会知道，为了和她在一起，他究竟放弃了多少。

林巧南在办公室打起了喷嚏，一个连着一个，吓得张峰命令她立即去便利店买口罩，以免把感冒病菌传染给部门其他人。

楼下有星巴克和全家便利店，她先去买了口罩，又走进星巴克打算买一块蛋糕当作下午茶。光靠咖啡已经无法唤醒她下午昏昏欲睡的头脑了——特别是面对一大堆报表和几万个数字的时候。

她站在柜台前又打了两个喷嚏，即使戴着口罩，她还是能感觉到后面排队的人的嫌弃。她识相地走了出去，她摸了摸额头再动了动手脚，没发现以往感冒发烧会有的全身酸痛迹象。

那么，是有谁在想念我吗？

林巧南的心跳骤然加快，眼前浮现的第一个人影竟是冷岳阳。在刚过去的那个周末，她用了全部的闲暇时光思考他的提议——到底要不要继续探究父亲的手术。那是一场无法挽回的悲剧，将之归结为命运的捉弄无疑最为安全妥当，她承受不起因为自己判断失误害死了父亲的结果。

遇到犹豫不决的事情，林巧南通常会找人商量。然而那天她与江睦远刚吵完架正在冷战，她不可能主动打电话找他，因为那就意味着她成了先低头的人。别的事情上，她不介意让步，但此事事关重大，她尚未考虑清楚是否接受，不想平白无故给江睦远造成错觉。

许是抱持同样的想法，江睦远也没有找她。她只好走进林振华的房间，对着他的遗像扔硬币，最终再次屈服于命运的决定。

林巧南在星巴克门口站了一会儿，勉强把冷岳阳的身影驱逐出脑海，江睦远才是她理应惦记的人。自从星期六闹翻后，他们对彼此来说都好像人间蒸发似的音信全无，让她不由得心生惶恐，是否接下来他也会像其他相亲对象那样不辞而别？

他陪她度过了最艰难的时刻，这份不离不弃的恩情林巧南始终记着。欠了别人的，一定要还。这是父亲教过她的处事原则。

林巧南找到江睦远的电话号码，避而不见解决不了分歧，她觉得他们有必要坐下来好好谈谈。正如冷岳阳所说：“结婚这件事没有时间表，所谓正确的时机，不过是两个人对于新的生活达成了共识。”她和江睦远达不成共识的话，未来不可能幸福。

她战胜犹豫，准备按下拨号键和他联系，屏幕显示的内容却猛然发生了改变，江睦远的联系方式不见了，取而代之的则是来电显示，他的大名赫然在目。

林巧南吓了一跳，差点以为这是自己臆想的画面，她掐了一下脸蛋，酸疼的滋味证明不是幻觉。

“喂，你好。”她接听了电话，语气生疏克制，不能让他知道她有过主动打电话的念头！

“你怎么了，声音怪怪的？”江睦远从电话里听出了不对劲，第一反应是她和冷岳阳在一起不方便说话，“在开会吗？”

林巧南哪能猜到他的胡思乱想，她微微一笑，轻声抱怨：“我打了几个喷嚏，老大担心我成为部门的感冒病毒源，非要我戴口罩。”

他放心了，松了口气。电话里听得一清二楚，林巧南心中一动，与他异口同声道：“我有事和你谈。”

江睦远哈哈一笑：“这么巧。”

“是啊，算心有灵犀吗？”她笑嘻嘻道。

“当然算。”他回答得异常坚定、有力。

“那么，我们下班后谈？今天伯父‘四七’，我继续烧几个菜给他。”

他和自己一样数着日子呢！林巧南的心房不断鼓胀，充满了感激和依恋。

“好，下班见。”

18 ：10，林巧南出现在了 B1 层的地下车库。江睦远的雷克萨斯停在距离电梯口稍远一点的车位，她找了一圈才看到。

她打开车门上车，在副驾驶位坐稳，扣好安全带。他没抬头，眼睛盯着手机屏幕，手指一刻不停地在虚拟键盘上移动，随口说道：“等我一会儿，有封邮件要回。”

“汽车公司的坏脾气小姐？”她上星期听他说过接手了离职同事的暴躁客户，每星期一下午要和对方团队开会。

江睦远飞快地看了她一眼，微笑着说：“没错，就是她。坏脾气小姐的工作能力超强，她做市场推广相当有想法，很多建议一针见血，往往就是大家没考虑到的点。”

以前听江睦远评价客户，林巧南就当听故事一样，没有太大的反应，不过今天被冷岳阳扰乱了心绪，她变得有些敏感，觉得他的夸奖里带着欣赏的意味。

他发完邮件，转过头发现副驾驶座位上的女人目视前方眼神迷离，于是凑过去趁她不备偷得一个香吻。

林巧南吓了一跳，本能地朝后一仰，躲开了他的嘴唇。

“干什么啊，吓死我了。”她咕哝道，往车门靠过去一点。

江睦远眸光一暗，不动声色道：“你想和我谈什么？”

林巧南本来计划和他继续讨论星期六的话题，她接受了冷岳阳的建议，认为何时结婚不应该设置时间表，可几分钟前发生的事改变了她的想法。她咽了口唾沫，表情严肃地开口道：“我想告诉你，我不是你的责任，我爸对你的嘱托，你不用太当真。”

他俩交往了大半年，之前最亲密的举动仅限于牵手、摸头，论感情深厚似乎是在探讨一件不存在的事，不过林振华的意外离世加深了两人的羁绊，父亲临终前一日发生在两个男人之间的托付因此被赋予了极为浓厚的象征意义。然而此时回头审视，林巧南不禁产生了“这会不会束缚了他”的念头，江睦远完全可以有更好的选择。

古怪的笑容浮现在他俊秀的脸庞上，使得他的五官看起来有些扭曲。林巧南只觉喉头干涩，想要开口为自己的发言做个注解，却一个字也说不出口。她意识到江睦远受到伤害了，皆因她将他的所作所为归类到“责任”和“义务”，而不是“爱情”。

“这些事全部是我自己的决定，不需要你教我怎么做。”他说得很慢，这番回应算得上十分客气了。

“对不起，我只是担心你会为了我放弃更好的机会。”她直言不讳，不说清楚内心真实的想法，误会的种子肯定会长成大树。

江睦远的神色渐趋缓和，他发动了汽车，手伸过去摸摸她的头：“小傻瓜，你就是最好的，我不要再选了。”语气里带着宠溺，不像刚才那么气势汹汹了。

林巧南耸了耸肩，眼里闪着促狭的光芒：“喏，我给过你机会反悔了，是你自己不要的。”

“永不反悔。”誓言轻而易举被说出了口。

她看着他的侧面，文绉绉地来了一句：“江睦远，遇见你是我不幸人生中唯一的运气。”

听到这句话，正在开车的男人动容了，他的表情如五味杂陈，最终化为一抹苦涩。

“看来我以后要经常表白，让你知道自己对我有多重要。”他的口吻一派轻松，与表情截然相反。

林巧南没有察觉其中的违和感，她害羞地低头轻笑，摸着手臂说道：“哎呀，鸡皮疙瘩都起来了，我们就别再互相吹捧了。说起来，你有什么事要和我商量？”

话锋突转，幸好江睦远早已准备好了借口：“你不是一直觉得伯父不该动手术吗，正好老爸新发展的客户里有骨科医生，我想请对方帮忙看看伯父的 X 光片。”

林巧南吃了一惊，觉得江睦远提出的时机未免过于凑巧，但她做梦也想不到背后的原因是江睦远得到了内幕消息，便说服自己相信纯属巧合。

“我已经拜托一个朋友去问了，他朋友的亲戚正好在骨科。”她非常坦然，问心无愧。

“哦，哪个朋友啊？”他追问道。

林巧南迟疑了几秒钟，她既然在最开始对江睦远说了实情，就代表着做好了说实话的思想准备，不过告诉他哪些事实仍旧需要经过挑选、剪裁。

“你还记得冷岳阳吗？在外滩向我们赔礼道歉，给过你名片的那个人。”

江睦远装模作样沉思了半天，装作恍然大悟道：“哦，是他啊！想起来了。”情况出人意料，他原本以为林巧南会说谎骗自己。

“他上班的地方和我就差一站地铁，我们在地铁站又遇到了。”超感是绝对不能让第三者知道的存在，她说了部分实话，“他问起我爸的情况，聊到最后我就找他帮忙了。”林巧南将主动权拉到自己这边，使得此事看起来更为正常。

她说得合情合理，让人找不到任何把柄。江睦远沉吟良久，才开口道：“既然他愿意帮忙，那就先听听那边专家的意见吧。他通知你的时候，我要和你一起去听结果。”

林巧南心头飘过一丝疑虑，为什么江睦远如此肯定冷岳阳一定会当面告诉她结果?

“嗯，好的。你这么关心爸爸，有权知道。”疑虑并未影响她的判断，林巧南答应了他的要求。

江睦远的右手离开了方向盘，伸过去握了一下她的手：“我很遗憾，没能亲口叫他一声‘爸爸’。”

他说得情真意切，刹那间，她的眼泪涌出了眼眶。

3

冷子荣的“四七”过后，冷岳阳在家里多住了两天，星期四才回到公寓。他打扫了房间，整理了父亲留下的果蔬园地，尽力维持原样。

之后他带了一些新鲜的蔬菜去了宝贝乐园，一袋送给吴韵诗，一袋给了玲子。比他小几岁的女生耐不住性子，一边道谢一边解开塑料袋，拿起粗壮的黄瓜和丝瓜啧啧赞叹：“冷大哥，想不到种菜你也是一把好手。”

“那是我爸打下的基础。”冷岳阳纠正了她的说法，“我只负责收割。”

吴韵诗抬起头看了他一眼：“等这批种子收完，明年你也不会再种了吧。”

他点了点头，表情无奈：“我爸有闲心伺候它们，我就算了。”他在家的日子总是望着父亲留下的“遗产”发愁，既舍不得放弃，又深感有心无力，翻土、播种、除虫，还要提防鸟儿偷吃果子……他以前从来不知道打理一个院子要做那么多事。

冷岳阳过去对父亲的了解皆为片段式，两人甚少进行“男人与男人”

的对话，倒是爆发过无数次争吵。每次吵架的结果不外乎说许多负气的话，不留余地地互相伤害，令他在今时今日回想起这些，备感歉疚。

“你舅舅那边有没有结论？”话题快速被切换，这正是冷岳阳带着礼物前来拜访吴韵诗的原因，托人做事，空着手总不好。

吴韵诗心头一紧，想起了江睦远的话——不能让冷岳阳看出破绽。

吴韵诗笑了笑，放柔了声调，温言软语道：“很着急吗？我打过电话了，舅舅最近很忙，让我过两天再去。”虽然“确认”过此 Lin Zhen Hua 应该就是林巧南的父亲，但她心底依旧抱着万分之一的希望，说不定真的是另一个人。

着急倒是不着急，反正林巧南的父亲已逝，真相于他早已不重要了。

冷岳阳不知此乃吴韵诗的试探，实事求是地回道：“也不算太急，我朋友和她的家人其实心里有点数，只是想有机会能听听其他医生的意见，帮忙做个决定。”

他说“不急”，肯定就是了。吴韵诗心口闷闷的，好像被人打了一拳。

她有些糊涂，对他的意图困惑不已。她只知林巧南的父亲与冷子荣同一天过世，却不知具体原因是肿瘤抑或是其他，所以她很难判断冷岳阳真实的想法。但她能明确把握的关键是，这两个男人都为了林巧南殚精竭虑，令她油然而生几分妒意。

“等舅舅有空我就立刻赶过去，你放心吧。”她信誓旦旦，表现得非常热心。

冷岳阳不疑有他，吴韵诗在他心中始终还是当年那个单纯、热情的小女生，他只看到了她的表象。

“为了表示谢意，我帮忙去遛阿 T 和肥皂。”

玲子适时插话进来：“冷大哥，早上我已经遛过它们了。你要是真想帮忙，不如打扫笼子吧。”

他尚未做出反应，吴韵诗先替他开口抗议了：“喂喂，那可是你的工作，不要推给别人！”

“哦哟，冷大哥，你看看老板娘多心疼你。”玲子不失时机地调侃两人的关系，男女之间暧昧久了反而缺少往前一步的动力，她一心为磨磨蹭蹭的店主着急，暗自希望能助吴韵诗一臂之力。

玲子星期一请了假，不知道他俩已经接过吻，她说的话不仅没达到效果，倒是让人颇为尴尬。冷岳阳想到了那天吴韵诗提起的“重新开始”，以及自己糟糕的回复。

他的行径毫无疑问可以和“渣男”画等号，把一个女人当作别人的替身，简直和性骚扰没两样，更过分的是他明知吴韵诗对自己的感情。

这个吻亵渎了她的感情，让他承受着良心的谴责。

冷岳阳意识到自身的改变，以前无论他伤过多少女孩的心，他都没有太大的感触，毕竟大家一开始就说好了游戏规则。对于个别接受不了现实试图用“一哭二闹三上吊”手段挽回恋情的姑娘，他非但不为所动，还要落井下石在朋友圈奚落一二……总之，过去的他是个不折不扣的“渣男”。

父亲的突然去世给了冷岳阳沉重的一击，他终于切身领悟到感情的脆弱，当你拒绝珍惜，它就会毫不留情地掉头而去，甚至极端地用死亡画下句点。

冷岳阳懂得了珍惜和感恩，所以他不能让吴韵诗继续陷下去，那个吻发生在错误的时间，错误的对象，他喜欢的人不是她。

他的回复犯了一个错，幸好现在又有了弥补的机会。

“我们是好朋友，她当然站我这边。”冷岳阳笑得云淡风轻，“换作别人欺负她，我也会帮忙出头。”

是好朋友，不是女朋友！“好朋友”三个字狠狠敲进了吴韵诗的心脏，痛得她直打哆嗦。

果然，那个吻没有任何意义。

更令吴韵诗受不了的是后面发生的事，当她鼓起勇气问他“可不可以重新开始”时，他对她说：“抱歉，我还需要时间调整心情。”

亏得她千方百计找理由说服自己，相信他们最大的障碍是他还没有走出悲伤！那只是他的借口，她当时就应该明白。

她用手按住桌沿，努力挤出笑容，附和道：“可不是吗，我们从大学开始就是好朋友了。玲子，你想太多了。”说到最后，她的语气里带上了警告，让下属切勿多嘴多舌。

玲子乖乖地闭嘴，拿起工具清扫宠物笼。她能感觉到融洽的气氛变得有些尴尬，显然“好朋友”并非老板娘想要的结果。

唉，人长得帅就是占便宜，即使让人伤心也舍不得打他的脸。玲子一边感慨万千，一边卖力地收拾垂耳兔兰兰的笼子。

吴韵诗的想法与玲子不谋而合，盯着那张俊脸，她又爱又恨，心头似有一把火在烧。她走出柜台，猛地抓住冷岳阳的胳膊，将他拖出店面。

“冷岳阳，你老实告诉我，你现在有喜欢的人吗？”按理说她无权过问他的隐私，可是因为那一吻，她不问清楚过不了自己那一关。

她的直接和咄咄逼人让他吃惊，但他很快就揣摩出了她的心思，只怪自己一时冲动吻了她，令她产生了有机会重续前缘的错觉。他苦笑着摇头，再次重申：“我说过没心情考虑这些事。”

吴韵诗蹙着眉头，像是在消化他传递的信息。

“这是借口吧，为了让我继续帮忙想出来敷衍我的借口。”吃一堑长一智，她不会轻易相信了。

“如果你对我缺乏信任感，我说什么都没有用。”冷岳阳抢白道，硬起心肠撂下狠话，“事实就是我考虑了几天，发现自己对于长久稳定的关系仍然没有兴趣，所以不想再伤害别人，包括你。”

话说到这份上，一味地死缠烂打就太难看了，即使咽不下这口气。吴韵诗眼珠一转，强压下一肚子火气，勉强接受了他的解释。

“算了，就当什么事都没发生吧。”她不知道此刻该怎么办，为了日后有机会反转结局，不得不摆出宽容大度的姿态。

“很抱歉，我让你失望了。”他诚恳地道歉，为了那一吻和她的不计较。

她笑了笑：“谁都有脆弱的时候，我不怪你。”说完，她转身准备推开店铺的门，忽然又停下了动作，“对了，你不用担心托我办的事，我会帮忙的。”

闻言，冷岳阳回过了头，却只看到她进门的背影。这么好的女生，已经被他伤害了两次，不应该再有第三次。

回公寓的路上，冷岳阳心中满是对自我的否定和厌弃。

亲情、爱情、友情，他没有一样肯用心去经营、维系，总是用小时候受过的伤害做借口，其实根本就是自己怯懦又自私。

他拿出手机，打开置顶联系人的对话列表，发了一条消息给“他”。

“老爸，我本来想象过要是你能活过来，我愿意听你的话和吴韵诗结婚。可是今天，我又一次伤害了她。对不起，我没办法实现你的愿望了，我处理不好感情问题，只会搞砸一切。”

林巧南收到消息时正因为工作问题有些头昏脑涨，王硕博提供了几家经销商的销售记录，发邮件解释为“负责登记的护士搞错了产品批号”，她转发给李永程查询附件中列出的新批号，结果令人大吃一惊，有些仍在库存中，有些属于北方平台的货，理论上不可能销售给上海的医院。

“Emmy，你觉得销售和经销商会不会串通起来伪造销量？”林巧南的资历不及孙妍，有些事她不知其中深浅，还是小心为妙。

孙妍先转头看了一眼坐镇最后的张峰在不在，座位是空的，笔记本电脑也不在，估计他又去哪个会议室开会了。

“你想我们为什么要上系统？老大严令杜绝销量造假，现在没几个销售敢这么干了。”她压低嗓门说，以防周围的人听到她们的对话。

林巧南大胆地提出假设：“那么经销商呢？如果销量不达标，他们明年可能就拿不到便宜的进货价了。”

“我觉得这件事你不要自作主张，把问题列出来先发给老大，让他做决定。”说罢，孙妍又好奇地追问了一句，“还是王硕博的销量？”

林巧南点点头，她听到了抽屉里冷子荣的手机发出的消息提示铃音。

鉴于“受骗上当”了太多回，林巧南敢打赌这次又是垃圾短信。但想归想，她还是拉开了抽屉拿出手机看了一眼，神情微微一变。

“我先去趟洗手间，想一想怎么处理。”林巧南将冷子荣的手机抱在胸前，急急忙忙起身，朝洗手间方向而去。

看她鬼鬼祟祟的样子，颇符合计划跳槽的特征。孙妍回到自己座位，决定替林巧南保守秘密。

孙妍看得出，林巧南这一个月过得十分辛苦。自从张峰找她谈过话之后，她努力让生活回到正常轨道，在大家面前该笑就笑，和平时没什么两样。没错，林巧南“演”得相当成功，只有她偶尔会在早上或午休时撞见林巧南偷偷抹眼泪的画面。

孙妍觉得林巧南最好离开公司，到一个谁也不清楚她个人遭遇的地方重新开始。

孙妍观察入微，对林巧南的心理状态把握准确，除了她压根儿没想到对方带走手机的真正原因是另一个男人。想想也是，拥有江睦远那般水准的男朋友，每天担心他移情别恋都来不及，谁还有闲心牵挂别人呀！

路过洗手间门口，林巧南没有进去，而是直接走向了供员工小憩的休闲阅读区，找了一张懒人椅坐下。她输入密码打开手机，又仔细读了一遍冷岳阳发来的消息。

她的眼前浮现了父亲的脸，“结婚”这件事同样是引爆父女俩争执的永恒主题。林巧南几乎把从小到大所有的“不听话”都用在这上面了，她坚定地捍卫感情自主权，同时深刻感受到了林振华“嫁女”的迫切心态。

直到林振华明明白白说出“老爸舍不得你受委屈”，林巧南才相信父亲确实是在意她的幸福，而非因为女儿嫁不出去失了面子。

林巧南深深陷在软软的椅子里，冷静思索冷子荣会如何看待冷岳阳此时的心境。他们是二十七岁的大人，但是在父亲眼里永远是迷茫的小孩。在冷岳阳的叙述中，他的父亲是个忠厚、淳朴、讲义气的人，这常常令她想起林振华，她相信在对待何谓幸福的问题上，他俩是一致的。

“结婚不是人生幸福的唯一标准，我以前想得太简单了。一个人也好，两个人组成家庭也好，迎接新的生命也好，只要是你用心做出的选择，我都会接受。这是你的人生，不需要考虑其他人。”

消息发送了出去，不到半分钟，冷岳阳的回复又来了。

“我站在街上，现在有很美的落日，希望你也能看到。”

林巧南放下手机，起身拉开遮住落地窗的百叶帘，站在三十一层，能远远望见轻轨和高架桥。此刻，一轮红日正悬宕在高架桥上方，它眷恋地用金色的余光亲吻着造型优美的白色桥梁。

她又拿起冷子荣的手机，隔着玻璃拍下眼前盛大的美景，然后在他的朋友圈里发了一条仅冷岳阳可见的动态。

这是她和他的约定，仿佛彼此的父亲依然活在世界的某个角落。

冷岳阳出现在林巧南身边，两人并肩而立，一同欣赏落日。

林巧南有些诧异，抬手摸了摸双眼，奇怪道：“咦，这次我没哭啊。”

超感连接的必要条件之一是眼泪，以往的经验莫不如此。冷岳阳无法解答她的疑惑，他只知道当自己目睹父亲朋友圈最新的照片时，心里默念着“林巧南”三个字，然后就来到了她面前。

听完冷岳阳的陈述，林巧南错愕不已，她偏过头看着他，迷惘地眨着眼睛：“这是超感 2.0 吗？”

“不如你也试试？一会儿我先用伯父的手机发条只有你可见的动态，你念几遍我的名字看看能不能再次连上。”冷岳阳也不明白这次超感为何与众不同，遂如是建议。不了解“升级版”的新功能，万一打扰到她和江睦远的亲密时光，岂不是让大家难堪。

林巧南不知他的心思已跳转到儿童不宜频道，她兀自东张西望观察有没有人来休闲区偷懒。夏季仍未过去，西晒的阳光穿透了玻璃幕墙，热度丝毫不逊于正午时分。她想，大概不会有人来吧。

一回头，冷岳阳无影无踪，她打开自己的手机刷新朋友圈，“海中一粟”的账号终于又一次发了动态。

林巧南热泪盈眶，即便理智警告她这是假象。她仰起头不让眼泪掉下来，开始无声地呼唤他的名字：“冷岳阳，冷岳阳……”

她来到了车水马龙的大街，来到了神情伤感的男人面前，在马路的尽头，她刚才站在三十一层高楼望见的夕阳半挂在空中，染红了周围的云彩。

“好美。”她喃喃自语，用近乎叹息的口吻。

冷岳阳低头看向她，淡若柳丝的微笑在俊俏的面孔浮现。

“他们一定也在看。”

林巧南坚定地点点头：“是的。”

顿了顿，她又说：“但愿他们结伴同行。”

她的想法出人意料，细思之下却像天经地义。素不相识的两个人，在同一时刻迎来与命运的决战，又在同一天输掉了这场战斗，他们理应一起“上路”。

“嗯，必然如此。否则为什么是我们产生了超感？”他以反问作为回应。

落日太美，美得令人忘乎所以，以至于他们忽略了对话里的危险倾向——超感，是两位父亲的安排。

4

林巧南察觉到内心的不安，冷岳阳作为变量加入了她的生活，不可避免会影响到她和江睦远的关系。

她对另一个男人产生了依赖心理，那是一种完全不同于爱情的感情。他时而是知己，时而充当亲友，时而更像男版的自己……总之，难以单纯定义“冷岳阳”这个名字所指代的意义。

面对江睦远时，林巧南深感愧疚，不过她的负罪感仅有一小部分是为了冷岳阳和必须隐瞒的超感，更多的则是因为她始终无法回报江睦远同等分量的热情。这个男人全心全意地爱她，对于从小到大习惯强迫自己不让别人失望的林巧南来说，良心上的过意不去是相当沉重的枷锁。

江睦远浑然不觉林巧南的反常，至少在他们约会的时段内，他没有再发现她有过神思恍惚答非所问的情况。他们忽然从某一天开始增加了见面的频次，江睦远几乎每天都来接她下班，安排的约会项目也日日不同，一下子塞满了她的下班时间。

连续的见面让林巧南疲惫不堪，她一度怀疑江睦远是不是失业了，所以有了大把空闲。终于在星期五电影散场的时候，她隐晦地问他工作是否顺利，怎么最近既不需要加班也不需要应酬客户了。

“我司正在倡议提高八小时内工作效率，让大家尽量少加班。老板又砍掉了交际应酬的费用，没有预算谁愿意自己掏钱呀！”

“真的假的啊，不加班的广告公司，能叫广告公司吗？”林巧南一脸怀疑，“你不会是准备辞职不干，然后回家继承家业吧？”

江睦远面露不悦之色：“我没兴趣接手，早就说过了。”

他和江学勤只是维持着表面的和谐，实则关系并不融洽，意见不合更是家常便饭。说他打算继承家业，对他来说不啻于一种羞辱。

“对不起，我开玩笑的。”林巧南连忙道歉，小心翼翼地解释，“我只是担心你耽误了工作。这几天我心里平静了很多，慢慢接受了爸爸不在的事实，工作也回到了正轨，你不用把时间都花在我身上。”

“陪你散心是一个目的。”他笑了笑，表情缓和下来，“另一个目的是想让你先习惯每天看到我，等你习以为常了，就愿意嫁给我啦。”

原来如此！林巧南顿时啼笑皆非，心情略微复杂，“何时结婚”是绕不过去的坎，就连自家亲戚也开始劝说她早日领证为自己找个依靠，还真不能责怪江睦远不考虑她的心情。

“我以为关于结婚这件事我们达成共识了，不设时间表，水到渠成。”

“是啊。”江睦远摊开两手为自己叫屈，“小南，你就把每天见面当成灌水。水到位了，自然就渠成了。”

林巧南说不出话了，她的嘴巴张成“O”形，和圆圆的眼睛构成了萌态十足的表情。江睦远忍不住动了心，突然低下头凑过去亲了她一下。

两唇相触的时间极为短暂，可能不超过 0.1 秒，但毕竟是在大庭广众之下，林巧南无法淡定。她涨红了脸，快速朝前走了两步，和他拉开距离。

江睦远很快追上来，彼此间的距离又缩短了。

“林巧南，你居然嫌弃我！”他捂着心口装模作样地指控她。

“拜托，你这么大个子的人对我撒娇，你的良心不会痛吗？”她白了他一眼，接着视线低垂，害羞地表示，“我不习惯在外面秀恩爱。”

“我情不自禁。”他没有道歉，反而认为自己的行为并无不妥，“相爱的人，随时随地都想把感情告诉对方，我觉得真情流露不应该受限制。”

她反应极快：“万一其中一方不适应呢？比如我。”

江睦远以为林巧南存心抬杠，好心情一扫而光，阴郁在心底迅速堆积，他想反问她不适应的背后是不是“不够爱”？

“你要是不喜欢的话，以后我不会再这样了。”深思熟虑之后，从他口中冒出的字词组成了彬彬有礼的一句话。

他的神态、语气里透出的生疏惹得她不乐意了，她停下脚步面对江睦远，一副要把话说明白的架势：“江睦远，你什么意思啊？我只是陈述客观事实，告诉你有时候需要照顾别人的想法，你口气那么冲干什么？”

他承认确实带了一点小情绪，可是远远不到会被指责的程度，她倒是有些小题大做。

江睦远看了看四周，临近商场关门的时间了，保安在催促大家尽快离开，没人注意到他们在闹别扭。他松了口气，放低姿态道歉：“对不起，是我错了。你说的是，我考虑得不够周全。”

他的“认错”让她没了脾气，也不好意思再冲他碎碎念叨此事，而且还反思自己的反应是否过度了，是她心里有愧，所以才对他横挑鼻子竖挑眼，巴不得能找点错出来让自己好过一些。

“我也有错，刚才的态度比你更差。”

本来就是一桩因沟通不良引发的小争执，两人各退一步不失为完美的解决方案。

“我们就此翻篇吧？”江睦远提出建议，“以后也是，有什么不满就痛痛快快说出来，吵完算数，别再放心上。”

“我爸也说过类似的话。他说以前和妈妈吵完架就搞冷战，害得她郁结于心，最后癌症复发。”她撇撇嘴，紧咬牙关不哭出来，“将来我们组成的家庭，要避免犯同样的错。”

她的父母皆已去世，是非曲直不需要也轮不到他做出评价。

“嗯，我们快走吧，保安要赶人了。”他转移了话题。

他们走出商场，站在晚上十点的街头，依旧是车水马龙灯火通明。上海的夜晚有着不输白天的热闹和喧嚣，以及只属于自我的孤独感。

有些事江睦远说不出口，即使林巧南再善解人意也不行，感同身受只是说来简单。

“小南，我一定会让你幸福。”他握住了她的手。谢天谢地，幸好她没把“牵手”也加入公众场合禁止行为的列表。

林巧南不断提醒自己保持镇定，握在他掌中的手千万不要因心虚而发抖。他说会给她幸福，可是她不一定能让他得到幸福啊！

江睦远的车送去保养了，他叫了一部专车送她回家，两人坐进后排车座，他突然问道：“对了，冷记者的朋友给出结论了吗？”

前一天用超感看落日之后，林巧南也关心过此事，冷岳阳如是答复：“我朋友的舅舅这几天没空，她说会再去问一下。”

她将冷岳阳的回答复述给江睦远，他淡淡应了一声，再次重申：“有结果了一定要告诉我。”实则他早已问过吴韵诗，碍于不能让林巧南知晓两人背后搞的小动作，必须假装不知情，“若实在没空，托我老爸的朋友也可以。”

“再等等吧，反正现在着急也没什么用了。”她的心态宛如等待判决，能拖一天是一天。

“嗯，毕竟已经拜托了别人，中途再说不要，冷记者也会为难的。”

林巧南勉强笑了笑，控制不住打了个哈欠。江睦远伸手搂过她，让她把头靠在自己肩膀上，轻声说道：“你睡一会儿，到家了叫你。”

她合上双眼，含糊应道：“好。”很快，意识流浪去了远方，她睡着了。

他温柔地亲吻她的发丝，默默地对那个已经远行的男人发誓：您放心，我会守护着她，一直！

行至林家附近的超市，林巧南自动醒了过来，她离开江睦远的怀抱，转头望了一眼窗外的景观，惊呼道：“啊，竟然快到了，我到底睡了多久呀？”

“没多久，不过睡得很熟，还打呼了。”话音未落，前面的专车司机忽然笑出了声，可见江睦远所言非虚。

好丢脸！林巧南双手掩面，沮丧得不想说话了，只听他又道："看你睡得那么香，本来想到了门口再叫醒你，你居然自己先醒了。"

"我坐公交车每次到这一站就自然醒。"她从手掌后露出半张脸，眼中流露淡淡的伤感，"我爸也是这样，他常说我俩自带GPS定位，一到超市就醒了。"

江睦远叹了口气，抬手摸摸她的头。接下来的路程两人齐齐沉默，直到她家楼下，他才试探地开口道："我送你上去吧。"

她一只手正在开车门，闻言回过头看了他两眼："不用了，就六层楼，我闭着眼睛也能走。"

他觉得林巧南不是不懂，而是委婉地拒绝了自己。他用微笑掩盖了失望，柔声说道："晚安，明天见。"

"晚安。"

车门关上，清脆的声音却似在车厢内回响。江睦远放下车窗，看着通往六楼的声控灯次第亮起，然后倏然熄灭。

最后，关门的响声同时震亮了整栋楼的灯，六盏灯一齐闪亮，橘色的灯光映入江睦远的眼眸，温暖着他的心。

林巧南明白江睦远的暗示，她有过一刹那的犹豫，最终还是没有妥协。阻碍她向前迈出去的因素，一方面是严格的家教，另一方面则是感情的深浅。

和结婚一样，"性"也应该是水到渠成的一件事。若两个人的心灵高度契合，自然可以在交往阶段将关系升华到新的境界。可是现在，她并不觉得自己做好了准备。

回家第一件事，林巧南打开卫生间的小窗观察楼下，送他们回来的那辆车正在想方设法倒出去，江睦远站在外面，用手势指挥司机调整方向盘。

她缩回脑袋，唯恐江睦远抬起头望见自己，倘若被他误会为依依不舍，也许就难以拒绝"留宿"的请求了，还是不要节外生枝为妙。

离开卫生间，林巧南打开了父亲房间的门。她原计划今晚画一张纪念画，结果又被江睦远的约会打乱了。好在"五七"是下星期一，她有足够的时间完成，问题在于她有没有勇气进行到底。

按以前的习俗，每隔七天要为逝者做一场佛事，至七七四十九天而止，称为“断七”，意味着亲属的服丧期结束，生活将重新步上正轨。林巧南记得外婆过世那年家里还是如此操办，她和父亲连续去外婆家拜祭了七周，没想到隔几年习俗竟然简化了，只要过了“五七”就算是断七了。

林巧南打算把家庭成员的合影画成图画，在最后一次仪式上烧给父亲，让他在天之灵接收到自己的心意——她永远不会忘记他们，也一厢情愿地盼望着终有一天全家人能在天上相聚。

在这个家里，视线所及之处是没有合照的，一家四口齐齐整整的合影还停留在林巧南六岁的时候，它被夹进了相册，很少有机会面世。林巧南拉开斗柜的抽屉，最上面是一本丝绒封皮的相册，散发着 20 世纪的古老气息。

这本相册来自 1990 年，为了她和林健辉的出生而准备。那些年拍摄全家福是年度大事，一家人得穿上新衣去照相馆留下合影，拿到照片通常在一个礼拜之后，她和兄长两人总是争论谁笑得更好看。而父母就在一边做和事佬，笑眯眯地说：“你俩长得一样，笑起来也一样好看。”……点点滴滴的欢乐止于 1996 年，即使她后来考上重点初高中也没能让父母高兴起来，因为每个人都存着同样的心思——如果那个人还在，他也会考上吧。

她打开相册，照片根据年份精心排列，六岁那年的全家福很快就翻到了。林巧南拿出照片就把相册放回原处，她不敢再往后翻，父母的照片贴在后面，多看会伤心。

她拿着照片回到卧室，在书桌前坐下，温暖的灯光铺满桌面，在照片上造成微微的反光。林巧南调整了角度，想让自己看得更清楚一些。林振华英气勃勃笑容爽朗，长相秀美的李裕芬笑得含蓄文雅，两个粉妆玉琢的孩子则是一贯咧开嘴露出八颗牙齿的大笑。彼时的他们不知道命途多舛，离别很快就会到来。

林巧南觉得人生最难的是回头看，那么多遗憾和悔恨留在身后，让她对未来也丧失了信心。她总觉得自己这一生早就写好了结局，并且因为压根儿没人指点她努力的方向正确与否，所以多半也是在做无用功。她改变不了任何注定的事，亲人的死亡，她一个都阻止不了，只能眼睁睁看着悲剧发生，然后默默承受。

林巧南泄气地拿来纸和彩笔，准备复制照片。

她大可以扫描或翻拍旧照片，再打印出来也是一样，可她觉得一笔一画才能将心意传达给逝去的人，她宁可慢一点，用纯手工的笨办法去实现。

林巧南用手机扫描了照片，发给“海中一粟”，她写道：“老爸，我决定把这张合照画出来，下星期一烧给你，拜托你们千万不要忘了我。”

前一天的实验代表着他们的情感联系更为紧密了，以往必须靠同时流泪才能触发的超感，现在当她和他默念对方的名字时，同样可以连接成功。这是一个巨大的考验，当见面变得轻而易举，反而促使他们更加慎重地做出决定。

冷岳阳没有出现，直到她眼睛酸涩哈欠连天，扔下笔往床上躺倒，他还是没出现。

今天是星期五，他大概在约会吧。

林巧南又打了一个哈欠，原本还想琢磨一下为何今晚他不愿见自己，此刻累得根本不想动，哪怕只是用超感偷偷观察。

我们本来就不是对方的义务！她说服自己，立刻入睡。

那一边，冷岳阳房间里敲击键盘的声浪一刻不曾停止过。夜深人静，机械键盘发出的“咔嗒”声宛若催眠曲，然而对坐在屏幕前的男人来说，一行行文字随之在眼前出现，那声音就如同天籁了。

冷岳阳收到了林巧南发来的信息，按照平时的做法，他会立刻用超感去安慰她。可今晚不知为何，他停下来先思考了几分钟，愕然发现两人的羁绊已经深不可测。

“不行，冷岳阳，你不能去！”理智阻止了他。

“你已经失败了！趁现在还来得及，不要让她对你产生依赖心理。”

他对她有了依赖感，不，说是依恋感或许更为准确。存在于两人之间的超感，互相安慰扶持共度的时光，在他心中所占的分量越来越重，冷岳阳的男女经验比林巧南丰富得多，他自然明白再往前走就是万劫不复的悬崖。

她有了江睦远，那个她父亲也认可的结婚对象，她和他在一起才可能拥有幸福。

冷岳阳给不了林巧南未来，他自己对未来也无甚期待，完全没必要连累别人。

他对她的感情，只能留在小说里，绝对不可以打扰她，这是冷岳阳对自己的命令。

夜已深沉，冷岳阳依旧在电脑前。温暖的灯光照在俊美的脸上，他的脸上写满了温柔。

5

星期日上午，电话铃声将冷岳阳从梦中惊醒，他咕哝着翻了个身，脸继续埋在枕头里，一只手伸出毛毯向床头柜摸索。

抓到了手机，手指熟练地滑过屏幕，冷岳阳接通了电话。

“喂，哪位啊？”他闭着眼睛问道，尾音拖得很长，一听就是懒洋洋没睡醒的感觉。

“冷岳阳，我是吴韵诗。舅舅那里有结论了。”手机里传来明媚如阳光般的声音。

冷岳阳猛地睁开眼睛，一骨碌坐了起来：“他怎么说？”连声调也发生了变化，从方才的慵懒变为精神百倍。

吴韵诗的声音消失了一会儿，从手机里传来她和客人打招呼的对话声。他耐心地等候着，大概过了半分钟，她的声音重新回到他耳边：“你能安排我们会面吗？我觉得当面和你朋友说比较好，免得你再转述一次。”

冷岳阳愣了愣，下意识地问：“为什么？”

“生这种病的人说不定有些疑神疑鬼，由我这个外人告诉他，感觉会更加可信，你认为呢？”吴韵诗来了一个反问。她琢磨了好多次如何解释自己的动机，总算想出了比较令人信服的说辞。

他沉默了几秒钟，然后给出了答复：“好吧，我来安排。不过吴韵诗，能不能先剧透给我？”

她短促地笑了一声：“这么明显的事，还用得着剧透吗？病人不一样，当局者迷，大多数人都希望能有其他选择。”

“有道理。”尽管心头掠过一丝疑惑，冷岳阳仍然接受了吴韵诗的说法。他压根儿不会想到她与江睦远组成了联盟，公布答案的那天，自己和林巧南的秘密也将大白于天下。

“吴韵诗，谢谢你。”

“朋友之间那么客气干什么。”她的语气爽朗又大方，完全心无芥蒂的样子，“我先忙了，等你通知。”

“嗯，我会尽快给你消息。”

和冷岳阳的通话结束后，吴韵诗即刻给江睦远发了一条消息：“我这边在等他安排，应该没问题。”

不到半分钟，他的回复出现在屏幕上：“我也说好了，到时候依计行事。”

吴韵诗放下手机，她的表情有些高深莫测。冷岳阳也好，江睦远也好，他们共同的目标都是为了让林巧南从丧父之痛中走出来。那个女人到底何德何能，居然吸引了两个优质帅哥！

又有客人带着宠物进门了，现在不是考虑这些事的时候，她没有任何男人可以依靠，所以每一位客户都是衣食父母，必须小心伺候。

吴韵诗深深吸了口气，压下心底的妒火，堆出了笑容。

被电话吵醒后，冷岳阳睡不着了，索性起床洗漱。他一边刷牙，一边思考见面详谈的日子放在哪一天更稳妥。明天是“五七”，冷子荣和林振华离世第三十五天，按现在的做法就可以算断七，意思是亲属的服丧期结束了。

在断七之前让她确定自己没做错选择，看上去再没有更好的时机了。问题是时间比较紧张，吴韵诗周末最为忙碌，预约几乎排满了全天；林巧南也说过最近和江睦远天天见面，她不一定能抽出空来；况且自己晚上同样要回家准备从半夜开始的仪式，实在过于匆忙了。

还不如等事情忙完，大家都定下心来再说，他很快做出了决定。

洗漱完毕，冷岳阳来到楼下的公用厨房准备早餐。管理员老六巡楼完毕回到一楼，路过厨房时正巧与他打了个照面，他赶紧举起牛奶杯招呼对方：“老六，要不要一起？”

“都几点啦！早吃过了。”老六拍了拍手腕，仿佛并不存在的手表能告诉冷岳阳现在的时间似的。

“这一圈逛下来就消耗得差不多了，来一片烤面包补充下体力。”说着，冷岳阳从吐司机里夹出一片焦黄的面包片，放在盘子里推给老六。

“来吧！”他惆怅地笑了笑，“等我搬走之后，想吃也吃不到了。”

老六一言不发地接过盘子，冷岳阳和他一样喜欢爽脆的口感，这一片俨然已是面包干了，他迅速吃完，窸窸窣窣掉落了不少面包屑。

“牛奶不要吗？”冷岳阳再度举起了杯子。

“我有乳糖不耐症。”老六摇头拒绝，他走向水槽，洗干净盘子放进沥水篮。

冷岳阳露出恍然大悟的表情：“认识你这么久，从来不知道。”在他生命中出现的大部分人莫不如是，看起来是朋友，实则对各自的生活一无所知。这样一想，林巧南实在是特别的一个人。

“又不是值得炫耀的事，不知道是正常的。”老六语气淡然。相比于一般租客，冷岳阳和他已算得上关系亲近了，很多人连他叫什么都不清楚，常以“喂”字代替。

冷岳阳哈哈一笑，说道：“还好，乳糖不耐症不妨碍喝酒，我走之前，找一天请你喝酒。”

老六请冷岳阳喝过一次酒，就在他办完冷子荣葬礼回来后不久。当时老六一句多余的话都没说，两人就着花生米、小龙虾喝光了一瓶白酒，对方才拍拍他的肩说道：“兄弟，你得好好的，让走的人安心。”

冷岳阳不曾告诉任何人父亲离世的事，所以他理所当然地为这顿酒背后的原因感到吃惊。

“你，你怎么……从哪里知道的？”他结结巴巴地问。

“前几天你回来拿东西，我看到了你手臂上的黑纱。”

他感受到莫大的支持，酒意上涌，藏在内心深处的悲伤一同被搅起，面上露出几分勉强的微笑，难过不已地说道：“谢谢，你放心，我不会让我爸担心。”

他们后来再未提过此事，不过这份情冷岳阳始终记着。月底他搬出去之后，再见面的机会就不常有了。

“好。”老六爽快地答应，他看了一眼优哉游哉啃着面包片的男人，沉吟道，“今天差不多该是五七了，代我拜祭一下伯父。”

也是在那次酒后，老六告诉他冷子荣很久以前曾经来过一次公寓，给管理人员送了一些自家种的无花果，拜托大家平日里多多关照冷岳阳，临别之际却千叮咛万嘱咐绝不能让他知道自己来过。

“我嘴笨，除了‘节哀顺变’也不知道能说啥，我只觉得伯父就算走了，他的在天之灵也一定会继续关心你的。”老六当时如此安慰他。

“嗯，我代爸爸谢谢你。”冷岳阳放下盘子，正儿八经地道谢。但凡听到别人提及父亲，他必定收起玩世不恭的态度，以一种庄严肃穆的神情应对。

三十五天，遗憾一分都没减少，只是现在的他，尝试着与它和平共处了。

冷岳阳又一次用超感出现在林巧南面前，在星期一中午十二点过后。

两人皆表情怅然，一直以来支撑自己到今天的未竟事项终于结束了，仿佛突然间不知该往何处去了。

冷岳阳朝林振华的遗像三鞠躬，这些日子他将对方手机相册里的照片一张张看过。看得出林振华是一个非常热爱生活的人，除旅行途中所见的风土人情之外，不起眼的花花草草亦能入他的镜头成为主角。相比之下，冷岳阳禁不住又为自己父亲伤感，冷子荣的生活基本是以工作和他为两个圆点画圈，根本就没有“自我”存在的空间。这一生，父亲过得实在太委屈了。

“我爸很早之前说过将来要海葬，我决定尊重他的愿望，上个星期打电话登记了，这是我能为他做的最后一件事。”林巧南轻声说道，“我明白的，他不喜欢困在一个地方，海水能带他去往世界各地。”

冷岳阳最近也在考虑是让父亲入土为安还是选择更为环保的海葬。冷子荣本人万万没想过这么早就撒手人寰，自然不会像林振华那样提前交代身后事，冷岳阳只能从很久以前冷子荣看到墓地涨价的新闻后所做的评价来推测父亲的态度，记得当时他说过“没意思”。今天林巧南竟然主动提到了此事，令他觉得或许有天意，是父亲在冥冥之中为自己指点迷津。

“干脆我也替老爸登记海葬吧。反正我将来不结婚不生娃，等我死了就没人为他扫墓了。”他一脸淡定，接着笑了笑，补充道，“我爸没出过远门，今后要麻烦伯父了。”从林振华的朋友圈了解到的情况来看，她的父亲肯定不会拒绝被“麻烦”，他真的是一个热情友善的好人。

林巧南点点头，侧耳倾听厨房的动静。江睦远特意请了假陪她，这会儿正在张罗两人的午饭，她不能让他察觉到怪异。

冷岳阳明白时间不多，便长话短说阐明来意：“吴韵诗的舅舅给出结论了，明天下班后有没有空见面聊一下？”

林巧南心跳漏了一拍，她的神情明显紧张，透出内心的不安。见状，冷岳阳又开口说道："她知道伯父和我爸是同天走的，你不用担心她会说奇怪的话。"

她不好意思地笑了笑："我六点下班，徐家汇、静安寺或人民广场都没问题。"

"那就徐家汇吧，18 ：40 应该都能到美罗城了。"他迅速比较了几个地点的交通情况，徐家汇无疑最为方便，无须换乘即可直达。

"好，明天见。"

房间外面，江睦远刚巧端着两碗饭走到餐厅，他听到了她的声音，第一反应是她在打电话，然而一瞥眼却发现她的手机搁在餐桌上。心念电转间，他很快回想起她曾经出现过类似"幻觉"的行为，不觉惊出一头冷汗。

他快步走进林振华的房间，林巧南回头看了一眼，问道："开饭了？"她表现得十分正常，没有丝毫异样。

"你在和谁说话？"他直接发问，并且不准备再给她逃避的机会，"我听到你说'明天见'。"

林巧南不慌不忙地答道："哦，是冷岳阳。他说朋友那里有消息了，约我明天下班后到徐家汇见面。"

"你的手机在桌上。"他指出疑点。

林巧南叹了口气，撩起覆盖耳朵的头发，给他看自己佩戴的蓝牙耳机。为了应对旁人的怀疑，她和冷岳阳都特意购买了蓝牙耳机，果然派上了用场。

"不然你以为我怎么通话呀？"她将他一军，顺便洗脱嫌疑。

江睦远一愣，她的反应出人意料，竟然没有半分心虚，他不由得心生犹豫，毕竟自己的假设不合常理，她矢口否认的话，他一点办法都没有。

"我以为你有了超能力。"他忽然换上调侃的语气，似笑非笑，"比如不需要通信工具就能和对方联络。"

她瞪大眼睛，脸上的惊讶有一大半是真情实感的流露。她觉得江睦远或许是猜到了什么，否则他的玩笑话何以如此接近实际情况？

"拜托，你这是看多了漫威和 DC 的后遗症吧，世上哪有这么多超能力者？"左思右想之后，林巧南仍然选择保密，这件事还牵连到另一个男人，她不能擅作主张。

林巧南口风甚紧，看来从她这边下手不可能成功。江睦远遂打消了深入挖掘的念头："明天我和你一起去，当时说好的。"

她当然记得答应过他的事，正要开口问他明天是否有空，这会儿就先被抢了话头了。

"嗯，约了18：40，美罗城碰头。"说完这些话，林巧南猛地抬头望向父亲的照片，深深抽了口气，"万一……"

他打断了她的话："没有万一，手术肯定是唯一的选择。你也不想眼睁睁看着爸爸等死吧。"

她的理智十分清楚江睦远说的就是事实，但手术的失败无法令人释怀。她常常自忖假如当初放弃手术的方案就好了，知道一个人的生命进入倒计时，她势必会好好珍惜剩下的时光，努力创造能够温暖余生的回忆。而不是像现在这样，什么遗憾都来不及弥补，什么愿望都来不及实现。

"要是不做手术，难道指望一个像我拳头这么大小的肿瘤平白无故自动消失吗？总有一天爸爸会因为它受更多的苦，你忍心啊？"

道理她都懂，奈何放不下就是放不下。林巧南讨厌软弱的自己，可是从另一方面看，正因为拥有情感，才会在失去所爱后变得脆弱不堪。

她连续叹了好几口气，闷闷不乐道："我不是不明白，就是一口气堵在胸口，不上不下，难受得很。"

江睦远走过来，将她拥入怀抱。他抱得很紧，好像生怕她想不开。两人久久无言，好一会儿才听到他伤感的声音："小南，无法改变的事只能接受，你放过自己吧？"

轮到林巧南沉默了，她不想草率地给出承诺，有能力做到才可以答应他。良久，她缓缓点了点头，一字一句道："从现在开始，我会好好活下去。"

江睦远腾出一只手，伸向书橱上方她三位家人的遗像。

"这也是他们的期望，你要一直记着。"

林巧南搂着他的颈项，含泪笑道："我知道啦！肚子好饿，可以开饭了吧？"

"饭菜早已备下，就等你喊'饿了'。"江睦远也笑了，拉着她走回餐厅，"下午去不去看电影？"

"不行，我要回去上班。"林巧南端起饭碗，扒了一大口米饭塞进嘴里，声音立刻变得含混不清，"我只请了半天假。"

江睦远一脸意外："我以为你会请一天假。"

林巧南叹着气把饭粒咽下去："你不知道那个姓王的家伙有多难搞，他每个星期一下午肯定会进公司，我得回去逮他，否则天晓得什么时候能凑巧再抓到他。"

王硕博完成任务似的给林巧南发了十几张库存表单，对于她新提出的问题一概不理。她差不多每天发一封邮件催问，然而就像石沉大海一样杳无音信。

"怎么了？"难得她主动谈起公事，他自然要表现出相当大的兴趣。

"有个销售负责的十几家经销商，每一家的库存和销量都对不上，我怀疑他们串通起来伪造了销量。"

江睦远深知业绩对销售的影响，即便林巧南掌握了确凿的证据，这件事她一个人也扛不下来。

"你有没有告诉 Calvin？"

"还没。这不正打算再堵他一次嘛。"她有自己的考量，张峰是自己能打的最后一张王牌，轻易不可出动，"而且这些经销商几乎都挂在伯父的平台下，你看要不要和伯父说一声，提醒他加强监管？"

他皱起了眉头，神色凝重："我爸只是康健的股东之一，不清楚他是否有权限插手管理上的事。暂时还是不要让他知道，等你们公司内部调查清楚再说。"

林巧南想了想，认可了他的意见："倒也是，等我先逮住姓王的查清楚。"她摩拳擦掌、干劲十足的样子让江睦远放心了不少。

就算是寄托吧，工作卖力一点总归没有坏处。

"加油，为你打 call。"他突然凑过去，在她额头亲了一下。

"谢谢。"她看着俊美的男人，心头泛起阵阵温暖的涟漪。

不管发生什么，他都没有离开。以后，她要全心全意对他，从今天开始！

6

星期二下午，林巧南终于在王硕博踏进公司大门后不久截获了他。两人上演了一场宛如间谍片的攻防战，他更改了进公司的时间，而她则找来韩少杰帮忙，一接到通风报信就立刻穿过整个办公室赶了过来。

"Mark，你真是大忙人，难怪每个季度业绩排名你都靠前。"她没有明说对方故意躲避自己，先恭维他业务繁忙。

王硕博心中懊恼，面上维持着和气的笑容，唉声叹气道：“没办法，做销售就是命苦，要打点经销商，又要常常跑医院和医生维持交情。哪像你们坐办公室的，轻轻松松照样拿薪水。”

她假装没听懂他的嘲讽，微笑的表情纹丝不动：“大家各司其职，出发点都是为公司的利益，按照老板的话就是每个人都是不可或缺的。”

王硕博笑了笑，没再接她的话。他呷了一口茶，慢悠悠地咽下去润了润嗓，然后开口问她：“今天你又找我，是为了什么事啊？”

“你发给我的库存表和销量表还是存在差异，我发了几次邮件给你说明过，可你一直没回复。”

他瞥了她一眼：“那你想怎么样？”

“我列出的存疑批号需要重新盘库存，这次我们一起去。”她特意用了强调语气，暗示不再相信他了。

“现在是第三季度冲销量的关键时期，我没空陪你浪费时间。”王硕博态度一变，强硬地拒绝了她。

林巧南碰了一鼻子灰，只好撂下狠话：“你不肯配合是吧，那就等着我汇报给上级。”

他头也不抬，眼睛看着屏幕回邮件，冷冷地回复两个字：“随便。”

林巧南气不打一处来，可是面对这种油盐不进的狠角色，她一时也想不出该怎么对付，愤愤不平地转身离去，在茶水间附近被韩少杰追上了。

“Lynn，我觉得是时候告诉Calvin了，以你的职权根本压不住Mark，这件事需要部门老大出面解决。”

她咬着嘴唇若有所思，压低嗓门道：“我觉得有可能他打算在这个季度奖金到手后跳槽，所以能拖一天是一天。”

“那后面接手的人就惨了，等于每家都得重新盘库存，核实过去的销量。”韩少杰转做销售之初遇到过类似事件，好在他只有一两家经销商的库存和销量对不上号，还不算“最凄惨”。

“我一会儿就写邮件告诉Calvin，Mark的态度太差了，不查清楚我咽不下这口气。”她的怨怼情绪一半源于工作，一半出自父亲手术失败后始终未曾纾解的郁闷。

与韩少杰分别后，林巧南抱着电脑进了一间小会议室写邮件。王硕博负责的经销商总共十三家，有问题的销量对应的金额接近三百万人民币，的确，这个金额远远超过了她的职权。

邮件发出去不久，张峰在内部通信软件上问她在哪里。

“我在‘佘山’。”她打出四个字，公司最小的会议室以本土的山命名。

张峰很快推门进来，他的眉头紧蹙着，一脸烦躁：“Lynn，这个王硕博简直岂有此理，居然敢不把商务部放在眼里！”

显然，她写在邮件末尾的那几句话成功地勾起了上司的不满。

“老大，我人微言轻，所以人家不把我当一回事。你就不一样了，和销售部老大谈谈，保证吓得他立马投降。”

“行，这口气我帮你争回来。”张峰打开手机查看日程表，公司 IT 部门推出了一个新应用，可以同步 Outlook 的会议到手机自带的日历，一经发布就迅速成为下载量第一的内部应用。可见，会议真多！

这个应用同时也能查看互相关注者的会议安排，张峰一边打开 IC（Interventional Cardiology）部门经理的会议列表查看，一边问她：“四点半 Warren 有空，可以找他开会。你来得及准备报告吗？”

今天下班后有约，万万不可被冗长的会议拖住。林巧南咬着指甲盖，一脸为难：“老大，我今天有很重要的事，不能加班。”脑海里闪过各种借口，最终她决定据实相告，“有个朋友帮我打听到一些和手术有关的情况，约了下班后见面。”

起先张峰面有不悦，直至听到她说手术，神色终于和缓下来：“我知道了，那你把报告完成后先发给我，我和 Warren 再约时间谈。”

他没有表现出怜悯，语气好像正常安排工作那样淡然。这份体恤让林巧南十分感激，她的本意也并非博取同情。

“谢谢老大，我争取明天中午前完成。”

张峰走到门口，推开门的同时又转回半个身体，朝她竖起了大拇指：“Good job.（干得好。）”稍稍停顿，他再补充一句，“Good luck!（好运！）”

林巧南心里“咯噔”一下，突来的紧张感让她的胃部抽痛起来，她捏着拳头顶住胃部，用心理暗示法对自己一遍遍默念：“不痛，不痛，一点不痛。”要是，万一没有 luck 怎么办？

美罗城与太平洋电脑城毗邻，在十几年时间里和斜对面的港汇广场一直是徐家汇的地标建筑。时过境迁，新的 Shopping Mall（购物广场）不断带走追逐新鲜感的年轻人，美罗城的巨型玻璃球体外观也渐渐显得陈旧了。

吴韵诗和冷岳阳在六点半就到达目的地了，两人坐在一层的歌帝梵店铺中，一人拿一个黑巧克力冰激凌甜筒，望着外面人来人往。

“我们的位置，你告诉她了吗？”吴韵诗看他心不在焉的样子，于是发出声音找回存在感。

冷岳阳的视线回到她的脸上，他进门之前先用林振华的账号在朋友圈发了一条只有林巧南可见的动态，那是一张歌帝梵的门面照片，标志非常显眼。

“我发了定位。”他正刷着大众点评 App 看附近的餐厅，转而一想今天的主角是吴韵诗，该听听她的意见，“你想吃什么？”

“美罗城我好久没来了，随便。”她的回答又是屡见不鲜的“随便”二字。

平心而论，吴韵诗的“随便”倒是真的代表“我不挑剔”的意思。冷岳阳没有和林巧南单独吃过饭，但想想她为人处世的风格，八成也会以“随便”来应对，所以选择哪家店终究要由他决定。

“到时候找一家不用排队的。”他的心思今天全然不在“吃”上，便用了最松懈的法子——看哪家人少。

18：40到了，吴韵诗首先在人头攒动的商场看到如鹤立鸡群的江睦远，她假装惊讶地“咦”了一声，说道：“那个，那个人是……”

“江睦远，我们在外滩见过他。”冷岳阳以为她想不起来，好心地指点迷津。他没想到江睦远会出现，先是有些意外，接着又觉得在情理之中。

人群分散开来，林巧南的身影映入冷岳阳的眼帘，她穿着一条米白色的衬衫裙，在商场强烈的灯光照射下，整个人白得发光。

两人快步走到近前，江睦远率先打了个招呼：“冷记者，小南和我说了是你主动提出帮忙，真的麻烦了！非常感谢！”

“江先生，客气了。我和林小姐后来碰巧在地铁站又遇到了，我忍不住打听了一下详情，其实也算是记者的职业病吧。”冷岳阳轻轻一笑，伸手将身边的吴韵诗推到前面，“功劳苦劳都得算她头上，她的舅舅是骨科医生。”

“吴小姐，谢谢你。”林巧南上前一步，朝吴韵诗伸出了手，脸上带着讨人喜欢的微笑，嘴角弧度向上弯起三十度——那是她向初次见面者表现友善的标准笑容。

严格意义上她们并非初次相见，然而外滩那一夜两人不曾有过直接交流，怎么都不能算“认识”。

吴韵诗伸出手和林巧南握了一下，爽朗地笑道：“不用客气，你和冷岳阳是朋友，相当于就是我的朋友了。”她飞快地看了江睦远一眼，神色坦然。

“大家不会是想站着聊吧？”江睦远插话进来，笑眯眯地揶揄冷岳阳考虑不周，“冷记者，饭点时间约人见面，好歹先找一家餐厅订个座呢。这会儿正赶上吃饭高峰，估计每一家都要排队了。”

要说江睦远有意嘲讽，他的表情看上去又不像这么一回事。冷岳阳无奈地笑一笑，忍下了这口气：“确实，怪我考虑得不够周全。”

吴韵诗掩嘴轻笑，加入调侃冷岳阳的阵营：“他原来打算哪家人少就去哪家来着。”

“其实是我和他说的，不知道会不会临时加班，让他先不要订位置，到了再看。”林巧南一向把冷岳阳当成“盟友”看待，当面目睹他被人夹击的场面，自然要出声解围。况且在她看来有没有预定位置根本不算什么大事，有必要冷嘲热讽吗？

她的解释出乎众人意料，瞬间造成了冷场。好在冷岳阳反应够快，马上接了话，说道：“你确定不了时间只是一部分原因。最主要今天不是周末，外出吃饭的人没那么多，我就琢磨着索性等到齐了再投票决定去哪家。”林巧南的维护让冷岳阳既惊讶又感动，可是场合不对，他不能向她表达谢意，只好克制住内心的澎湃，冷静地说出上面这番话。

江睦远感觉自己好似被林巧南当众扇了一巴掌，他瞥了眼冷岳阳的脸，从对方眼里藏不住的笑意可以想象他有多得意。不过大庭广众之下自己不能表现出任何不快，江睦远只得深吸口气，暂时抛开心里的烦闷，笑道：“没决定反而正好，我朋友在附近开了一家私房菜馆，不如大家一起去捧个场，我做东。”

“好啊。”林巧南立刻举手表示同意。她已经意识到方才的发言有失妥当，一心想要弥补。

他们三人暗流涌动，吴韵诗站在局外人的立场看得一清二楚。如她所料，冷岳阳陷进去了，尽管他本人死鸭子嘴硬不肯承认，奈何细微的表情骗不了旁观者。

她对林巧南在羡慕嫉妒之余又带了几分恼怒，皆因对方在自己之后说的那几句话，针对性也太明显了！她的自尊心受到了伤害，论交情她和冷岳阳相识多年，打趣他两句而已，哪轮得到别人指指点点！

“我无所谓，听大家的意见。”她表现出来的样子既大方又得体，将自己定位在“配角”地位。

吴韵诗的表态相当于弃权，即使她投票反对也是一比二的票数，改变不了结果，冷岳阳不得不同意：“我没意见。”他真心不喜欢欠江睦远什么，哪怕只是一顿饭。

“OK，那就这么决定了。”林巧南看了看冷岳阳手提的袋子，正是她在地铁站交给他的购物袋，又指着它说，“X 光片，就让江睦远拿着吧。”

冷岳阳明白林巧南此举意在安抚江睦远证明其地位不可撼动，便合作地递了过去。那个男人得到了她父亲的认可，他争不过。

冷岳阳始终记着自己的“三个月准则”，他生命中来来往往过很多女人，他对她们的热情统统不超过三个月，所以他同样会厌倦林巧南的陪伴，最多只有九十二天。

这是冷岳阳认识林巧南的第三十六天，他觉得“祝你幸福”比“我要给你幸福”轻松多了。

江睦远领着大家前往的私房菜馆位于天平路，从美罗城步行过去大概十分钟，一行四人分成了两组，一前一后朝目的地行进。

吴韵诗与冷岳阳走在后面，她望着前方手牵手的情侣，勉强压下去的怒火又烧了起来。真过分啊，明明和男朋友感情不错，为什么还要招惹其他男人！为了证明自己很有魅力吗？

她充满怒意地瞪了瞪冷岳阳，以他的经验值竟然也会被迷惑，可见林巧南的“绿茶”属性隐藏极深。不过女人在这方面具有先天敏感性，林巧南的“装”骗不了她。

“你朋友好像很淡定，我本来以为她会急着问我你舅舅的结论是什么。”她的声音很低，怕前面的人听到。

“她应该是在担心结论和现实有冲突，还没完成心理建设。”笃定的口吻，无意间泄露了秘密——他对林巧南十分了解。

吴韵诗一脸恍然大悟：“哦，那我错怪她了。”

冷岳阳忽然停下了脚步，特意和前面两人拉开一段距离。他专注地看着她，表情严肃：“吴韵诗，现在可以告诉我舅舅的结论吗？”

她的视线从前方转回面前的俊颜，心平气和地问他：“你认为会有别的可能性？”

被她这一问，他的信心没之前那么充分了，怀疑浮现脑海：难道真的不必进行手术？

冷岳阳闪躲开她的视线，心虚地回答：“我又不是医生。”

“你没想过万一有其他可能吗？”她追问。

他望着林巧南的背影，似乎看到了她背负着的沉重的心理包袱。

“有一个说法叫‘善意的谎言’，如果真相不能帮人解脱，不如就别知道了。”这是他的真心话。若易地而处，他自认没有勇气接受另一种可能，此后余生，被负疚感折磨的话，终是要不得安生了。

吴韵诗若有所思，轻轻一笑：“你尽管放心。”

“嘿，你们快跟上呀。”江睦远准备过马路了，回头提醒时发现他俩掉了队，遂扬起手招呼。

两人赶紧加快脚步走上前，跟着他们一同走到街对面，眼前是一栋带花园的小洋房，看上去完全不像餐厅。

一名风度翩翩的中年男子出来迎接他们，笑容满面地冲着江睦远的肩膀挥了一拳：“好家伙，总算把你给盼来了。”

江睦远微笑着躲开他的第二拳，抬手介绍旁边三人：“林巧南，吴韵诗，冷岳阳。小南是我的女朋友，吴小姐开了一家宠物店，这位冷先生是《申江壹周》的记者。这一位姓周名融，是个喜欢做菜的吃货。”

“大家叫我 John 就行了。”周融和三人一一打招呼，到林巧南时，他特意伸出手和她握了一下，“Kim 以前常常提起你，我开店后一直叫他带你来，现在终于见到本尊了。”

这是江睦远介绍给她认识的第一个朋友，意味着他向她打开了私生活的大门，有条不紊地朝着建立家庭的目标前进着。林巧南没来由地心里一紧，脸上却迅速摆出了得体的微笑：“久仰大名，江睦远经常夸你厨艺了得，听得我就像看《舌尖上的中国》时那样心动。”她从落地窗望进室内，“你的店装修很有品位，好期待接下来会吃到什么呢。”

周融听得大为高兴，递给江睦远的眼神分明在说“你女朋友真会说话”，他哈哈一笑，说道：“那我一定要拿出看家本领，不能让 Kim 丢脸。”

大家跟着他一同走进包厢，房间为中式装修，极具古韵，与此相配的走道和公共区域也都用了花格玄关作为隔断。

坐定后，服务员先给每个人送上一杯迎宾的香槟。冷岳阳看了一眼林巧南，见她似乎心情不错的样子，便在桌下轻轻碰了碰吴韵诗的脚，示意其可以利用上菜前的空闲时间讨论今日的主题。

吴韵诗浅浅啜饮一口金黄醇香的酒液润了润嗓子，接着放下杯子，双手交握抵住下巴开口说道：“我给舅舅看了 X 光片，他说肿瘤长在骶 2 骶 3 神经之间，和排泄系统的神经相连，手术难度很大。”

吴韵诗的话吸引了另外三人的注意，林巧南更是紧张万分，她不自觉地坐正了身体，一眨不眨地盯着对面的漂亮女子，大气都不敢出。

吴韵诗眨巴着眼睛，继续说下去：“舅舅说手术中会有大出血的风险，而且因为手术区域内神经非常丰富，在切除肿瘤的过程中一旦损伤了下肢运动神经，病人可能会瘫痪。”

林巧南从赵主任那里听过相似的论断，甚至在陪林振华求医过程中听好几位专家说过类似的话，她提着的一口气松懈下来，抿了抿嘴唇，面上浮现苦笑：“赵主任也是这么说的。”

“那赵主任有没有说可以不用做手术呢？”吴韵诗接下来的这句话，不仅令林巧南勃然变色，另外两个男人的表情也同样变得震惊无比。她虽然用了疑问句式，但潜台词是肯定的意思。

“吴韵诗，你确定舅舅说过‘不用动手术’之类的话？”冷岳阳使了个眼色暗示她赶紧转口风，他不敢看林巧南了，他能够想象这个消息造成的打击有多大。

“对不起，冷岳阳，我没办法用善意的谎言过良心那一关，她有权知道真相。”吴韵诗羞愧地涨红了脸，抢在冷岳阳没回过神之前飞快地说，“舅舅说有药物能抑制骨巨细胞瘤的生长，并不一定现在就要动手术。”

她说完之后，沉默持续了近一分钟，安静得连空气都好像凝滞了一般。

冷岳阳万万没料到自己会被吴韵诗摆了一道，他甚至没办法指责她说假话，因为没有任何证据指向她和林巧南存在过节，不惜用撒谎来“整”林巧南。

江睦远担忧地望着身边的林巧南，她面色苍白呼吸急促，眼眶通红，但没有掉眼泪。

“小南……”

他也不知道该如何安慰她，吴韵诗的话带来的打击实在太大，间接证明他们的求医过程不够到位，手术的决定也做得太匆忙了。

换言之，她的父亲本来有可能不会死。

“善意的谎言？哼！”林巧南忽然冷哼一声，愤恨的眼神直射冷岳阳的脸，“你以为我经受不住再一次的打击吗？我这就坚强给你看！”说着，她抄起面前的酒杯，一仰脖子灌下了整杯香槟。

冷岳阳望着她，他看见他们之间的信任片片瓦解，在晚风中灰飞烟灭了。

Chapter 06
我们结婚吧

1

吴韵诗揭露的“真相”杀伤力巨大，在冷岳阳和林巧南中间划下一道沟壑，最直观的体现就是超感被切断了，他联系不上她了。

那天没等到前菜上来，江睦远便带着林巧南走了，剩下冷岳阳和吴韵诗坐在包厢里。他漠然地看着吴韵诗，冷静地问：“你这么做能得到什么好处？”

吴韵诗继续喝着香槟，慢条斯理地回答：“我没有好处，但对你肯定有坏处，所以我很开心。”

“就为了报复我，你故意歪曲事实说那些话？”冷岳阳的语气发生了微妙的变化，他最先想到的是父亲看走了眼，这个女生岂止不善良，简直内心恶毒！

“我承认那次吻你是我的错，我不该在软弱的时候随便找个人安慰自己，这么做确实很渣，你心里恨我，想报复我完全没问题。可林巧南是无辜的，你说的话会让她一辈子内疚不安！你害了别人，却伤不了我分毫，这算哪门子复仇？”

吴韵诗讥诮地笑起来：“冷岳阳，你究竟是装傻装习惯了，还是真心觉得我傻？”香槟酒杯空了，她放下杯子站起身，慵懒地向上伸展双臂，“而且，你怎么确定我说的就不是真话？假如你们只想听到自己需要的答案，问不问又有什么意义？”

两个反问问得冷岳阳无言以对，他不认识她的舅舅，的确无法分辨哪一句是真，哪一句是假。刹那间，他有了一丝动摇，难道她没有说谎？

不，不能被吴韵诗误导，她压根儿就没安好心，此人所说的话一个字都不可信！理智提醒他切勿心慌意乱。

她看穿了他的弱点，好整以暇地等着再次集火攻击，他不能让她得逞。

“你舅舅在哪家医院？我亲自去问。”

吴韵诗拿起背包，潇洒地往肩上一甩。看着他，她又嫣然一笑，说道：“林巧南应该不会再相信你了，就算你告诉她必须动手术才能切除肿瘤，她仍然会纠结我所说的药物到底有没有用。”

她简直快克制不住内心的狂喜了，憋了好多天放出来的大招果真一击致命！这个计划在冷岳阳明确拒绝她之后正式成型，她甚至瞒住了江睦远。

吴韵诗有自知之明，相比她想要实现的目标，江睦远肯定更加在意林巧南的心情，他绝不会任由她伤害自己女朋友，所以这件事只能靠自己。她默默忍受羞辱，捡起破碎的自尊筹谋反击。她知道利用另一个女人折磨冷岳阳的做法相当可耻，但冷子荣已逝，除了林巧南之外，她实在找不出能让他在乎的人选了，而且今后是否还有其他机会也不好说。摆在她面前的选择只有两个：要么对不起林巧南，要么放过冷岳阳，所以她毫不犹豫地做出了决定。

林巧南今晚早些时候的表现，令吴韵诗彻底放下了歉意，及至此时依然如此。

“我只是遗憾少了点耐性，没忍到最后，可惜这顿饭吃不成了。”她故意叹口气，挑衅地抬起下巴，“你害得我总共伤心了两次，这一次我不过是连本带利地讨回来，我们两清了。”

冷岳阳从小所受的教育是“男人不可以和女人动手”，他即便再生气也不能对她动粗，只好自己郁闷到内伤。

“你可能会害得别人一生不开心，这笔账怎么算？”低沉的声音透出几分阴郁，他的心情糟透了。

“她有江睦远，他自然会想办法。”吴韵诗反应迅速，接着再给他沉重的一击，“只是你，身边又有谁呢？”

冷岳阳沮丧地回到公寓，灯光亮起的瞬间，他无意中瞥见全身镜里的自己，形单影只的模样特别可怜。

“你身边又有谁呢？”吴韵诗一针见血，问得他哑口无言。

冷岳阳在书桌前坐下，他拿着林振华的手机，试图再一次用超感联系林巧南，没有任何反应，他见不到她。

无论超感再如何进化，必要条件之一仍旧是“感应”。一旦某一方将自我封闭起来，拒绝想这件事，或者拒绝再想这个人，另一方再怎么努力也无法连接成功。

林巧南必然受到了打击，那无疑正是她藏在心底最深处的负罪感。她知道手术是有风险的，但当时也没有其他方法，只好铤而走险。孤注一掷的赌局如果换回胜利，那么冒险就是值得的。反之，当事人只能怪自己做出了错误的决定。

林振华在手术台上离世，留在世上的人最为不幸，必须独自吞咽苦果。

冷岳阳曾私下比较过两位父亲的遭遇，林振华在全身麻醉状态下离开人世，仿佛是深度睡眠一觉不醒，本人并不会有多少知觉；冷子荣坠楼的刹那间却意识清醒，他等于眼睁睁地看着自己的生命在消逝，那一刻的绝望心情相比林振华的无知无觉，简直是惨烈。

他们留给生者的痛苦也因此分出了不同。比之林巧南，他可以迁怒于命运，迁怒于造化，迁怒于所有在冥冥之中操控的神明，而她不一样。

冷岳阳颓丧地靠着椅背，躺在桌面上的手机似乎在嘲笑他的盲目自信。他咬咬牙，伸手拿起它进入微信，点开了林巧南的头像，任凭冲动主宰了大脑，不像平常那样发文字信息给她，而是直接选择语音通话。

他不在乎江睦远是不是还在她身边，看到打电话过来的账号会不会莫名惊诧，此刻他唯一的念头就是重新和林巧南建立联系，告诉她自己绝无蓄意欺骗的想法。

铃声响了一会儿，无人接听，但是也没有被人为地挂断。冷岳阳不死心，他再一次拨打，终于等到她接起。

“对不起，我没想到会变成这样。不管吴韵诗的舅舅说了什么，我坚持认为手术是正确的决定，你没有做错。”即使告诉林巧南这是吴韵诗的报复她也不会信，他能做的就是尽量把破坏程度降到最低。

手机那头寂然无声，她还是不肯谅解“善意的谎言”吗？

冷岳阳长长叹了口气，再度开口为自己辩解：“我没有要求吴韵诗说假话骗你，我只是表达了‘善意的谎言有时候比真相更值得’的意思。这件事上，我真的没要求过她什么。”

林巧南依旧默然不语，他难免有些灰心。

“对不起，打扰你了。”说完，他打算结束通话。

“我陪爸爸跑了四家医院，每个专家都说必须做手术切除肿瘤，才有可能降低复发率。”她的声音悠悠传来，因为那边过于安静，显得她好似站在旷野之中，“我不会因为一个医生有不同的看法就怀疑自己，这是不对的。”

悬着的心刚刚放下，又“咻”地提了起来，冷岳阳从传入耳中的话语里发现了一些异样，从她的用词到语气，似乎都有种逼迫自己相信的感觉……他觉得不安，正想着如何开解，她的声音又响起：“我曾经以为接受不了存在其他可能，很显然我低估了自己。”

“这是……真心话？”他迟疑地问。

林巧南短促地笑了一声：“你以为是‘善意的谎言’吗？我骗你干什么？”

冷岳阳悻悻然一笑，这算是被她反将了一军，会开玩笑其实是好事，至少代表她不再生他的气。暖流流进心海，驱散了孤独，他脱口而出：“是啊，我又不是你的谁，你骗我也没意义。”

话语自带暧昧情愫，暴露了删删减减的文字里隐去的感情。不多，却也不少。

沉默突如其来，林巧南不说话了，冷岳阳亦是如此，他不知道该如何接下去，同时懊恼自己的不假思索。

一分钟后，她悠悠地叹口气，打破了静默：“我会好好活下去的，你放心吧。”

一个想法在冷岳阳的脑海里萌芽，迅速长成参天大树。

“林巧南，出发吧！”他没头没脑地来了一句。

“什么？”她没听懂，语气疑惑。

“去你爸爸去过的城市，看看他看过的风景，好好地和他告别。”他对她说道。

“出发吧，去爸爸去过的地方，看爸爸看过的风景，好好地告别！”

这几句话宛若魔咒，时时刻刻萦绕脑海，林巧南不得不静下心来分析可行性。

冷岳阳兴致勃勃地告诉她：“攻略全是现成的，跟着你爸爸的记录就行了。他在朋友圈发的不仅有照片，还有当日的具体行程。”

这些日子林巧南常常回看父亲在朋友圈发布的内容，一一补上从前错过的点赞和评论，她自然清楚他所言不虚。除此之外，她还记得林振华有一本工作手册，每次出发前都会在上面记录事先查好的路线信息。他上次从福建回来后就病发入院，之后再没出去过，这本工作手册应该被他放在专属“旅行”的抽屉里。

她打开了父亲卧室的门。许是心理作用，她越发感到所有的家具都散发出一股死气沉沉的味道，它们的主人再也不会回来了，她和江睦远将来如果结婚成家，也不可能把它们搬到新房，等待着它们的命运就是在时光和尘埃里慢慢地朽坏。

斗柜第一个抽屉收藏着所有和旅行相关的物件，包括被她放进去的手电筒。拉开抽屉，在家庭相册的下面便是好几个档案袋，她顺手拿了第一个纸袋打开一看，果然里面有一本工作手册。

林巧南曾经笑话过父亲“老土”，这年头几乎没有人再用这种20世纪的本子了，而林振华却不以为然，坚持用着她觉得“土”的工作手册。他工作的时候用习惯了，而且家里还有好几本新的，不用就浪费了。

打开工作手册，一张全家福意外地出现在眼前。林巧南吃了一惊，仿若目睹不可思议的怪象，那不正是自己昨日烧掉的图画吗，它怎么会出现？

待她定睛细看，哪里是图画，分明就是冲印出来的照片。她又奇怪了，急急忙忙再翻开相册，里面有同样一张全家福。

难道爸爸特意冲印了一张，就为了出门一直带着大家？林巧南不太相信大脑给出的联想，皆因林振华从未流露过要和她一起去旅行的想法，即使明知她有假期。

她指着照片里的自己笑了笑，别自作多情了，林巧南！老爸只是想带哥哥和妈妈一起去，可惜你这个碍眼的家伙P不掉。

她把照片放到一旁，打开了本子。林振华和李裕芬一样，能写一手漂亮的字，以前他们家包办了左邻右舍的春联，每到春节前兄妹俩就抱着父母写好的春联或福字挨家挨户送。后来，李裕芬没心思再做这件事，邻居们也识趣地不敢再来讨要，她从那一年开始不再觉得“过年”有何乐趣。

本子上的钢笔行书，字体遒劲。她的父亲是个一丝不苟的人，做任何事都不肯马虎，即便是在旅途中。

诚如冷岳阳所言，父亲留下了极为详尽的攻略，她只要下决心出发就行了。

“去吧，去我去过的地方，去看看我看过的风景！”有一个熟悉的声音在对她说。

“叮咚——”

门铃中止了林巧南的遐想，晚上九点半了，会是谁?

她疑惑地摘下对讲话筒，问道：“谁啊？”

“是我。”竟是去而复返的江睦远。

林巧南按下开门的按钮，她打开了房门，倾听着楼道间响起的急促脚步声。他走得很快，不一会儿就冲上了六楼。

“你不是回去了吗？”她记得自己半小时前和他说过再见了。

江睦远举起了手里的袋子：“没回家，我给你带了鸡排。”

离开周融的餐厅时他们什么都没吃，回到家之后他本来想煮碗面给她，结果她却说没胃口不想吃饭。江睦远认为是打击太大所致，于是匆匆忙忙出门去买她平时喜欢的鸡排。

油炸食品的香味勾起了她的饥饿感，林巧南舔舔嘴唇，勉强压下对食物的渴望。

“这么晚了，会长胖的。”她之前确实没有胃口，吴韵诗带来的消息如同巨石一般压在心上，也压住了胃部。

他伸手扯了扯她的脸颊，一本正经地建议：“你再长点肉会更好看，请务必相信我的眼光。”

林巧南接过纸袋，更加浓郁的香味从敞开的口子传了上来。她做了个深呼吸，让香味沁入五脏六腑，由衷地感慨道：“真香啊，活着真好。”

她将鸡排一分为二，给了江睦远一半。他接过去，盯着鸡排琢磨她刚说的话，若有所思道：“你真的不介意吴小姐舅舅的想法？”

江睦远隐隐有些不安，皆因林巧南的表现过于镇定了。她在餐厅发火是因为冷岳阳要求吴韵诗用“善意的谎言”掩盖真实，然而对于主要议题却不置一词。除了胃口欠佳，她似乎没有流露出丝毫悲伤、后悔的迹象，让人越想越感到不对劲。

林巧南津津有味地啃着鸡排，先咽下一口食物再回道：“我们去了四家医院，四位专家都说只能手术，并且放疗、化疗对骶骨部位的肿瘤效果不大，我不可能因为她舅舅的一己之见就怀疑四位专家的话。”

江睦远暂且松了口气。事实上，他一直在后悔，早知结果如此，当时就应该断然拒绝请吴韵诗的舅舅帮忙诊断。逝者已矣，无论他们做什么都不能改变结局，何必给自己添堵?

“你能这么想就好了。”

“嗯，搞不好她舅舅并不是什么正经医生，目的就是推销药品。”

江睦远如释重负，又觉得有必要再劝解一番，于是说道：“小南，我相信爸爸肯定也希望你能早日放下，在他生前你尽了最大的努力陪他治疗，天意如此，他不会怪你的。”

她乖巧地点了点头：“我们去旅行吧。”

话题转变太快，他一时措手不及，下意识地反问：“旅行？”

林巧南三下五除二吃完鸡排，擦干净双手，毕恭毕敬地捧出一本黄褐色封皮的小本本，将“工作手册”四个字转向他。

“这里面全是我爸的旅行笔记，我要去他去过的地方看看。”

出人意料的答复使得江睦远微微一愣。

“怎么突然有这个想法？”

林巧南不是笨蛋，断然不会傻傻地供出这是冷岳阳给她的启发。她晃着手机，表情既严肃又执拗，说道：“我这两天在重温我爸的朋友圈，发现加上他的笔记，就是现成的攻略了。你要一起去吗？”

她不说时间也不提方向，听上去更像一场考验，以此试探他的真心。江睦远当然一口应承，接着再问：“准备什么时候出发，我要提前请假，去哪里？多少天？”

“我想先去福建，爸爸最后一次出行的目的地。”她翻开工作手册，翻到林振华最近一次去福建的笔记，“他的第一站是霞浦，你看上面还记录了潮汐的时间，虽然我不懂有什么用处。”

“去看看就知道了。”微笑回到江睦远的眉梢眼底，他摸摸她的头，动作带着几分亲昵，“你来做决定，我负责陪你去。”

林巧南抓住他的手放到心口上，使他能够触摸到自己心脏的鼓动。

“谢谢你，总是无条件地支持我。”

他低下头凝视她的眼睛，眼里有一抹怜惜：“接下来的人生，我会代替你的家人好好照顾你。”

“好的，那就麻烦你了。”她嫣然一笑，眼睛亮如星辰。

你来我往的对话差不多等于变相承诺，江睦远心中激动不已，额头抵住她的前额，他低低说道：“很晚了，路上不太安全，我留下陪你好不好？”

林巧南翻了个白眼一把推开他，揶揄道：“当然不好！你留下就是我不安全了。”她三步并作两步走到门口，打开房门做了个“请”的手势，“听话，不要胡思乱想。迟早我们会在一起的。”

他知她家教严，本来也不过是半开玩笑的调情，见她赶人，他识趣地朝外走，一边说着“OK，我是个听话的孩子”，一边在经过她身旁时实施突袭，在她唇上飞快地偷亲一口。

“Byebye！”在她出声抗议之前，他打开铁门径直逃下楼。

房门一关上，林巧南的笑容立刻消失，她背靠着门长长地叹气，自言自语道：“总算，结束了。”

她欺骗了江睦远，也骗过了冷岳阳。

那是，善意的谎言。

2

林巧南在电梯里遇到王硕博时，只觉对方扫向自己的眼神相当“内涵”。两人没有打招呼，在轿厢里各自占了一个角落，虎视眈眈，彼此瞪视。到了三十一层，他俩又装作不认识一般出了电梯，前后脚踏进公司大门。

林巧南一路咬着嘴唇，思索该如何形容王硕博的眼神给自己的感觉，直至走到座位，她才准确地给出了定义——那是一种混合着讥笑的蔑视，证明他对她完全不屑一顾。

哼，看你能得意到几时！林巧南一改往常先去清洗杯子的习惯，坐下来打开笔记本电脑登录公司内网，点开邮箱。

她昨晚熬夜了，吃下去的半块鸡排造成了消化系统的紊乱，让她翻来覆去睡不着，好不容易埋起来的悲痛、后悔、怀疑在夜深人静之际破土而出，踩着纤细的神经张牙舞爪。她干脆起床，将满腔怨恨发泄到工作上，在天亮前整理完了王硕博的“罪证”报告。

他是正好撞到她枪口上的出气筒，电梯里的恶劣态度不啻于火上浇油，她毫不犹豫地发送了邮件。

空虚感随之而来，被工作激情勉强压制的伤感情绪重新占领高地，逃离上海的渴望突然变得无比迫切，林巧南顺手打开了请假系统，带薪假还剩下一半，她任性地点选了国庆前的几天，然后提交了申请。

等她洗完水杯端着咖啡回来，张峰已经到了，他先同她确认："Lynn，你要休假？"

"嗯。"林巧南点头应答，走到张峰座位前进一步说明，"报告我已经发了，以现在的进度国庆前手头的工作正好告一段落，我想出去散散心。"她的声音很轻，刚好让他一个人听到。

她脸上的黑眼圈颇能说明问题，张峰的眼神里涌现了同情。

"休假我批准了，出去之前记得安排好工作交接。"

"我明白。"

她转身要走，听到上司又问了一句："准备去哪里？"

林巧南并不感到意外，张峰一向走体恤下属的亲民路线，会过问这些事再正常不过。她这一年的假期大部分用于陪父亲求医，第一次请假时因为填写了"陪家人看病"的理由就被他叫到跟前问了半天，还问她是否需要帮忙找以前认识的销售托个关系。

林巧南回过头："我要去福建。"

"去厦门啊？"他和大多数人一样，第一反应都是最出名的城市。

好几年前，她在鼓浪屿接到外婆离世的消息，那是另一处伤心地，如非必要她应该是不会再去了。

"嗯，是啊。"她笑了笑，搬出江睦远做挡箭牌，"我男朋友的建议。"

听她提及江睦远，张峰的视线从电脑屏幕转了过来，话题也一同转变："库存有问题的经销商是不是都挂在了康健的平台下？"

"是啊。"在她印象中，给他的邮件里提过此事。

张峰往后仰靠上椅背，问道："你没和江总说过吧？"他口中的"江总"是指江学勤。自从经销商大会之后，商务部的同事都清楚她和康健集团的潜在关系，张峰虽并未对她另眼相看，但不时会提醒她有些针对经销商的政策更改不能走漏风声。

"没有。"她连忙摇头否认，"我和江总很少见面，就算见了也从不谈公事。"她想到最近两次和江睦远父母见面讨论的议题，顿时心浮气躁。

张峰按着太阳穴若有所思："康健正忙着 IPO，这节骨眼上要是旗下的二级经销商爆出什么丑闻就难看了。”

“哦。”林巧南淡淡应了一声，内心毫无波澜。康健集团上市与否和她一丁点关系都没有，她不想伸手染指江家的财产，将来即便江睦远改弦易辙打算继承家业，林巧南也打定主意要和他划清财务界限。

她要像父亲那样一身正气地活着，绝不觊觎不属于自己的东西。

冷岳阳打电话为父亲登记了海葬，他原本以为亲戚们会提出反对意见，谁知聊天群里一片应和之声，大家在控诉墓地费用高得离谱之外，纷纷夸赞他思想进步。

他特意走进冷子荣的房间，对着父亲的遗像双手合十，恭恭敬敬地汇报：“爸，你活着的时候没机会好好看看这个世界，希望大海能带你去往各地。”

想了想，他又补充道：“林巧南的爸爸也选择了海葬，你俩在同一天同一家医院离开人世，算是有缘，就一起结伴上路吧。”

照片上的父亲咧着嘴笑容开怀，似在对他的决定表示赞同。冷岳阳凝望半晌，忽然问道：“老爸，为什么要让我遇见她？”声音如同梦呓，他自然也清楚不会有人回答，这就是自言自语罢了。

人生有很多玄妙的时刻无法解释，比如有些人会在现实生活中经历梦见过的场景。冷岳阳从一开始就对林巧南的名字抱有似曾相识之感，奈何拼命回想也想不起究竟在哪里听到过，只好归结于梦境。

这个想法让他纠结不已，仿佛头上戴着一个“命中注定”的金箍，看起来光彩照人，实则被牢牢锁定了命运，到哪里都无法挣脱。

喜欢是一码事，然而被强行打包快递到门前的“喜欢”又是另一码事。唯有对抗，才能表现出不屈服于命运的自我，这是冷岳阳做出的选择。

他是思想成熟的大人，但在感情方面依然没有真正长大成人——他始终还是二十一年前失去母亲的那个孩子。

过去岁月里，林巧南唯一的自由行经历是大学毕业前与室友去厦门。那年她二十二岁，全部行头只一个双肩包。五年后，她提了提沉甸甸的二十八寸行李箱，严重怀疑自己不是去旅行，而是逃难。

她盘腿坐在客厅地板上，双手托腮，面对摊开的箱子唉声叹气。被她用“超感”召唤而来的冷岳阳在旁边替她精简行李，以他的出差经验告诉她，该如何充分利用房间里的空调吹干衣物，他说：“内衣裤带三套就足够了。”

林巧南猛然反应过来，飞身扑过去抢下他手里那一大袋内衣，涨红了脸，期期艾艾道：“知道了，我自己来处理。”他们又没进展到可以给对方看内衣的程度，他在想什么啊！

冷岳阳顿时尴尬，赶紧转移了视线。刚才他倒是完全没想到避嫌，极为自然地拿起那一袋衣物，就像在帮自己家人整理行李一样……他暗自提醒不要再犯低级错误，第一次是无心，第二次就有“故意”之嫌了。

“你带了多少套衣服？这半边快要挤出来了！”冷岳阳转到另一边，查看她为这趟出行准备的外套。

“国庆期间福建温度不低，毛衣用不着带。”他甩出来一件浅绿色的毛衣。

林巧南又捡了回来，紧紧抓在手里：“呃，早上海边看日出会冷。”

“卫衣加围巾就足够了。”冷岳阳瞪了瞪眼睛，嘲讽道，“是谁说行李箱超重提不动的，给自己爸爸发消息哭诉自己又笨又没用啊？我过来火线增援，你又不肯听我的意见。”

她哀怨地瞟了他一眼，将毛衣放到背后的沙发上。

“行李可以减，摄影包的重量根本减不了，我爸居然每次出门都背单反，他不嫌重吗？”林巧南絮絮叨叨抱怨，继而想起再也等不到父亲的回答，酸涩的滋味不禁在心间蔓延。

冷岳阳闻言又过去打开了摄影包。和他想的差不多，林振华的器材是最常见的“一机二镜”，一个单反相机加广角、长焦镜头各一。报社有一阵人手紧张，他兼职做过摄影记者，看到长枪短炮就能估算出大致的分量。

他回眸，打量着林巧南的身板。以她的纤瘦身体来承担这些重量，确实有一些勉为其难，心里一动，他差点想说“我陪你去”，幸好理智及时出手拦住了他。

“不是有江睦远嘛，男朋友的主要作用就体现在这种时候。”冷岳阳没注意到自己的语气酸溜溜的，对于他俩即将一同出行的事实，他心情不爽。

林巧南神情古怪，捏着手指半天才说话：“那天是我冲动了，没想好就开口邀请他一起去，他会不会误解我默许了一些事情？”

她说得隐晦，好在他秒懂了潜台词。一丝异样卷上心头，他感觉口干舌燥，心跳紊乱，赶紧深吸一口气平复情绪：“如果你不愿意，那就说‘不’，不用勉强自己。”

她窘迫地低下头，想不通自己怎么会问出如此愚蠢的问题，偏偏他还认真做出了解答，令她羞得恨不能钻到地下。

“哦，明白了。”她简洁明快地回复道，忙不迭地转移话题，“对了，一直忘了问你报社关门后，有什么打算？”她相信这也是他父亲希望知道的。

“说实话，我没想好。”冷岳阳继续整理他认为不需要的衣裤，闲聊似的说，“过两天我去广州和一个做自媒体的朋友面谈，他希望我过去一起创业。”

他要离开上海吗？淡淡的惆怅掠过林巧南的心房，看来自己又要“失去”一个重要的人了。

“加油！看到你重新出发，伯父也能安心了。”替他的父亲鼓励他勇往直前，这是她应该做的。

他抬头看了她一眼，轻轻一笑：“你也一样，把这次旅行当作重新出发的起点吧。”

林巧南在脸颊旁比了一个代表胜利的“V”字，仅剩的倔强和自尊支撑她挤出了微笑。冷岳阳已经活得够辛苦了，应尽量避免他再为自己操心。

看着她的笑脸，冷岳阳情不自禁地伸出手摸了摸她的头：“林巧南，我们都要好好活下去，他们才会安心。”

假如明天是世界末日就好了，不必假装乐观、假装坚强，想垂头丧气也没人在乎。可是活着就没办法了，有人会担心她过得好不好，她不可以让他们失望。

林巧南笑得十分用力，唯恐被冷岳阳瞧出破绽，他要翻过这一页开启人生的新篇章，不能拖他后腿。

每个人都有不能承受的生命之重，把自己那一份负重强加给另一个人是不公平的，是时候放手了。

9 月 25 日早上 8 ：30，林巧南在虹桥高铁站检票口等待江睦远，她用身份证取了动车车票，心情既忐忑又激动。终于，要出发了！无论这一段旅程为了何种目的，她终于要踏出第一步了！

距离发车还有十五分钟，江睦远仍未出现。他不会记错时间吧？林巧南急忙找到他的手机号码，拨通电话。

忙音，忙音，一直忙音……林巧南隐约有不妙的预感，他的电话打不通一定有事发生，噩梦再度袭来，紧随自己的坏运气难道真的找上了他？她的手不受控制地发抖了，差点握不住手机。

电话接通的瞬间，林巧南快哭出来了。她战战兢兢地问："你是江睦远吗？"她祈祷一定要是他本人接听的电话。

"小南，是我。"他的声音让她放下心头大石。

紧接着的一句话却又让她变了脸色，他说："抱歉，我今天去不了了。"

"发生了什么事？"她焦急地抬头看屏幕显示的状态，虽然还是等待发车，但已有不少乘客在检票口排起了队。

"今天拍广告的模特说是食物中毒拍不了，客户对备选模特不满意，我一定要解决这件事。"江睦远的职位是客户总监，所有和客户有关的问题都需要他协调处理，面对这种突发状况，他确实无法一走了之。

林巧南原本以为江睦远本人或家里人身体抱恙，这会儿听他亲口告知只是工作方面出了问题，反而松了口气。同为职场中人，她尊重他的工作也理解他的选择，尽管失望不可避免。

检票口打开了，她低头看着手里的票，再抬头看看前方排队的人群，仿佛看见了父亲孤身上路的潇洒身影。

林巧南迅速做出了决定，她问："你不介意我自己去吧？"

江睦远设想过几个结果，最好的一种是林巧南放弃出行，等他下次有空一起去；最糟糕的情况则是她大吵大闹非要他同行不可，虽然以前她温婉可爱善解人意，可此一时彼一时，眼下她心情不好，不排除闹起来的可能性。

林巧南的回复算不上最好，不过也能让他接受。

"路上注意安全，看好手机、相机、行李箱。"

他的叮咛和冷岳阳差不多，林巧南不由得会心一笑，大声回应："你放心，我又不是小朋友。"

江睦远倏然没了声音。过了一会儿，才听到他说："等我处理完事情就来找你。”

“嗯，工作为重。不要担心，我比你的客户好说话多了。”她反过来安慰他，握起拳头为他应援，哪怕他看不见，“我要进站了，你先忙工作，加油。”

挂断电话，林巧南先将手机小心地放进摄影包的夹层口袋，不用冷岳阳和江睦远提醒她也知道要看好手机，如今不带现金没关系，有移动支付就行了。所以手机比钱包重要多了。摄影包很沉，里面放了林振华心爱的相机及替换的镜头，还有一本相机的操作手册，现在这些贵重的器材都由她继承了，她拍不出老爸那样水准的照片，至少也不能太丢人。

除了背包，她另外带了一个二十寸的行李箱。她到底还是听了冷岳阳的建议，大大精简了衣物和鞋子，行李箱尺寸也由大变小，而且还留有足够的空间让她带土特产回来分给同事。

整理完行李的那一刻，快乐的种子在林巧南心里萌芽，她仿佛看到它钻出坚硬如铁的泥土，在春风里自在地舒展开枝叶。总有一天，它会重新长成一棵大树，把开心的果实挂满枝头，直到下一次“告别”。

冷岳阳对她说过：“人生的本质是不断地告别，我们迟早要习惯。”

林巧南没有反驳，这句话并非他原创，似乎是哪部电影中的台词，她在诸多公众号的鸡汤文里看到过。

她已然习惯了面对“死亡”狰狞的面孔，但始终学不会坦然“接受”。

这一页，我能不能翻过去?

她希望这一趟旅途的尽头，藏着自己寻找的答案。

3

动车准点到达霞浦站，林巧南把工作手册里的路线和公交换乘方式背得滚瓜烂熟。一出站，就先对着车站建筑高挂的“霞浦”二字拍了张照片，然后开定位发朋友圈，她知道江睦远和拿着父亲手机的冷岳阳都会看到，这算是她向他俩报平安的方式。

转过身，林巧南完全不搭理围上来拉客的司机，径直走向外面的公交车站。8路和32路公交车都到长途汽车站，不过林振华当时坐的是8路，林巧南研究了两路公交车途经的站点，还是决定去看看父亲在车上见到的街景。

她抬头看看时刻表，欣喜地发现也是 8 路车先开，并不像墨菲定律衍生出的一种情况——先开的车，总不是你坐的那一辆。

林巧南提着行李箱上去，在最后一排坐下。

霞浦因滩涂成了国际知名的摄影胜地，让这个闽东地区最古老的县城焕发了新的商机。林巧南出发前特意翻阅过资料，父亲做好了交通路线方面的攻略，剩下的则要她自己完成。

她在长途汽车站下了车，顺利地买到最近一班去三沙镇的车票。

林振华抵达当日去了东线的小皓村和东壁拍摄落日，他的手册上还记录了包车司机的电话，林巧南和那位名叫“黄海”的司机联系时，才发现在父亲过世当晚，对方就发过吊唁信息了。黄海爽快地答应带她重走林振华当日的摄影路线，当她询问包车的费用时，他还口口声声说这是“为了林大哥”，坚决不肯收她的钱。

黄海提出到动车站接林巧南，被林巧南婉言谢绝。她不赶时间，打算按着父亲的攻略慢慢走，假如这一次走不完，那就再来第二次。

她在镇上的汽车站下车，一眼就看到写了自己名字的手牌。她朝黄海招了招手，对方收起牌子快步向她走来。到了面前，憨厚的中年人一下子不知该说什么才好，半天憋出一句话：“大哥上次来还好端端的，怎么说走就走了呢！”

林振华的手机不在身边，她无法判断那天晚上他是否也提出过类似的质疑。林巧南少不得将林振华发现不对劲去医院求医，到最后手术的过程再说了一遍，面对父亲的朋友，她无法硬起心肠装作没听到。

黄海一路开一路唏嘘不已，到林巧南提出想先去找住宿的地方，他严厉地驳回了她的要求：“大哥一来就去了滩涂拍照，行李就扔我车上。我家也开客栈，他说就住我那儿，他放心。”

还真像老爸的风格。林巧南先是忍俊不禁，继而感到悲伤不已。

“黄叔叔，我爸有没有说起过我？”她怀着一丝希望，心情七上八下，林振华是否会在旁人问及子女的时候，顺便提到她呢？

黄海从车内后视镜快速看了她一眼：“我问过大哥怎么一个人出来，他说子女工作忙，没空陪他。”见她眼圈红了，他忙安慰道，“林小姐，你别往心里去，你们年轻人忙着赚钱买房，压力大，做父母的都理解。”

令她感慨的是，父亲用了“子女”而非“女儿”，原来在他的心目中林健辉从来不曾离去，和她一样长大成人了。

倘若活下来的人是哥哥，或许父母的命运会与现在截然不同。林巧南无法遏制对“蝴蝶效应”展开联想，即使结果令她备感沮丧。

霞浦靠海，海上风云时常变幻，谁也说不准有没有机缘拍到自己想要的风景。林巧南出门前查过天气预报，她逗留霞浦的几天不是多云就是阴雨，看来是没机会见到日出日落的景色了。林巧南原先想过不如改期，无奈黄海后面已经有了预约，她不好意思再让别人推掉赚钱的机会，毅然按原计划出行。

随遇而安吧，反正你也没本事改变上天的想法。她对自己说。

抵达小皓村，黄海下车时抬头望了一眼天空，惊喜地叫了起来：“哎呀，老哥一定在天上保佑你，你快看，天晴啦！”

阳光照射在林巧南的眼睛上。自离开上海，这是今天穿过云层照在她身上的第一缕阳光。天空露出了纯净通透的蓝色，旁边有几个背着相机刚下车的游客齐齐发出了欢呼声。

到达摄影点需经过一段连续的上坡路，沉重的摄影包压得林巧南汗流浃背气喘吁吁，她双手撑着后腰艰难上行，对于先前估计不足谢绝黄海帮忙背包的做法后悔不迭。

如果时光能倒流，我一定不逞强！林巧南在心里连连叫苦，恨不得时间回到几分钟前，她立刻把摄影包双手奉上。

林巧南突然停下脚步，双手叉腰笑出了眼泪。笨蛋！要是时间可以倒流的话，当然是要回到 8 月 14 日，拒绝在手术同意书上签字呀。

她在路中间莫名其妙发笑，引得经过的人频频注目。她察觉到别人在看自己，她想停止，可笑声就像一个失灵的水龙头，怎么关都关不上。

“林小姐！”黄海出现在斜坡尽头，冲着她猛招手。见她执意自己背包，他就说先上去帮忙抢占机位。久等不至，他以为她走不动了，赶紧出来了解情况，“你还好吧？”

这么一打岔，狂笑的她神奇地止住了。

“我很好！”她大声喊道，重新迈开步子。

剩下的一百米林巧南走得很快，即便坡度更陡，走起来更吃力。待她走到近前，黄海瞧她满头大汗的样子，不禁懊恼没坚持背包，说道：“早知道让我来背。”

“没事。”她喘口气，故作潇洒地挥了挥手，“咬咬牙屏一口气也就上来了。”既然自己爬上来了，就不必让他人知晓她后悔的心思。

“你和大哥真像，都不乐意麻烦别人。”黄海带着她往下方的观景台走，“哎呀，我刚才替你占住的位置被人抢了。”

围栏边全是撑开的三脚架，的确没有她的立足之地，林巧南只好走到稍微偏一点的位置，勉勉强强从人堆里拱进大半个身体。

林巧南从父亲发在朋友圈的照片的说明中对霞浦有了粗略的了解，她知道小皓是个坐北朝南的小渔村，日落时分阳光将沙滩照得一片金黄，沙滩被退潮的海水冲出复杂多变的纹理，彩霞和蓝天落下绚丽的倒影，将这些纹理装饰得五彩斑斓，因而这片滩涂得名“五彩滩”。

滩涂很美，林巧南刹那间忘了按快门，眼睛只顾着欣赏壮丽的美景。以前她无法理解父亲起早贪黑看日出或卡着点等日落的行径，待亲眼见到时，她被大自然无与伦比的美震撼得失去了语言。

她旁边的人是“手机党”，拍了两张照片就迫不及待地发布到朋友圈，她无意中瞥见他的手机屏幕，霎时想起和冷岳阳的约定，她连忙从背包插兜里掏出冷子荣的手机，对着山对面的海和沙滩拍了一张风景照。

冷岳阳比她预想的出现得更快，他低声发出赞叹：“太美了，不虚此行。”三年前他跟着一个摄影团来霞浦采风，然而天公不作美连遇几天阴雨。这回多亏林巧南让他得偿所愿，他催促她赶紧拍照，不要辜负如此专业的器材。

恶补的操作手册内容被林巧南忘得七七八八，她连续按了几下快门后回看照片，发现和眼睛实际看到的相差甚远，也根本不像父亲相册里的照片。

“我来。”

冷岳阳做了一个不忍心再看的表情，自然地接过相机。旁人却只见林巧南打了个激灵，像是突然开窍一般，低下头一通熟练的操作，和一分钟前笨手笨脚的样子判若两人。

她再次回看，一下子发出欢呼：“哇，太棒了！你真的好棒哦！”

林巧南丝毫不在意别人会不会当她在自吹自擂，她就是觉得冷岳阳拍得超级赞，和林振华发在朋友圈的照片简直一模一样。

“真好，能亲眼看到老爸见过的风景，真的太好了！”她边看边抹眼泪，又哭又笑。

相比之下，冷岳阳的心情略为复杂，欣慰与酸涩同时涌上心头。他既感动于她和林振华以此种方式“重逢”，又为自己和父亲永远没有这样的机会黯然神伤。

只要一次，一次就好！请让我爸享受一次生活，请让我们能留下一个将来可以缅怀的回忆。他向着在天空俯视众生的命运之神祈祷，霞光渐渐隐去，无人理会他的悲恸。

错过的时间，没办法挽回。

当天晚上，林巧南住进了黄海家的客栈。她本来期望值不高，只求干净、安全，结果看到客栈的布置倒是有点意外的惊喜。这栋三层高的小楼被刷成蓝白色，有种来到地中海沿岸的即视感，室内的墙壁、装饰也以白色为主，镂空的雕栏、拼成心形的照片墙以及随处可见的玫瑰，让这个家充满了情调。

客栈主要由黄海的妻子打理，她和林巧南的母亲同姓。这一巧合或许拉近了人与人之间的距离，否则来来去去那么多客人，何以他们对林振华印象深刻?

林巧南在客栈吃的晚饭，她执意要支付房费和餐费，于是夫妻俩象征性地收了三百元。这三百元除了住宿费用，还包括晚餐和第二天的早餐，她经验不足以为这就是市场价，一开始还心安理得地坐着等晚饭，没想到一道又一道海鲜源源不断地上桌，把她吓得筷子掉了好几回。

主人如此好客，客人也不得不给足面子努力吃下去。待林巧南吃完最后一口，她感觉自己吃下的食物已经撑到了喉咙口，她不好意思地打了声招呼，起身出门散步了。

渔村的夜晚没有城市里的车轮辘辘，最大的声响来自大海。她侧耳倾听阵阵涛声，想象着海浪拍打礁石冲击沙滩的景象，恍似从潮起潮落看到了生命的轨迹。

她在涛声里想起了一部和大海有关的电影——《少年派的奇幻漂流》，2012 年底在国内公映。那时林振华难得提出想去电影院看，她便带着父亲一同去看了 IMAX 版。那一年的早些时候，外婆毫无征兆地离开了人世，她在电影院听到一句台词“人生就是不断地放下，然而最令人痛心的却是，没有机会好好告别”，顿时哭得不能自已。

在这个安宁的小渔村，林巧南想起了生命中失去的那些亲人，她都没有机会和他们好好说一声“再见”。如果早知道那一天生与死交换了主导权，即使不能阻止命运，她至少可以提前准备好告别。

“哥哥，再见。”

“外公，再见。”

“妈妈，再见。”

“外婆，再见。”

“爸爸，再见。”

林巧南朝着墨色的大海呼喊，声音被风吹散，吹向了四面八方，她的不甘心、她的愤慨、她的怨恨……在一次比一次更响亮的呐喊声中渐渐平复。

“人生的本质是不断地告别，我们迟早要习惯。”淡然的声音穿过时空，在她耳畔回荡。

她没有问冷岳阳所谓的“习惯”是不是指提前做好告别的准备，在目睹那么多次死亡之后，她仍旧无法坦然接受生命随时可能中止的事实。

一声叹息从唇齿间逸出，她和他终究有些不一样。

手机铃响，林巧南低头看了一眼屏幕，来自江睦远。除了早上那一通电话，整整一天他们都没有再联络，是时候到他打过来了。

他的声音听上去似是处于微醺状态，语无伦次地询问她今天去了哪些地方，有没有拍到好照片。

江睦远的工作离不开交际应酬，喝多的时候也不少，林巧南见怪不怪了，她耐心地一一回答他的提问，末了叮嘱他：“不要开车，去爸爸妈妈家里睡。”

“要是没有你，我该怎么办？”他忽然说道。

林巧南不知道他现在头脑是不是清醒，不过这句话听着很顺耳，她就当作肺腑之言处理了。

“单身狗，挺可怜的。”她笑得很开心。

传入耳中的笑声像风铃一样清脆动听，他的印象中她已很久不曾开怀大笑了，看来这次旅行的效果不错，江睦远得出了结论。

“你什么时候过来和我会合？”

江睦远迟疑了，吞吞吐吐地说道：“客户比较难缠，模特放鸽子的事让厂商很生气，这几天估计要一直盯着。对不起，我尽量赶过来。”

她不能指责他的职业精神，换成自己同样会把工作放在首位，比如假装情绪稳定地去上班。

“没事，你安心工作吧，我一个人完全没问题。”她给了他一颗定心丸。

挂断电话，林巧南又站着吹了一会儿风。她穿着短袖T恤，没有遮挡的手臂在风中竖起了寒毛，于是转身走回客栈。

黄海两口子正在吃饭，他们的菜简单多了，一荤一素再加个小海鲜。林巧南路过餐厅的时候，正好看到他俩互相夹菜。夫妻俩见她突然出现，先是一愣，接着涨红了脸赶紧收回筷子。

林巧南莞尔一笑，心想和爱情结婚大概就是这个样子吧。她连忙捂嘴遮住笑容不让他们继续尴尬，三步并作两步地回到楼上房间。

她住的客房小巧雅致，蓝色的墙纸和白色的家具，清爽的配色在炎炎夏日令人感觉清凉舒畅，至于冬天会不会很冷……那就只有父亲才知道了。

黄海特意安排她入住了林振华曾住过的房间，林巧南从心理上感到和父亲亲近了不少，纵使在他之后又有很多人来来往往，属于他的气息早已消逝。

林巧南从行李箱里取出速写本及一盒彩色铅笔，相比于摄影，她更擅长画画，她打开速写本，抽出一支金色的铅笔，开始描绘深藏在脑海中的画面。

溪流在金色的沙滩上画出了柔美精巧的纹理，S形的潮水线与金色的纹理互相辉映，色彩和线条，霞浦最美的落日场面在她的笔下一点点被还原，和无数相机镜头拍下的美景并无两样。

唯一不同的是，她的画上有四个人，两大两小。

“你是被数据分析耽误的画手吧？”戏谑的声音从头顶上方传来。

4

林巧南向后仰头，和站在背后的男人四目相对。

“你在想伯父？”

“嗯，我发了一条信息，没人回。”冷岳阳的视线移向她的画，“我担心你有事，准备用伯父的手机联系，没想到就连上了超感。”

林巧南从背包里拿出冷子荣的手机，果然有一条未读信息。他说：“老爸，我今天看到了超赞的落日。”

她笑了笑，开玩笑似的问：“这是进化到了 3.0 版吗？”

“也许吧。”冷岳阳满不在乎地耸了耸肩。

最初他们素昧平生，由眼泪搭起了超感连接的桥梁。然后，不再需要任何“载体”，只要同时想到对方就能连上超感。直到此刻，似乎进展到只需一方主动就能连接的程度了。

虽然是玩笑话，不过仔细一想倒是令林巧南惊出了一身冷汗，这岂不是证明了两人的关系正变得越来越亲密了吗？

她心情复杂地望着冷岳阳，后者并未察觉到不妥，正警惕地四下扫视，提醒她先关上灯检查房间里有无安装针孔摄像头。经他提醒，她才想起他先前叮嘱过的注意事项，不好意思地摸了摸鼻子。

“我觉得黄师傅和他老婆不像坏人。”她心虚不已，为自己的粗心大意辩解。

“坏人会在自己脑门上贴字条吗？”冷岳阳白了她一眼，让她赶紧关灯。

门口有一个总的控制开关，林巧南按下去，房间里顿时漆黑一片。他站到她身边，指导她打开手机的照相机将房间每个角落扫一遍，看屏幕上有没有出现亮斑。

她看不清他的脸，却能感觉到他的气息不断侵袭过来，没来由地有些烦躁了。她匆匆扫了一圈，草草应对：“没有哎。”

“再来。”冷岳阳像她军训时遇到的不留情面的教官，声音严厉，语气不善，“你不希望自己没穿衣服走出浴室的样子被传到网上吧？”

她无奈地叹口气又转起了圈圈，这回明显比上次认真了许多。

“没有，真的没有，果然没有！”为了表示强调，她一口气说了三遍。

冷岳阳毫不放松，逼着她再进洗手间检查了两遍。看他如此紧张，林巧南不免展开了联想，莫非这家伙被针孔摄像头“暗算”过，否则何至于如临大敌？她嘟着嘴巴走出来按下总开关，两手一摊说道：“我就说黄师傅两口子是好人吧，再说我老爸也住过这个房间，要是黑店他就不会在朋友圈发照片了。”

冷岳阳放松下来，最后叮嘱她睡觉前用椅子顶住房门。她频频点头，不敢质疑他的过度关心，倒是他，瞧出她脸上不情愿的意思，当即沉下脸训斥道：“林巧南，一个女生独自在外会有多少潜在危险，你到底有没有概念？”

“你不要把人想得很坏。”林巧南咕咕哝哝吐出抱怨，“是，你是记者，你看过很多阴暗面，但是我也相信我爸的判断，他可是警察叔叔！”说到最后，她骄傲地抬头挺胸。

“我懒得理你。”冷岳阳装出鄙夷的表情，嫌弃无比。

相识多日，林巧南对冷岳阳的为人也算有了比较深入的认识，知道他虽然毒舌但心地不坏，对朋友特别讲义气。要不是真的关心她，他何必做吃力不讨好的事呢？她粲然一笑，故意轻轻一叹，悠悠地说道：“冷岳阳，其实你就是个好人。”

这算什么，发好人卡？冷岳阳张了张嘴，有些哭笑不得，收到好人卡小小地打击了他的自尊心，再加上一丁点的嫉妒心——江睦远有什么好的！

冷岳阳不清楚林巧南是否感受到了自己的醋意，她的神色和之前不同，透出了几分尴尬。假如他们自身的想法也能在超感 3.0 中互通的话，那不就相当于在她面前无所遁形，毫无秘密可言了吗？

想到这一可能，冷岳阳面色瞬变，他没有勇气求证真伪，迅速转身背向她走到书架前，检查上面的书。

他先检查了第一排，书就是书，不是伪装的摄像机。

情绪稍稍平复，冷岳阳弯下腰，视线停留在第二排最外侧横放的记事本上。他翻开本子，原来是一本住客的留言本，第一页客人签名的日期是去年 8 月。

心念一动，冷岳阳迅速往后翻，他记得林振华在朋友圈发布霞浦落日的照片是在今年的 1 月 10 日，林巧南说林振华也住过这个房间，所以问题来了：林振华会不会在留言本写下什么？

2017 年 1 月 1 日的留言出现在眼前，冷岳阳心如擂鼓，他快接近谜底了。下一页，1 月 3 日；再下一页，1 月 7 日；然后来到了 1 月 10 日，两行半漂亮的行书，一个龙飞凤舞的签名。他抬起头，看着旁边的女人，温柔的声音透着一丝忧伤：“你看到了吗？”

林巧南早已泪流满面，此行最大的宝物毫无预兆地出现了。它像一枚深水炸弹，安静无声地投入心湖，一直沉到最深处才引爆。爆炸的冲击波狠狠地震荡了灵魂，父女之间多年的隔阂与误解，在这两行半字面前统统消失了。

“2017 年 1 月 10 日，小皓村的落日很美。我的孩子出生那一天，天空也是这么美。希望下一次我能和女儿一起来看日落，我会告诉她那天因为晚霞本来想叫她春霞，她一定会说幸好没叫这么土的名字。”

“林春霞，林春霞。”她念了两声这个差点属于自己的名字，呜咽着抗议，“果然很土哎，还不如叫林青霞呢！”

冷岳阳本来正伤感，听到她这句抱怨，一下子笑了起来：“对啊，干脆叫林青霞算了，虽然论长相确实差很多，不过希望还是要有的嘛。”

林巧南悻悻地瞪了他两眼，为父亲的取名思路辩解：“我是 3 月 23 日出生的，是春天了。”

冷岳阳自知失言，千不该万不该拿女生的外貌开玩笑，即使关系再好也不行。

“那么巧，我也是春天的孩子。”他连忙转移话题，“我的生日是 2 月 21 日，立春之后。”

她没注意他在说什么，目光重新回到林振华的留言上。

几乎没有犹豫，林巧南直接撕下了这一页纸。她小心地用双手捏着两角，快步走回桌边翻开速写本，毕恭毕敬地收起来。

“冷岳阳，谢谢你。”她看着他，一本正经地表达谢意。他们之前互相说过好几次感谢对方的话，这一次最不寻常。

不需要多说一个字，他心领神会：“早点睡吧，明天一大早你还要去等日出。”

“嗯。”林巧南抱紧速写本，擦去脸上最后的泪痕，“我爸会和我一起看。”

北岐村日出是拍摄霞浦滩涂的又一处知名景点，即使困得睁不开眼，林巧南依然在凌晨五点爬上黄海的车出发了。

“我爸来的时候运气不错，日出日落都看到了。”她一边打哈欠一边说，还用手在脸颊拧了一把让自己尽快清醒。

黄海呵呵笑了两声：“大哥来的那几天，天气是不错。可惜日出的时候潮水没退，拍不到滩涂，他还说以后要再来。谁想到会这样？”他遗憾地摇摇头，说不下去了。

大灯照亮了前方黑黝黝的道路，想象数月前林振华也是在如此深浓的黑色里奔赴一场日出之约，林巧南的心境异常平和。父亲的留言给了她极大的安慰，相同的空间连接起不同的时间，她好像又见到了父亲精神矍铄的样子，听到他爽朗的笑声。

嗯，我们一起在路上。

旁边多出了一个人，林巧南看着他，伤感渐渐退去，她淡淡一笑，像是闲聊：“你还不睡？”

冷岳阳毫无顾忌地打了个哈欠，揉揉惺忪的睡眼。

“我想蹭着看日出呀。”

“真有精神。”她笑嘻嘻地夸奖他，竖起大拇指。

黄海起先以为林巧南在打电话，紧接着发现了不对劲的地方，提问和回答的人明明都是她的声音，根本就是自问自答啊！他深感同情，认定林振华的过世给她的打击太大，导致精神状况出问题了。

他从后视镜看了林巧南一眼，开口劝说：“林小姐，人死不能复生，你不要太钻牛角尖。大哥上路远行，以后便没病没灾了，应该替他高兴。”他笨拙地安慰她要看开一点，偏偏说到最后自己也不信，声音越来越低。

林巧南心思敏捷，马上想到黄海突然说这话的潜台词。她飞快地瞥了一眼身旁的男人，在正常人眼里，她和他的超感连接是不可理喻的反常行为。

冷岳阳也在看她，以往他们很少在“熟人”面前或是与路人近距离接触时使用超感，就是怕被人看出端倪。外出旅行让他放松了警惕，他最不想见到的一幕发生了。

世人习惯将思维定势之外的事物视为“不正常”，包括他们本人在最初同样认为自己是不是疯了。他不怪别人，只怪自己没注意场合，有外人在场的时候不该如此肆无忌惮。

冷岳阳竖起手指贴着嘴唇，做了一个“噤声”的手势。林巧南会意地眨了眨眼，她对黄海说道：“叔叔，你放心，这次旅行结束我就会好起来的。”

“那就好，那就好。”黄海连声说好，再补充道，“你得好好的，否则大哥走得不安心。”

事实的真相是她和冷岳阳之所以能够在茫茫人海遇见彼此的灵魂，正是因为各自的父亲在同一时刻遭遇了危险，并且造成了不可逆转的悲剧结果。他凭什么不安心？要不是他突然走了，她也不会被别人当作精神失常看待！

林巧南默默地吐槽，面无表情地看着车窗外。

那个因为疾病患得患失的男人，打碎了林振华一贯给人的印象。他也会软弱，会喜怒无常，会自怨自艾，他在林巧南面前展现了脆弱的一面，让她无所适从。长久以来，父亲始终是她的支柱，但彼时支柱倾斜了，需要她冲上去用肩膀撑起他。

她说了什么呢？她告诉父亲：不管你现在做什么决定，将来都会后悔自己没有选择另一个。

她没有想到，后来悔不当初的那个人居然是自己。

“老爸，对不起。”她在心里又说了一次。

在北岐村东头的小山坡等待日出的人比昨天看日落的更多，一眼望去黑压压的全是人头。林巧南没有带三脚架，所以也不打算挤到最抢手的位置惹人非议，她找了个相对人少一点的位置，从背包里拿出相机。

海边风很大，加上她站在山坡的迎风面，只穿着短袖感觉有点冷。林巧南望了望周围，大多数人都穿着长袖长裤，有的人外面还套着一件摄影马甲。其实这种口袋很多的马甲一开始是为钓鱼爱好者服务的，因为口袋多可以分开收纳鱼线、鱼钩之类的小物件，后来不知怎的就在摄影圈风靡起来了。林振华也有两件，每次出行必穿。

她一时恍惚，仿若有无数个酷似父亲身影的人站在面前。他们穿着相同的马甲，戴着相同的棒球帽，怀着相同的热切等待太阳从海平面升起，几个月前的林振华就在这里。

天空逐渐亮了起来，已经能看清海边的滩涂，海水退潮时留下了层次分明的线条，在微亮的晨曦里和竹竿搭起晒紫菜的架子构成了漂亮的剪影，快门声此起彼伏地响起。

冷岳阳像昨天那样接手了拍照的工作。车上发生的事让两人有所忌惮，他们没有交谈，他只是默默伸出手，而她把相机交了出去。

冷岳阳望着远方的海平面，小时候他梦想成为海员，可以一年四季漂泊在辽阔的大海上，永远不用回家。

母亲离开时，冷岳阳正在学校上课，等他放学回到家里，父亲把他叫住，冷淡地告诉他妈妈走了，以后不会回来了。那时他才六岁，不知道自己哪里做错了，才让母亲决绝地离开，冷子荣也没有告诉他原因，以至于有很长一段时间他不仅恨父亲，也责怪自己。

可父亲的突然离世终结了一切，怨恨也好，后悔也罢，都成了无意义的情感。他就像回到了童年，而这一次没有人能让他迁怒，他只能与命运讲和。

"爸，我到了霞浦，我在北岐看日出，你在不在？"林巧南在一旁喃喃自语，她的脸被霞光照得红彤彤的，所有人的脸都亮了起来。

海的远端有山，靠近海面的天空覆盖着厚重的苍蓝色云层，它们像一团没有洇开的墨，将天际线遮得严严实实。可是太阳已经升起来了，上方浅蓝色的天被橙红色和金色的画笔涂抹开来，显得敞亮而通透。随即，橙红的比重越来越大，色彩也越发鲜艳，它将金色和蓝色逐出大家的视野，恍若在主角登场前务必进行清场一般。当天空被浓艳的橙红铺满时，太阳也冲破云层的阻碍露出了一个角，像一座红色的山峰。海水被金红色的光芒覆盖，犹如一幅色彩绝妙的油画。一艘渔船突然驶入画面，打破了静谧的画面，水面漾出金色的波纹。在一边的众人齐齐喝彩，快门声又此起彼伏了。

林巧南比昨天镇定多了，她咬着嘴唇目睹着这场盛大的光影演出，没有说话也没有哭。热量驱散云层，光芒万丈的太阳出现在空中，像一个跃动的火球，让人无法直视的明亮。

父亲看过的日出日落她都看到了，可是终究没办法复制过去。天空的颜色、霞光的颜色、云朵的位置，过去的那一天与现在不一样，与将来的任何一天也不会一样。

"我愿意付出所有让我爸活过来。"他打破沉默，轻轻叹息道，"这么美的风景他还没看过就离开了，我不甘心。"

她又何尝不是？意外死亡给活着的人最大的折磨就是"不甘心"。

“我在动车上重新看了一遍《盗梦空间》，希望我这二十七年的人生是被人恶意植入的梦境。醒来后不但爸爸活着，妈妈、哥哥、外公、外婆他们也都在，那就好了。”林巧南用双手捧着脸，眼神热切充满渴望。如果可以拿现在拥有的一切交换人生重来的机会，她会毫不犹豫地交出去。

太阳升到半空，山下的大海又到了涨潮的时间。海水吞没了滩涂，那些美妙的曲线和光影转眼已逝。然而一旦潮水退去，在大自然的神奇魔力下，又会出现新的线条和光影。每一天，它都宛如新生。

生命亦是如此，有生必有死，循环交替皆有定数。这一刻，两个同样感受到“无常”的年轻人，产生了一种命运共同体的奇妙感觉——身边这个人的出现，还有其他意义吗?

林巧南不由自主地将视线转向了冷岳阳，这个男人在阳光的照耀下闪闪发光。他的头发、他的衣角、他脸上的微笑，散发着炫目的光彩。

“冷岳阳……”她叫了他的名字，来不及继续说下去，他就从她面前消失了，好像被阳光蒸发了似的。

心里空荡荡的，林巧南不喜欢这种可以被定义为“失落”的情绪。因为超感出现在自己面前的男人，她对他的感觉似乎已超越了“依赖”。

再进一步，前方即是悬崖。

5

一身黑衣的女子站在悬崖边，她的脚下是深不可测的海水和礁石，怪石嶙峋，怒吼的海浪在岩石上撞得粉身碎骨，化成飞溅的白色泡沫。

有人向她走来，是个英俊的男人，他朝她伸出手，说道:“别站在那里，太危险了。”

“你别过来！”她嘶声喊道，“跟你在一起才危险！”

他的脸上闪过无奈和悲伤：“那是我的使命，我无能为力。要给别人植入什么样的记忆都是注定的，我没办法改变。”

她不为所动，眼神凌厉如刀：“那么，谁决定了这一切？”

他的表情变得惊恐，仿佛她的质问会触怒那个在冥冥中操控的“神”。他飞快地冲向她，试图抓住她的手臂。黑衣女子用尽全力抵抗，这时她感觉到一股巨大的力量反弹过来，她被迫向后退了一步。

背后，万丈深渊，她变成了断线的风筝，笔直地向下坠落……

“啊——”林巧南挣扎着在床上坐起身，满头大汗。她的右腿抽筋了，疼痛将她拉出了噩梦。她还来不及喘口气，抽筋的酸爽滋味又让她叫苦不迭。

林振华曾教过她一个方法，让她在抽筋时尽量脚趾向上绷直抽筋的那条腿，然后身体前倾用双手拉伸大脚趾，用力拉一分钟就会好转。她试过几次，次次都有效。

林振华得知她经常会在睡着时抽筋，认定这是因为缺钙引起的，从此督促她每天都要喝牛奶，即使出去旅行也会发消息提醒，她从前在家习惯睡前喝一杯牛奶，然而自从父亲过世，没有人督促她，她自然而然地懈怠了。

还真是现世报！林巧南一面费力地做着拉伸动作，一面批评自己的腿不给面子。不过一个多月没喝牛奶，就立马抽筋给她看，过分的家伙！

林振华的方法又管用了，她的腿不抽筋了，但是有些酸软无力。这番折腾赶走了瞌睡虫，她一时半会儿找不回睡意，索性打开台灯打算玩一局游戏。

灯亮起的刹那，她想起了最后的梦——那个男人，居然长了一张冷岳阳的脸！

天啊，这是日有所思、夜有所梦吗？不，不，不，他才不是我想梦见的人。

她目瞪口呆坐了半天，努力回忆正在淡化的梦境。一定有什么我才会联想到冷岳阳，是的，绝对是这样。

植入记忆，这四个字忽然跳了出来。

林巧南恍然大悟地拍了拍被子，只怪他白天非要告诉她自己正在构思的小说，害得她直接做起了荒诞的梦。

林巧南的坐标定位在泉州惠安县，和父亲一样住在大岞村——一个靠海的渔村。林巧南没有预订民宿的房间，直接找上门询问老板娘有没有空房。她抵达惠安已是 9 月 30 日，本已做好另外再找的打算，谁知居然有人取消了预订，她幸运地入住了一个海景房。

从到达霞浦开始，她的运气就一直不错。她相信自己不止得到了上天的眷顾，冥冥中父亲也在保佑她一路平安顺心。

惠安女以奇特的服饰闻名世界，在大岞村甚至有专人组织一些身着传统服饰的姑娘去海边撒网、挑担，供摄影师拍照。林振华对刻意的摆拍兴趣寥寥，他镜头下的惠安女往往出自集市、菜场，还有村里的各处角落，她们自然地走进他的镜头，自然地微笑，朴素而动人。

林巧南抱着相机在村里转悠，不知不觉走到了海边。码头在不远处，出海的渔船还没进港，只稀稀落落停了几艘小船。沙滩上倒是搁着一艘废弃的渔船，包着艳丽头巾的姑娘们一边靠着船舷不停地撒网，一边咧开嘴露出洁白的牙齿灿烂地笑着……她们的笑容美则美矣，可惜整个场面透出一股虚假的味道，只能骗骗朋友圈不明真相的好友。

林巧南在旁边站了一会儿，见众人撤离渔船转战另一场地去了，便走上前拍了几张渔船的照片。这艘破旧的弃船处处可见斑驳岁月留下的印记，它是一个饱经风霜的老人，再没有扬帆出海的未来可期。

林巧南从舷梯爬到船上，她的胆量从独自出行开始就呈几何级递增，小小程度的冒险对于她已不是问题。

甲板上除了用作道具的渔网，什么都没有。显然这艘退役渔船的主要用途就是拍照，模特们为了方便拆除了一切不需要的东西，可以说只是徒有其名而已。

她走到船头坐下，双腿悬空荡在船舷外。坐在高处的视野和站在沙滩上是不一样的，她的视野出现了更多的渔船。她心里难过，弯起指关节敲击木板，自言自语："老爸，你今年才六十三岁，你是不是担心年纪大了走不动路，所以趁还年轻就赶紧去那边的世界继续潇洒呀？嗯，你还差七年才可以拿老年证。这样也好，你会永远年轻，永远不会成为老年人！"

没有人给她回应，只有海浪冲上沙滩的"哗哗"声。寂寞也像海水一样漫过心尖，她忽略了理智的警告，拿出手机给置顶的联系人发送了消息。

林振华的头像是《海贼王》的主角路飞，来自她送给江睦远的手办包装盒。她那时在家包礼物，林振华正巧路过客厅，遂举起手机对着包装盒拍了张照，裁剪之后就用作了头像。她问过林振华知不知道路飞是何许人也，父亲笑着回答："小江喜欢的，必然是不错的人。"

林巧南理解为林振华在变相地夸奖她，毕竟她正是江睦远"喜欢的人"。现在她觉得以父亲的搜索能力，他肯定早就看过路飞的"简历"了。他没有再换过头像，恰恰证明他很欣赏这个活在二次元的男人，他的梦想也是

"跟着大海去更远的地方冒险"吧。

她点了文字输入框旁边的小喇叭，按着"按住说话"高高举起手，录下了海浪的声音。不到一分钟，冷岳阳站上了甲板，走到她旁边坐下。

自从霞浦一别，他们有好几日断了联系，既没有互发信息，也没用超感连接。此时彼此再见，竟如久别重逢，有千言万语想说又不能说。

良久，冷岳阳率先发出了声音："江睦远呢，他还不来陪你？明天就是国庆，总不见得还是没空吧？"对她的男朋友，他是横挑鼻子竖挑眼，左右看不顺眼。

林巧南没有把他的"关心"和妒忌联系起来，老老实实地为男友的缺席辩解道："不能怪他，国庆他有好几场婚礼要参加，兄弟那边还要他做伴郎。他替我推了邀请，担心到时候朋友、同事起哄催婚，我会尴尬。"

她这样一说，若再一味纠缠，反倒显得自己枉做小人了，冷岳阳立刻放弃了"攻击"："哦，原来如此。"话题一转接着问她，"崇武古城去了吗？"在她做路线规划时，他说过想去看看东海与南海的气象分界线，那块界碑就矗立在崇武古城。她答应去的时候使用超感，让他能远程"看见"。

林巧南没忘记答应过冷岳阳的事，只是早上在崇武古城内她一直心神不宁，觉得和他的关系最好止步于此，她不想招惹麻烦。那种所有男人都喜欢自己的戏码看看电视剧就行了，她只希望能安安稳稳守住一份感情白头偕老。所以她保持了低调，既没有发给林振华，也没有用冷子荣的账号发布照片。

"还没去，可能不打算去了。"她说谎了，有了开头后面反而说得很溜，"老爸去过的地方我差不多都去过了，我想还是留个遗憾比较好，这样就可以和江睦远再来一次。"

冷岳阳相信了她的谎言，他唉声叹气了好半天，最终无奈地接受现实。"好吧好吧，那我以后自己来。你看着吧，等我出国去玩的时候，坚决不让你'蹭'。"

两人曾一本正经地讨论过利用超感互"蹭"免费旅游的可行性。首先提出这一想法的是林巧南，她好像发现新大陆那般激动，惊叹道："我终于找到'超感'的最佳用途了！以后谁要是去旅行，到了目的地用超感联系一下，另一个人相当于免费出去玩一次。你觉得怎么样？特别是出国，可以省下一大笔旅费呢！”

她的脸上闪耀着属于财迷的光芒，冷岳阳冷酷地回绝了：“我觉得我肯定不会喜欢有你这个电灯泡在旁边，妨碍我的艳遇。”

林巧南还记着当日冷岳阳拒绝自己的理由，笑容中透出一丝促狭：“好，好，好，我不妨碍你寻找艳遇。”

揶揄完他的“雄心壮志”，她又正色道：“不过别忘了发照片给你爸爸，他会看到的。”

就像她，录下海浪的声音发给自己的父亲，相信他会再次听到一样。

冷岳阳无法保证几年或几十年后的自己想起父亲的时候，还会不会像今天这样做“傻事”，时间的仁慈在于能带走伤痛，残忍的地方恰恰也是它能抹杀一切。当你开始接受生命中永远缺席了一个人，慢慢就会习惯，到最后若还能记得一两件与他有关的事，已是时间给予的最大恩惠。

感情大体如此，经不住流年。

风带来海洋的气息，温柔地掠过衣角，掠过头发。西斜的落日将码头染成一片温暖的橘红色，包括她。冷岳阳转过头看着身边的林巧南，夕阳余晖照亮了她的脸。

漫漫此生，时间就此定格。

察觉到一旁炙热的视线，林巧南有些不自在，她绞尽脑汁地寻找话题打破暧昧的沉默，开口问他：“一直忘了问你，广州之行怎么样？”

“我谢绝了，打算给自己的梦想一个机会。”他迎着阳光打了一个响指，意气风发的模样是她从不曾见过的。

这或许才是冷岳阳本来的面目，那个哀伤、愤怒、对现实无可奈何的男人，不应该存在。

如同这四十五天以来负面情绪爆棚的自己，都不应该存在于世。

林巧南的心情十分复杂，有几分欣慰，有几分心酸，还有几分舍不得，他们必然要和对方说“再见”，在某一天。

她拍拍手表示鼓励，饶有兴味地追问：“你的梦想是什么？”

交谈出现了短暂的停顿，冷岳阳一时没了声音，愣怔地坐在原地一动不动。正在林巧南暗自疑惑超感 3.0 难不成附带影像和声音匹配不同步的问题时，他又恢复了正常，开口说道：“我想成为科幻作家。”

林巧南恐怕是唯一能让他敞开心扉谈论梦想的人，他没有告诉过任何人，包括父亲在内。

她睁大眼睛，像是发现了不可思议的人或事物。

“哇哦，感觉很厉害呢。”林巧南被吊起了兴趣，接着问，“已经在写了吗？或者有没有想法？”

“我在想一个和时间、记忆有关的故事，假设未来的人类其实在出生的时候就被植入一个记忆模块，到了某个年纪会自动解锁一段记忆，所以看上去生活是一直在向前，其实不过是在新的记忆下活着。”说不清缘由，他就是想告诉她这个故事，想让她第一个知道，“故事开头女主角是一名记者，她因为受到失恋又失业的双重打击，就去海边散心，在靠海的渔村住进了一家客栈。客栈主人——也就是男主角——看上去三十岁左右，谈吐却像老人一般睿智，并且知识渊博，差不多天文、地理、历史典故无所不知。女主角对他产生了好奇心，就决定在渔村多住一些日子，提出以打工换取食宿费的条件。男主角同意让她留下，但特意交代她不要进书房整理打扫。”

“女主角肯定很好奇，某一天趁男主角不在家偷偷潜入书房，然后发现了男主角为别人植入记忆的设备，对不对？”林巧南听了半天觉得故事不算新奇，她不好意思直言不讳地打击他的信心，只好迂回曲折地假装猜测余下的剧情，以此作为提示。

冷岳阳不以为然，继续说下去：“不，书房里只有照片，都是来这里住过的客人和男主角的合影。令她觉得诡异的是，在跨度近四十年的照片里，男主角始终没有变老过。更可怕的是，她在一张照片上看到了自己。”

“所以，男主角是神的代言人？”她提升了几分兴趣，认真地听，认真地提问。

“是一个类似于人口管理局的机构，当植入的模块不再制造新的回忆，意味着这辈子就此终结。管理局会派人回收遗体，再植入新的记忆模块，让这个人重新开始。”见她产生了兴趣，他的兴致更高，补充道，“在我设定的未来世界里，无所谓生也无所谓死，每个人只是带着记忆生活。男主角的工作就是为新生命植入记忆，但是他爱过女主角前世的前世，在为她植入记忆的时候，就加入了和自己有关的部分。所以之后的每一次重生，女主都会来到男主的客栈和他相遇。”

林巧南陷入沉默，隐约有点明白冷岳阳的灵感来自何处。如果不再有生死，甚至于记忆不再是自己已经历的人生，那么一切痛苦都是可以轻易忘却的……她的视线停留在他脸上，目光里有自己看不到的怜惜。这个男人，他的脆弱和逃避都让她不舍。

冷岳阳看得到她的眼神，以前从没有别的女人这样看过他。当然，他也从不在其他女人面前展现软弱的一面，他宁愿她们误解他冷血无情，也不想要她们同情他。

林巧南，她是特别的一个。

“最后的结局，他们有没有在一起？”她问了一个最无关紧要的问题。

他凝视她的眼睛，明亮的、犹如星辰一般的眼睛，内心产生了动摇。

为什么，我们不试试在一起？

现实立即打击了他，在一起又如何？你能撑过多少个“三个月”，能给她一生一世吗？

他轻轻笑了起来，充满讽刺的意味：“你们女人啊，只知道关心这种事。他们当然不会在一起，而且女主角也不愿意在重新开始的人生里再见到男主角。”

“如果是我的话，也许愿意和这么深情的男人在一起，就这辈子。”她的声音很轻，叹息的声音几不可闻。

太阳落下去了，失去了阳光的温度，风变得越来越冷。冷岳阳在沉默的某个瞬间断了连线，只剩林巧南孤单地坐在船头。

她说服不了他，也说服不了自己。有些故事，悲剧的结尾胜过喜剧收场。

这天晚上，当林巧南梦里的男人变成了冷岳阳，她意识到这是最后了。

6

10 月 2 日下午，林巧南带着一本相册出现在西沙湾海滩。这是她此次出行遇见的最好沙滩，沙子又细又软，光脚踩在上面，让她有一种把脚深深埋入沙子的冲动。

林振华的手机主屏幕用的照片便是在西沙湾海滩拍摄所得。正是日落时分，天空和海水都被染成艳红色，一道金色的光芒落在沙滩上，正好有个人跑进这道光芒里，林振华就在那时按下了快门。最后成像的效果，仿佛那个人影置身在天堂的大门口。

林巧南坐在沙滩上，抬头望着天空，晴朗的天气，看到落日的概率很大。她将相册搁在膝盖上翻开，首页是一张泛黄的黑白照片，小时候的林振华抱着一个大西瓜，咧嘴笑得没心没肺。

她和林健辉也拍过类似的一张，只是兄妹俩的照片是彩色的，两个长相完全一样的孩子各自抱着青翠欲滴的西瓜，笑容也一模一样。

这本厚厚的相册记录了她父亲的一生，她带他回到最后一站，从此分开旅行。

林巧南一页页翻下去，这是林振华离世后她第一次有勇气从头看到底。一年又一年，她看到父母的结婚照，看到夫妻俩抱着双胞胎儿女，看到用作哥哥遗像的照片……这本生活的纪念册，有喜有悲，有笑也有泪，那也是她回忆里的人生。

她抹掉眼泪看右边的一页，穿警服的父亲帅气地出现了。他坐在老人们中间，向正在讲话的人前倾身体，一脸的认真。冲印出的照片底部显示出日期，那是 1997 年 3 月 4 日，他四十三岁。

二十年前，他一定想不到自己后来的人生仅剩二十年。

林巧南往后再翻一页，突然出现在眼前的人让她误以为眼花了，她抬起手揉了揉眼睛，没错呀，与林振华合影的人确实很像冷子荣！

冷岳阳的父亲，怎么可能会和林振华在一起合影？

她急忙掏出冷子荣的手机，输入密码打开相册，找到一张单人照仔细辨认。虽然合影中的男人头缠绷带，虽然二十年流转的时光给容颜刻上了风霜，虽然他没有以前那么精瘦，但她不会认错，真的是冷子荣！

林巧南头脑一片混乱，原来在二十年前，林振华和冷子荣就已产生过交集。二十年后，他们又在同一天离开世界，这已不是巧合，更像是命运的安排。

她的手抖得厉害，拍了好几次才得到一张清晰的翻拍，她找到冷岳阳的头像，把照片发了过去。

冷岳阳很快出现，看得出他是匆促“上线”的，连上衣都来不及穿。林巧南怔了怔，下意识地转开视线。尽管她的注意力围绕在父亲和冷子荣二十年前的合影上，但他的腹肌稍稍让她分了心。

“我爸是民警，伯父应该是做了什么见义勇为的好人好事，他才会去医院送锦旗。”林巧南指着照片抢先发言，免得自己继续胡思乱想。

如她所说，合影的拍摄场所是在医院，两个人背后露出了病床的一角，林振华和冷子荣一人一手，共同扯着一面锦旗，上面有四个金灿灿的大字——英勇无畏。

冷岳阳在家里从没见过这面锦旗。二十年前他七岁，不记得父亲曾经脑袋受伤进过医院，也不记得父亲有过见义勇为的英雄事迹。

他满脸困惑，失望溢于言表。

“我没印象。”冷岳阳深感挫败，对生活在一起最亲近的人，他居然一点都不了解。

他的挫败影响了林巧南，林巧南同样感到自己没有真正了解过林振华。就在几天前，她还以为父亲会因为哥哥的死迁怒于她，根本不敢想象他愿意带她一起旅行。

林巧南用力地叹出一口气，伤感地说：“父亲就像一本打开的书，可惜做子女的，却从没耐心认真读一遍。我们，犯了同样的错误。”

“林巧南，请你和我一起搞清楚这件事。”他郑重地恳求，眼神无比热切，仿佛余生最大的热情就在于此。

她放下相册站了起来，冷岳阳才注意到她穿了一条红色裙子。她以前给他的印象是一个有点男孩子气的女生，利索的短发，眼神坚定，除了想起林振华的时候会伤感，多数时候像个能称兄道弟的哥们。没想到其实林巧南的身材非常适合长裙，显得她更加高挑纤细，而且还多了几分女人味。

红色，艳丽得就像夕阳，衬得她肌肤如雪。

“我爸以前说去海边最好穿红裙子，拍出的照片会很好看。”她没有看他，平静地目视前方，“我本来打算今天和老爸说再见，我觉得他会对我说‘我们的旅行到此为止，接下来的路爸爸要一个人走，你也要好好活下去’。”

冷岳阳瞬间明白了她的意思，她想开始新生活，他的请求拖了后腿。

“对不起。”他诚挚地道歉，可是不愿意收回。

林巧南沉默了，有一家三口忽然闯进了她的视野，父亲将小孩高高举过了头顶，孩子的笑声传到了她耳边。

林巧南怔怔地望了好一会儿，百种滋味齐上心头，最明确的一种名为“羡慕”。她和他，永远都没机会牵着父母的手，陪着老去的他们慢慢走。

她低下头看着他，一字一句地说道：“这件事结束后，我们都要好好活下去。”

伤感袭上心头，俊美的男人勉强露出了微笑：“好，我答应你。”

她笑了笑，朝着大海走去，红色的裙摆摇曳着，一直走进那道金色的光芒里。

时间会让记忆慢慢模糊，那些平凡琐事终将被冲入遗忘的海洋。但是每个人一生总会留下一两个令人难以忘怀的时刻，那一刻是永恒的，会永远被所爱的人记住。

冷岳阳希望自己能留住眼前所见的这一幕。

那个穿红裙子的女人，从此再没走出他心里。

超感连接中断之后，冷岳阳回到自己身处的空间。他将父亲的卧房翻查了两遍，也没找到任何与合影相关的线索。

冷子荣的照片不多，他不喜欢拍照，换了智能手机后也很少用到照相机功能，留存的单人照还是当初买了新手机他替父亲试机时拍的，家里的相册多数也是冷岳阳的照片，父子之间的合影都没几张，更何况与外人的合影。

相册里没有他母亲沈翠茹存在过的痕迹，夫妻俩、母子俩、一家三口的合影一概全无。他记得小时候还见过这些照片，母亲离开后的前几年，他总是会偷偷打开家庭相册看着她的照片期盼她回心转意。后来他长大了，知道不切实际的希望只会让自己伤心，就再也没有翻过相册。

相册里最后一张冲印出来的照片，是身穿学士服拿着毕业证的他和父亲站在大学校门口的合影，那天他大学毕业，冷子荣高兴得像是自己拿到了学位证书。回想起那一天，他忍不住一阵心酸。

时隔多年再翻这本相册，冷岳阳忽然反应过来，父亲撤走母亲所有照片的原因是他知道自己的心结。一时间，冷岳阳有些愣住了，从没想到父亲对他的了解竟然超乎想象。过去的这些年，他究竟错过了多少？

他双手撑着桌子，用全部的意志和自责对抗。没有岁月可回头，他必须学会原谅不懂事的自己。

心痛渐渐平复，冷岳阳拉开抽屉准备将相册放回原位，突然目光抓住了一本黑色封皮的硬抄本。刚才拿相册出来的时候，他没注意到它，这本硬抄本属于20世纪的产物，他读书的时候用来记过笔记，现在的文具店已很少见到了。

冷岳阳拿起硬抄本翻了翻，只见每一页纸上都贴着从报纸上剪下来的文章，有长有短，都像豆腐块一样。

又是一项新发现，他不知道父亲还有这个习惯。

他随手翻到一页，这篇文章比较长，贴了满满的一页。冷岳阳有一点好奇，想看看父亲对什么类型的报道感兴趣。他看了一眼标题，瞪大了眼睛，这不就是去年他写的关于相亲角的新闻论述吗？

冷岳阳重新翻到第一页，2012年7月他刚入职，当月第三周他写了第一篇特稿预测伦敦奥运会中国健儿能拿几块金牌。五年后，他又一次看到了。

一整本剪报，全是他发表过的文章……冷岳阳从不知道冷子荣对自己的工作有何看法，要不是亲眼所见，他永远不会知道自己是令父亲感到骄傲的儿子。

“爸，谢谢，谢谢您。”他紧紧抱住硬抄本，哽咽着致谢。

未曾说出口的支持以及没机会再让那个人听到的感谢，成了他这一生最遗憾的事。错过的时光变成了锋利的刀子，毫不留情地刺向脆弱的心脏，流着血的伤口别人不一定看得见，只有感受着疼痛的人才知晓个中滋味。

想要了解父亲的念头越发强烈，即使于事无补。

冷岳阳又一次打开了所有抽屉，他要再检查一遍，以防再出现如剪报本这般粗心的遗漏。可这一次，他一无所获。

冷岳阳弯腰从床底下拖出一口樟木箱，这是一件从20世纪传下来的东西，再过几十年都能进博物馆当古董摆设了。箱盖上面厚厚的一层积灰，散发着年深日久的霉味。倘若冷子荣在世，冷岳阳一定百分百会强制父亲执行“断舍离”，把家里所有不需要的物品统统处理掉……可是现在父亲不在了，这些遗物反而成了珍贵的回忆，他舍不得丢。

他跑到厨房拿来扫帚、簸箕和抹布，没一会儿工夫就把箱子打扫得干干净净。他打开箱子，里面整整齐齐地摆放着全新的床单、被套和枕巾。这些床上用品来自亲戚们的馈赠，似乎大家普遍认为家里缺少当家主母，父子俩的生活品质会出大问题，所以每逢家族聚会冷子荣都能拿回一套来，久而久之积少成多，看起来用十年都够了。

压在箱底的一本相册引起了冷岳阳的注意，打开之前他其实有一些预感，应该是“失踪”的母亲照片。如果父亲没有扔掉照片，那么他肯定要找一个自己绝对不会去找的地方藏起来，比如这口古老的樟木箱子。

果然不出所料，相册里是许久不见的沈翠茹。这个他称为“妈妈”的女子长得极美，都说儿子像妈，他的长相充分验证了这一说法。

冷岳阳翻着相册，他记忆里的照片都好好保存着，一张不少。

冷子荣结婚的时候已经流行起了穿婚纱礼服拍照，就是新人到照相馆换上婚纱和西装，坐在白色布景板或白墙前拿着塑料捧花合影。稍许高端一点的，则换上国外风景的布景板。尽管以现在的眼光来看有些不伦不类，但在当时可以说是非常时髦了。他的父母把两种婚纱照都拍了，即使拙劣的化妆技术降低了沈翠茹的美貌值，她还是比新郎好看了几十倍。

除了照片，相册里还夹了一首小诗，看笔迹确实出自父亲之手。

你是城市里的星光，
闪烁在黎明的边缘
和我的心上。
你是深山里的菊花，
盛开在芬芳的山路
和我的脑海。
你是大海里最美的人鱼，
遨游在自由的深海，
请带我一起。

冷岳阳张着嘴巴愣了几秒钟，难以置信地看着结婚照上笑得一脸慈祥的冷子荣，这隐藏的一面着实出人意料。若不是翻箱倒柜想找出父亲在1997年经历了什么，他可能会一直将母亲的离开误解为冷子荣不够爱她。

二十年前的父亲，为什么会和林巧南的爸爸合影，为什么得到了锦旗，他对这些表象背后的原因充满了迫切的求知欲。

林巧南从泉州回上海那天，江睦远特意到虹桥高铁站接她。

自从林振华过世，这还是他们第一次隔了将近十天才见面，所以在人堆里一眼望见高大英挺的俊朗男子，她霎时感觉心中一片澄明，曾经让自己睡不着的奇怪念头一个个逃得无影无踪了。

“心情好一点了吗？”见到她的第一句话，他如是问道。

林巧南点点头，若有所思地望着身边来来往往的人群。他们中间有多少人为着生活暂时告别了家人，又有多少人是为了回家和家人团聚……相聚、离别，每分钟都在上演。

“我更加确定老爸只是去了远方，我们迟早会再见。”林巧南一脸郑重其事、不许别人反驳的神情。

江睦远本来就希望这次旅程有助于她敞开心怀放下执念，自然乐得林巧南能这么想。他将她的手握在掌心，附和道：“没错，总有一天一定会和爸爸再相见。”

两人手牵手向停车场走去，她随口问起他做伴郎的情况：“昨天是不是喝了很多酒？”

“还好，一共三个伴郎，平均下来每个人喝得不算多。”江睦远读大学时的外号是“千杯不醉”，所以室友结婚头一个想到的伴郎人选就是他。这些年，他的室友全部迈入了人生的新阶段，唯独他还单身。

“就是我猜得太准了，被催婚不说，还有人非要给我介绍相亲对象。”他顺便借题发挥了一下。

林巧南和室友的关系不如他这般亲近。大学室友不过三个人，毕业后还因为工作不交集逐渐拉远了距离，一年难得聚一次。其中一个成了“毕婚族”，婚后不久又升级做了妈妈，几乎没有任何工作经验，和大家的共同话题越来越少，另外两个连男朋友的影子都不知在何处，相比之下她有事业又有爱情滋润，被室友们戏称为“人生赢家”。

大家最近一次见面是在林振华的葬礼上，她的遭遇彻底背离了“人生赢家”的设定，她从室友的眼神里解读出了同情，她纵使不甘心也没办法。

结婚，这两个字意味着组建一个新的家庭。突然之间，结婚生子的念头强烈到令林巧南停下了脚步，她严肃地凝望江睦远的脸，用一本正经的语气问道：“伯父伯母仍然坚持要我们百日内办婚礼吗？”

“据我所知，他们没改变主意。”江睦远无奈地叹气道。这件事着实让他头疼，双方的态度同样强硬，而他本身却倾向于选择父母那一边。

林巧南深深吸了口气，她相信父亲乐于见到自己刚才做出的决定——

“那么，我们结婚吧。”她相当随意地脱口而出。

江睦远一下子没反应过来，机械地重复道："结婚？"他听到了自己的声音，渐渐回过神，"林巧南，你知不知道自己说了什么？"

"知道啊。"她一脸淡然，从容地补充，"而且就是字面上的意思。"

江睦远又惊又喜，来不及琢磨她是不是在旅途中受了什么刺激，以至于态度来了个一百八十度大转弯，满心皆是难以置信："小南，这可是在停车场哎！"想想看，她拒绝了外滩，拒绝了望江阁，居然选择如此不浪漫的场所，真是令他大开眼界。

"停车场怎么了？"林巧南一头雾水。

"就是因为没怎么，所以才很怎么。"他像在说绕口令，说得她更困惑了。

见状，江睦远哈哈大笑，边笑边说："算了，管他呢！林巧南，你既然向我求婚了就不准反悔！"

我向他求婚？好像宾主关系不太对吧！她皱了皱眉，正打算开口纠正他的谬误，不想一个结结实实的吻落到了唇上。

算了，管他呢！

反正，他们要结婚了。

（上部 完）